中国书籍文学馆·小说林

何尤之 / 著

真水无香

中国书籍出版社

图书在版编目（CIP）数据

真水无香 / 何尤之著 . — 北京：中国书籍出版社，2015.3
ISBN 978-7-5068-4813-8

Ⅰ . ①真… Ⅱ . ①何… Ⅲ . ①短篇小说—小说集—中国—当代
Ⅳ . ① I247.7

中国版本图书馆 CIP 数据核字 (2015) 第 058017 号

真水无香

何尤之　著

图书策划	武　斌　崔付建
责任编辑	卢安然
责任印制	孙马飞　马　芝
出版发行	中国书籍出版社
地　　址	北京市丰台区三路居路 97 号（邮编：100073）
电　　话	（010）52257143（总编室）（010）52257140（发行部）
电子邮箱	chinabp@vip.sina.com
经　　销	全国新华书店
印　　刷	北京世纪雨田印刷有限公司
开　　本	650 毫米 ×940 毫米　1/16
字　　数	284 千字
印　　张	18
版　　次	2015 年 5 月第 1 版　2015 年 5 月第 1 次印刷
书　　号	ISBN 978-7-5068-4813-8
定　　价	35.00 元

版权所有　翻印必究

序

李敬泽

"中国书籍文学馆",这听上去像一个场所,在我的想象中,这个场所向所有爱书、爱文学的人开放,不管是白天还是夜晚,人们都可以在这里无所顾忌地读书——"文革"时有一论断叫做"读书无用论",说的是,上学读书皆于人生无益,有那工夫不如做工种地闹革命,这当然是坑死人的谬论。但说到读文学书,我也是主张"读书无用"的,读一本小说、一本诗,肯定是无法经世致用,若先存了一个要有用的心思,那不如不读,免得耽误了自己工夫,还把人家好好的小说、诗给读歪了。怀无用之心,方能读出文学之真趣,文学并不应许任何可以落实的利益,它所能予人的,不过是此心的宽敞、丰富。

实则,"中国书籍文学馆"并非一个场所,它是一套中国当代文学、当代小说的大型丛书。按照规划,这套丛书将主要收录当代名家和一批不那么著名,但颇具实力的作家的长篇小说、中短篇小说集和散文集等。"中国书籍文学馆"收入这批名家和实力作家的作品，就好比一座厅堂架起四梁八柱，这套丛书因此有了规模气象。

现在要说的是"中国书籍文学馆"这批实力派作家，这些人我大多熟悉，有的还是多年朋友。从前他们是各不相干的人，现在，"中国书籍文学馆"把他们放在一起，看到这个名单我忽然觉得，放在一起是有道理的，而且这道理中也显出了编者的眼光和见识。

当代文学，特别是纯文学的传播生态，大抵集中在两端：一端是赫赫有名的名家，十几人而已；另一端则是"新锐"青年。评论界和媒体对这两端都有热情，很舍得言辞和篇幅。而两端之间就颇为寂寞，一批作家不青年了，离庞然大物也还有距离，他们写了很多年，还在继续写下去，处在最难将息的文学中年，他们未能充分地进入公众视野。

但此中确有高手。如果一个作家在青年时期未能引起注意，那么原因大抵有这么几条：

一、他确实没有才华。

二、他的才华需要较长时间凝聚成形，他真正重要的作品尚待写出。

三、他的才华还没有被充分领会。

四、他的运气不佳，或者，由于种种原因，他的写作生涯不够专注不够持续，以至于我们未能看见他、记住他。

也许还能列出几条，仅就这几条而言，除了第一条令人无话可说之外，其他三条都使我们有足够的理由对这些作家深怀期待。实际上，中国当代文学的丰富性、可能性和创造契机，相当程度上就沉着地蕴藏在这些作家的笔下。

这里的每一位作者都是值得关注、值得期待的。"中国书籍文学馆"收录展示这样一批作家，正体现了这套丛书的特色——它可能真的构成一个场所，在这个场所中，我们不仅鉴赏当代文学中那些最为引人注目的成果，而且，我们还怀着发现的惊喜，去寻访当代文学中那相对安静的区域，那里或许是曲径幽处，或许是别有洞天，或许是，众里寻他千百度，蓦然回首，那人却在，灯火阑珊处……

目录

男人无帮 / 001

问题·爱 / 017

通天的路 / 030

羡慕嫉妒恨 / 055

真水无香 / 067

皇岗口岸 / 085

军　刀 / 102

豆蔻年华 / 122

三棵树 / 138

紫砂壶 / 152

捍　卫 / 163

银　妮 / 180

阜宁大糕 / 191

寻找灵感的房间 /202

我还能说些什么 / 216

尘　事 / 228

烦躁不安 / 247

腊　肉 / 260

我所追求的小说语言（代后记）/ 273

男人无帮

故事其实并不搞笑，但有些诙谐，所以你尽可以怀疑它的真实性。然而现实这个舞台，往往是无所不能的，它总会变化些事端而在我们的意料之外。比如现在，天色将晚，霭色的黯淡铺天盖地席卷而来时，准备下班的丰碑这时竟接了个搞笑的电话。电话是交警打来的。交警匆匆地说，你老婆被车撞了，你速来锦江大厦！便挂了电话。估计交警是在事故现场，正是十万火急。

但丰碑对这事的真实性表示怀疑。老婆四天前去武汉了，说要一周才回来，怎么会在锦江大厦门口被车撞了呢？你看搞笑吧，丰碑就笑了，笑交警搞笑，比母猪怀孕了赖上他了还搞笑。被车撞了的肯定是别人的老婆，这事与他丰碑无关。如果与自己无关，交警为什么给自己打电话呢？难道……有关？丰碑一路欢畅的思维这时绊了一脚，……还是不可能。老婆昨天中午还来电话，说再有三天才回来。难道……提前了？这也不是没有可能。要是差事顺当，也可能提前回。思维又绊了一下。绊了几下后，一些斩钉截铁的不可能事件便被绊出了可能。……既然可能提前回来，那就有可能被车撞。虽然还只是可能，丰碑已站不住了，变得火急火燎，仿佛老婆真被车撞了。丰碑不觉得可笑了，一点儿也不可笑，而且已演变成了非常严肃，十万火急！丰碑拦了辆的士，火速赶往事故现场。——

还好，交警说的事故现场丰碑记着了。锦江大厦在火车站那边，客流量比较大。

丰碑火烧眉毛了，的士却火速不了。下班高峰期，凌州街上的车辆像密集的羊群，跑得欢，跑得乱，跑得漫不经心。在的士奔向锦江大厦的过程中，天空已被彻底染黑，形形色色的灯火竞相开放，整座城市被燃烧了。在这个过程中，丰碑已将可能性事件酝酿成了不容置疑的事实！因而一到锦江大厦，打的费也忘了付，就身手敏捷地跳下车，一头扎进人群，高喊着：让开让开，我是她老公！围观者纷纷侧身，让了条缝。丰碑冲了进去。

街灯下，影影绰绰中，一个女人趴在血泊中，满身尘埃，面目模糊。丰碑嗷叫着，老婆，老婆！刚要扑上去，被一人拉住。丰碑回头，见是交警。交警说先生，请冷静。亮了下上岗证，我叫徐正兵，交警一中队的，正在处理这起事故。丰碑如何冷静得了，吼道，肇事者呢？他妈的，老子劈了他！徐正兵说，肇事者已逃逸，我们正在调查。然后递给丰碑一张身份证，说这是从你老婆身上找来的证件，你核实一下。丰碑接过身份证，借手机的光一瞅，再瞅卧在血泊中的女人，感觉又搞笑了。但他没笑，他笑不出来。丰碑说徐警官，您搞错了，她……不是我老婆！刚才还呼天抢地如丧考妣的丰碑，如此语出惊人，围观者忍不住笑了。这场合不能大笑，不合时宜，众人只是嘿嘿一笑，便齐声刹住。徐正兵没笑，认真地说，你确定不是你老婆？丰碑嗯了一声。徐正兵说，我在她手机里找到你号码，存的名字是老公。徐正兵换用女人手机打了一下，丰碑手机便响了，仿佛是倒在血泊中的女人在呼唤。丰碑有点难为情，如同被验明正身了。徐正兵说，她手机里存的是老公呢。丰碑很窘。不过夜色正百分百地漫洇着，街灯虽努力扑向夜空，依然孱弱无力。孱弱的街灯蜡黄着，昏暗着，恰到好处地遮住了丰碑脸上正在浓郁的酡红。丰碑干咳了一声，说可能……写着玩的。徐正兵阅人无数，自然明白，说不管是不是老公，你肯定认识她吧？丰碑点头，她叫陈怡。徐正兵说，你先送她去医院，救人要紧！我继续联系她家人。丰碑嗯了一声，却站着未动。徐正兵催道，别磨蹭了，时间就是生命！这时救护车像知了似的慨歌而来，丰碑和医护人员一起将陈怡抬上了车。

救护车风驰电掣，到了凌州医院，一群天使早已候在楼前。救护车甫一停稳，后门啪地打开，丰碑和天使们一道，将陈怡抬上平板车，推进急救室。刚忙了停当，脸上的汗还没擦，救护车司机闪到丰碑面前，伸手要钱。丰碑没有准备，怔怔地说，我不是她老公。忽又觉得此地无银三百两了。司机说交警说了，让你先垫上。丰碑还要解释，司机不听，说我这是急救车，还要救人呢。丰碑无奈，拿了两百。

陈怡在抢救。丰碑在走廊上，来回踱步。事情来得突然，丰碑心里犯迷糊。走吧，当然不能。虽然不是老公，但暧昧五六年，岂能一走了之？现代人崇尚暧昧，比光明正大更诱惑。暧昧是个偷儿，就像是小偷嗜偷酒鬼嗜酒，偷来的才有味儿。陈怡老公不在凌州，丰碑正好填补了空白，像座丰碑屹立在陈怡的身体里。所以眼下，丰碑怎好一走了之？——那么，留下吧。留下也麻烦。且不说老婆知道了必将天翻地覆，且说交警那正联系着陈怡家人呢，真假老公一相逢，便胜却仇人相见。丰碑是凌州本地人，倒不惧真老公，只是一旦丑事败露，怕要掀起轩然漩涡，波及两个家庭，甚至面临解体。这人命攸关的节骨眼上，岂能雪上加霜？

丰碑脑子里正难分难解呢，有个男人慌张跑来，头上满满的汁珠，在灯光下跳跃着。见了丰碑便急切地问，陈怡是在这儿吗？丰碑抬头，眼睛在男人脸上涮了两把，点点头。男人个头不高，比丰碑稍矮些，略显瘦。听口音，和陈怡一个味儿。丰碑额头升起了缕缕热气，却无仇人相见的紧迫。男人看上去还算友善。这时医生出来了,是个四十来岁的胖女人。男人见了医生,着急问道,陈怡咋样?医生审视他一眼,说你是……?男人支吾着,看了丰碑一眼,说交警让我来的。医生说,你是她什么人?男人憋红了脸,我……是她老公。医生白了他一眼,嘟哝道,是老公有什么害羞的,又不是情人!声若洪钟,气似山河,口吻极具杀伤力。又看丰碑,说那你是……?丰碑说,朋友。医生又问男人,你叫什么?男人说叫金良,边说边掏出户口本递给医生。医生看了,说,你要有心理准备,你老婆现在处于危险期。金良吃了一棒,惊悸不定,说请你们千万想办法救她!医生听了就不舒服了,说难道我们没在救她?你是怀疑我们技术还是职业道德啊?金良憨厚地摆手,脸也红了,说不是不是,我是怕她有个三长两短的。

医生扭着肥硕的身子走了。白大褂左飘右摆着,像只漫步的企鹅。两个男人在走廊里站着,一时搭不上话。金良背着手,数着步子来回走。丰碑坐在座椅上,屁股上像长了痔疮,怎么都不舒服。丰碑思忖着,假老公要不要和真老公谈点什么。

是要谈的。谈点什么,丰碑想好了。陈怡一进了抢救室,医院马上让交费。丰碑推说没带钱。不是见死不救,丰碑认为这钱不该他出,该肇事者出。肇事者跑了,医院应当先治病救人。丰碑垫钱了,怕是有去无回,找谁要去?肇事者?跑了。交警队?梦吧。她老公?那就复杂了。医生说你是她什么人?丰碑说,老公,哦,不,朋友,可我没带钱。医生拽着丰乳肥臀出去了,一会回来了,说交警都说你是她老公了,你还谦虚干嘛?丰碑还想谦虚,医生拨了电话,让丰碑接。徐正兵在电话里说,药费你先垫上,找到肇事者了还你。老公老公,床上是老公,生活中更要像老公。丰碑明白了,徐正兵让他来医院,是当钱包使的。医生又催上了,丰碑仍说没钱。医生说出门往左拐,有工行农行中行建行交行商行,多少钱都取得来。耽误病人抢救,你负全责啊?胖医生炸了串鞭就走,扔下丰碑发愣。丰碑不敢怠慢，跑到银行取了一万交了。

陈怡初来凌州时，若似不停劳顿的燕子，无枝可栖，接不了地气。一次朋友庆生唱歌，丰碑坐在陈怡边上。丰碑的歌声直逼腾格尔，也逼进了陈怡心里。陈怡以丰满成熟的身段，撞得丰碑怦然心动。丰碑的眼睛像老鼠，觊觎着陈怡高耸的胸，片刻不离，生怕一眨眼，陈怡胸前的两座大厦就会轰然倒塌。丰碑是凌州人，在凌州有背景有人脉。认识丰碑，让飘在凌州的陈怡抓住了水草，找到了避风湾，以为有了归属。丰碑后来真的就成了陈怡的归属。心归属，身体随之归属，势不可挡。明知这港湾是偷来的，明知丰碑是别人的老公，陈怡还是乐得其所，温柔地叫丰碑老公，叫得底气十足，叫得碧水柔情。

凌州是女人的城市，时尚美丽，繁华锦绣。和别的女人一样，陈怡也想做凌州女人。这个愿望丰碑帮她实现了。弄个凌州户口何其难，丰碑施展全身解数，帮陈怡在凌州先买房，再迁户。钞票陈怡自己出，丰碑家有母狮，看不住老公就看住钱。首付了十五万，余下的陈怡月供。陈怡户口来了，老公户口没来。老公不想来。乐得陈怡孤身在凌州，和丰碑自由飞翔。老公在老家也没闲着，照样鱼欢水跃。

丰碑不敢飞得高，翅膀硬不了。老婆怀疑丰碑的翅膀有点硬了，但还没硬到她难以驾驭的地步。老婆有双鹰眼，敏锐清晰如美国的GPS，能覆盖整个凌州。丰碑格外谨慎，生怕被老婆覆盖了，那就是点了鞭炮信子，救火车都灭不了。

现在陈怡出了车祸，就是一个火苗，弄不好就点了信子。刚才垫了一万，丰碑总担心被老婆问责呢。

现在金良来了，一万块有着落了。不过他是个炸弹，万一引爆了，比鞭炮的杀伤力大多了。所以丰碑坐那儿先不动声色，把金良左打量右顾盼，确信这是头黔之驴后，才若无其事地向金良走去。

金良在凝视窗外。窗外繁星点点，树影婆娑，晚风轻轻地送，树叶沙沙地响，响得金良心里像跑进了老鼠，一点点咬嚼着。他感到内心不只疼痛，还有畏惧、不安，和烦躁。直到一声咳嗽，才吓跑了小老鼠。

丰碑咳了一声。干咳，喉咙里没痰，也不痒。唉——！小陈不幸啊。急中生智选了这么个若远若近的称呼，丰碑很满意。金良的目光从束束星火中游荡出来，看着丰碑说，谁想到她会摊上这事呢。两人围着陈怡聊起，丰碑仍在试探，见金良果然黔驴技穷，才放下心来。丰碑把自己和陈怡的关系撇得很清，泾渭分明。小陈活泼开朗，爱说爱笑，个性要强，作风正派……像在给陈怡致悼词。金良并不介意，说是啊，她是个好人。金良也那么泾渭有别。

双双戴着面具，少了直面的尴尬。丰碑便有话直说。喉咙里滚半天了，一张嘴就滚了出来，问金良，带多少钱来？刚才我垫了一万。丰碑掏出药费单。金良愣了，脸上汹涌澎湃，说钱不是肇事者拿吗？丰碑说肇事者早跑没影了。金良结巴着说，那，该交警队拿啊？医院呢，没人道主义么？丰碑说你就等着吧，等人道变成了兽行，等天使变成了魔鬼，这钱还得你拿！金良额头沁出细细的汗，脸也涨得绯红，说凭什么我拿呀？丰碑说，你是她老公啊！金良急了，喉咙里像塞了驴毛，说，可她家没来人啊。丰碑说你是来打酱油的？金良说，……我是她老公，可没那么多钱啊。丰碑说，出门往左拐，有工行农行中行建行交行商行……金良淡定地说，我没卡！

丰碑不悦，催金良去筹钱。金良说我在凌州打工，认识的都是打工的，一个个穷得连卫生纸都要从牙缝里省。丰碑咦了一声，说你不是在老家吗？几时来打工的？怎没听小陈说呀？金良说，来好几年了。丰碑奇怪，却不敢细问，便含糊着拣要紧的说。你让家里汇钱来吧。金良被丰碑逼得无奈，憋不住说了实话，说，我、其实我不是陈怡老公！丰碑吃惊不小，又想莫非陈怡背着自己又找了个情人？眼光便复杂了，刀般地锋利，试探道，就算你是她情人，这时候也该出点血了！金良解释，我是陈怡户口本上的老公，交警调陈怡户口，把我给调出来了。

金良说的是实话，他是陈怡同学。金良来凌州时，陈怡已经有房有户口了。得知陈怡户口本上只有她一人，老公没迁来，金良动了户口的心思。陈怡热心，说我帮你吧，我们弄个假结婚证，再花点钱找找关系，以夫妻名义把你迁来。一年后，金良真的成了凌州男人。金良对丰碑说，我打工挣的钱都花在户口上了。

这事丰碑有印象。还是丰碑帮找的户籍警，手续是陈怡自己跑的。丰碑释然笑道，你得谢我，你和她能迁来凌州，都是我帮的忙！金良赶紧道谢，允诺日后设宴酬谢。

两个假李逵碰上了，胆儿大了。丰碑道了实情，戏说起他和陈怡的私情来。金良吃惊不小，却也见怪未怪，笑道，反正他们夫妻早虚脱了，你正好帮她接氧。

丰碑说我们俩都是假的，真的来了，我们就露馅了。金良说我露馅就惨了，公安局会把我的凌州户口吊销了。丰碑说我才惨呢，一万块没着落了。

两个假老公担心打假的时候，陈怡正在死亡线上挣扎。死神的手紧紧攥着陈怡不放。两天过去了，陈怡依然没有苏醒。第三天，院方下了病危通知书。胖医生让金良签字。金良傻愣着，嗫嚅着嘴唇。丰碑央求医生：务必救她，她才三十岁啊。医生漠然地说，我们尽力了，是死是活听天由命！胖医生的话让金良毛骨悚然，拿笔的手抖得厉害，笔从指缝间两次滑落。金良说，大夫，这字……我不能签！胖医生说必须签，否则我们不能抢救！金良急了，有话儿在喉咙里窜，就是窜不出来。丰碑替他说了，丰碑告诉胖医生，弄错啦，他不是她老公啊。胖医生懵了，说你们开始都说是，一到关键时候又都说不是，你们是拿医院当刘老根大舞台，唱二人转哪？

去去去，把真老公找来！丰碑看金良，金良看丰碑，都用目光询问，她老公在哪？又都像车胎泄气，发出一声沉重的叹息。

金良查陈怡手机，找了个老公号码。丰碑一看，说那是我的。金良再找，没了。找她父母的，又怕深更半夜吓着二老。继续找，找了个外公的。金良说，就打外公吧，让外公通知她老公。金良颤悠着打了，不料对方竟说，我就是她老公！歪打正着了。丰碑记起来了，听陈怡说过，把他写成老公，把她老公写成外公，意即外面女人的老公。金良对陈怡老公说，你立即来凌州，陈怡被车撞了，在医院抢救呢。金良以为这个惊雷会把陈怡老公炸晕，至少也落个耳鸣呢，不想对方很平静，隔岸观火的平静，说你真及时，我刚到凌州，刚下火车，刚要给她打电话呢。

连说了三个刚字后没多久，陈怡老公就出现在医院了。刚才还平静的男人，现在不平静了，见两个男人站在走廊，马上咄咄逼人，说你们是肇事者？你们谁是肇事者？不问青红皂白，就把丰碑和金良推到了对立面。日光灯照得他脸上纸一样惨白，蛮横得吓人。丰碑突然滋生了仇人相见的愤怒，说，我看你他妈的像肇事者！金良说，我们不是肇事者，我是陈怡高中同学呢！陈怡老公不和金良套近乎，仍问撞人的人呢。金良说跑了。陈怡老公转身闯急救室，被胖医生搡了出来。你谁啊？往哪闯啊？陈怡老公说我叫路大远，是她老公！胖医生像被踩了脚，尖叫：今儿个怎了？又冒出个老公来？路大远说是你们打电话让我来的！医生冲走廊嚷：喂，他是她老公吗？丰碑摇摇头，金良说，……可能！胖医生哼了一声，硬邦邦地说，有结婚证么？没带。路大远说。胖医生说，有户口本么？没带。路大远又说。胖医生转脸问，你俩能替他证明么？两人都摇头。胖医生对路大远说，找个证明人来！路大远说，等她醒了，不就是证明人吗？胖医生说，要是醒不来呢？路大远哑了。胖医生亮了亮病危通知书，等她老公来了签字！路大远说，我就是她老公！

胖医生像看疯子一样扫了他一眼，说我是医生，没有火眼金睛，让交警来鉴定吧。

丰碑要给徐正兵打电话，金良不让。金良拽着丰碑到走廊尽头，忧虑地说，交警来了，我不露馅了？警察一脚就把我踹回老家了，我在凌州几年奋斗全打水漂了。丰碑说你都在这落地生根，就差开花结果了，谁还能将你连根拔起啊？金良说，我哪生根了？我是嫁接在陈怡的枝上呢。丰碑说怕个鸟？政府办事向来是既往不咎。你不让徐警官来了断这桩老公案，病危通知单你签呀？金良愣怔着，想不出两全之策，只得由着丰碑。

徐正兵到了住院大楼外，让丰碑截住了。丰碑笑着打招呼，往徐正兵口袋里塞了五包中华，诡异一笑，她老公来了，……我的事请徐警官兜着点。徐正兵幽笑，鸠占鹊巢这些年，他说不定还得谢你呢。丰碑歉笑，这节骨眼上不能添乱啊。徐正兵说，假李逵遇上真李逵，这戏儿精彩！

胖医生见到徐正兵，扑面就嚷，你来打假吧，老公成窝了，到底哪个真啊？徐正兵说，金良啊！金良我我我我了半天，像羊屎粒往下掉，掉不出个正经话来。医生指金良：过来，签字！金良指路大远，说他是，我我……我不是。医生用眼神问徐正兵，徐正兵用眼神问金良。路大远逼视金良，说，你？是老公？！有……证明人吗？徐正兵背着双手，沉声道，有，我就是！户口本上有登记。路大远像吞了只青蛙，堵在嗓门眼那儿，憋得眼睛直翻。金良见误会大了，急了满头汗，说不不不，我不是！医生呸了金良一口，说嫁了这种男人，倒八辈子的霉！老婆危在旦夕，竟不敢承认，不就怕掏那几万块医药费吗？钱重要，还是老婆重要？路大远咋舌，仿佛站在悬崖边上，差点失足。足下是无底洞，几万块也填不平。路大远庆幸地笑了，一笑间态度彻底颠覆，对金良说，警察都说你是她老公，客气啥，签吧签吧，签了交钱。一股寒冷贴着金良的肌肤，金良瑟缩着，脸也冻僵了，似哭非哭。金良像个犯错的孩子，站在徐正兵面前，主动说，警察同志，我……是假的！

徐正兵愣了会，继而抚掌大笑，竖起三指头，说三个男人一台戏啊，一个是通讯录上的老公，一个是户口本上的老公，一个是结婚证上的老公，群英荟萃啊！前迈一步，问路大远，真的不认老婆了？路大远后退了一步，说，谁能证明我是她老公？丰碑义愤填膺，狠狠地啐了一口，说，你来时满嘴喷的粪啊？金良说，你就认了吧。胖医生不耐烦了，说到底谁签啊？不签把人拉走！路大远缩着头，看着窗外。窗外的花园里，立着李时珍雕塑，正面对着这边。徐正兵说，看，李时珍都叹息了，他能治人身上的病，却治不了人脑里的病！然后一指金良：你签吧。金良不肯。徐正兵说出了事我负责，大不了脱了这身皮！金良拿了笔，像立生死状，在病危通知书上诚惶诚恐地签了名。

金良签了字，路大远乐了，因为金良的麻烦已经接踵而至。金良刚放下笔，护士过来了，说去交费吧。丰碑说我不交了一万吗？丰碑时刻在提醒众人，别忽略了他那一万块！护士说用完了，再交四万。金良惊呼抢钱，胖医生双目怒睁，说你老婆后脑勺淤血严重，多处骨折，这点医药费远远不够！路大远说，那要多少？医生说花多少是多少。徐正兵说，救人要紧，你们三个合计一下，先把钱筹来。

人与人的关系有时是微妙的，微妙得如同天上闪烁不定的星星，深邃而神秘。三个纠结的男人，突然间深明大义，捐弃前嫌，就像美日韩对付朝鲜一样，义无反顾地走到了一起，走进了卫生间。卫生间也是吸烟室，丰碑友好地给两人递了烟，三人又对着小便池同仇敌忾狂泻一通，然后丰碑说，我垫了一万，我就不掏了。路大远说我从外地来，身上没带钱。丰碑说，带卡了吗？她可是你老婆！金良说是啊，你不能丢下你老婆不管啊！路大远吐了口烟，说不瞒二位，我这次来，是要和她离婚的。丰碑以为路大远使诈，路大远掏出离婚协议。金良说就算离婚，也不能见死不救啊？你现在还是她老公，就要恪尽职守嘛。路大远惨然一笑，说不怕两位见笑，那年她回老家，我想得尽点义务恪尽职守吧？一天不离婚，我还是她老公嘛。夜里我想那事，她竟死活不肯，说要为别人保守贞操。你们说这是人话吗？我像强奸一样，把她压在身下，她的双腿像两块磁铁紧紧吸着，最终我也是强奸未遂。我就让她尝拳头的滋味，打得她跪地求饶，她说她深爱那个男人。丰碑听得心潮澎湃，双目血红。路大远仍在唾液飞扬，丰碑突然间让路大远尝到了拳头的滋味。路大远一屁股跌坐在卫生间湿漉漉的地上。路大远跃起，一脚踹在丰碑肚上，丰碑差点跌进小便池。路大远冷笑，狐狸终于露尾巴了吧？老子就知道，那男人就在你俩之间！两人扭打在一起，抢妻之仇，夺爱之恨，全面爆发了。两个人的战场，卫生间足够了。金良拉不开，跑去叫徐正兵，一人抱一个，才止住了厮打。徐正兵喝骂：你们他妈的还是人吗？病人生命垂危，你们却在比体力，有种比钞票啊！路大远指着丰碑吼道，他出！丰碑骂道，缩头乌龟你没当够吧，还要缩啊？

  浓烈的火药味充斥了卫生间，呛人的香烟味和熏人的粪便味顿时黯然失色。卫生间急需有股清新之风，吹逝火药味，净滤空气。

  有个衣着陈旧皮肤黝黑的男人，不知何时进来，一直蹲在便池上，关着门。直到卫生间安定了，他才走出来，在每人脸上扫了一遍，然后向徐正兵征求道，警察同志，这钱……我可以出吗？声音怯怯的，轻得如刀叶，突然化去了剑拔弩张的气氛。男人从包里取出五沓人民币，用块黑布包着，再用绳子捆好。绳子捆得太紧，勒得钞票喘不过气来。钞票好啊，人见人爱，几男人为之一振。徐正兵说，你这是……男人腼腆着黑红的脸膛，说，捐点款行吗？徐正兵说，为什么想捐款？男人说，不为什么，就是想捐。徐正兵看路大远，又看丰碑，对男人说，是见到刚才一幕有所感触吧？男人说，不是，我的感触来自我母亲。我母亲说过，帮别人一次，就是往自己心里铺了层温暖。几个男人听了埋头不语。徐正兵问男人叫什么，男人不吱声。徐正兵再问，男人说他叫赵金辉。

护士领着赵金辉去了缴费处。丰碑默送着，金良愣瞅着，路大远呆望着。赵金辉拐弯消失了，三人还在望。香烟味和粪便味乘虚而入，扑鼻而来，迅速占据了领地。

金良说，我们……轮流陪护吧。一时空寂，未遭抵制，亦无附和。沉默一会，路大远说好吧，我暂且不回去。丰碑说，我老婆要回来了，我只能抽空来。

必须承认，世间之事，冥冥中皆有定数。陈怡的病情走势，莫名地暗合了男人们的矛盾态势。三个男人过了紧张期，陈怡也过了紧张期，逃离了死亡线。当然，最要感谢的，是妙手回春的医生，不然胖医生又有意见了。胖医生说，她这条命，是我们给的。言下之意，他们是恩比再生父母了。

一个晚上，路大远陪护时，陈怡神奇地醒了。当时金良丰碑也在。陈怡睁开眼，见是路大远，低低地叫了声：老公！路大远几乎不记得陈怡这么叫过自己了。金良道，你果然是她老公哦！金良激动地和陈怡打招呼，陈怡看他，低低地说，老公！金良哭了一般，分辩道，我是金良，金良啊！陈怡直勾勾地看他，不说话了。金良向丰碑招手，丰碑半推半就地过来。丰碑说，小陈，你醒了？陈怡答非所问地说，老公！丰碑心虚地看了眼路大远，路大远正在看他。丰碑说小陈，我是丰碑。路大远说，别装了，等她恢复了，我要你赔偿我精神损失费！丰碑反唇相讥，你都要离婚了，哪来的精神损失？胖医生听见争执，不屑道，她现在是失忆状态，见公的都叫老公！

一周后，赵金辉来了。见陈怡醒了，仿佛等待了一个漫长的寒冬后见到了春天，满园春色在他脸上关不住了。赵金辉问胖医生，再交多少钱？胖医生对赵金辉却是客气，像亲戚似的，在床头翻了翻账单，说快用完了。又说你别捐了，看你也不是个有钱人。赵金辉说，捐点款，心里踏实。医生瞟了眼另三个男人叹息，像你这样的人太少了。赵金辉说，做点善事，心里暖和。赵金辉又去交了三万，然后和众人谦卑道别。

春的气息在病房里萌动，陈怡的病情一天好似一天。医生说，估计再过几天，她就认得人了。

陈怡完全清醒，是在一个浓雾膨胀的清晨。雾霾一波波滚来，又一波波散去。陈怡睁眼，茫然望着窗外。窗外的绿树掩埋在浓雾中，像生长在半山腰上，看不见树梢，也看不见树根。树根呢？陈怡有些惶恐，感觉自己和绿树都悬在了半空。她很紧张，嘴里发出啊啊的怯声，手也紧紧抓着床沿，生怕一失手会掉下山崖。还是路大远陪护。见到路大远，陈怡一把抓住，端详仔细，说你怎么来了？路大远笑笑，以为她还失忆呢。陈怡说，这是哪儿？路大远说，医院。陈怡说，我怎么了？路大远说，你被车撞了。陈怡沉默了，慢慢闭了眼。

陈怡又睡了，昏昏睡了一上午，下午才醒。醒来后，一直看着路大远。许久后才说，大远，劳烦你了！孱弱的声音里，浅浅的歉意在流动。

春来了，陈怡丰饶了，花儿香了，蝴蝶起舞了。路大远不在时，丰碑悄悄地说，怡，爱你！陈怡说丰碑，我好累。我梦见我去了一座山上，那儿水很绿，很明净。山很高，高到天穹，有瀑布从天而降，哗哗地挂在山上。那儿的人朴实，心像水样纯净。他们说天天喝山泉，就能把心喝净了。我就在山上喝了好多水，心果真就净了。心净？丰碑说，把我也净化了？陈怡摇摇头，净得心里只有那山那水了。

七八天过去后，赵金辉又怀揣钞票来了，还拎了营养品。又去收费处悄悄交了两万，胖医生才领赵金辉来看陈怡。见陈怡恢复得这么好，赵金辉憔悴的黑脸开满了皱褶，灿烂如干涸的河床。胖医生说，陈怡啊，这位先生是你的恩人啊，你的医药费，全是他捐助的！

啊？陈怡惊诧，一把拉住赵金辉黑黑的手，泪也迸发出来。谢谢恩人！陈怡要从床上坐起来，赵金辉坚决没让。

半个月后，陈怡出了院。陈怡握了握路大远冰冷的手，感谢他的陪护。路大远说，等你身体恢复了，回去把事情办了。陈怡笑着点头。

陈怡又握了丰碑的手，谢谢他冒着风险来照顾自己。丰碑的手本来是暖和的，只是陈怡不停地说着感谢的话，以及呼出来的气温，渐渐凉了丰碑的手。丰碑说，你变了？陈怡说嗯，脑子冻僵了。丰碑说，你住院时，我垫了一万，你不必放在心上，我不是个在乎钱的人，好好休养吧。陈怡从包里拿出钱来，递给丰碑，说我听医生说了，谢谢你了。丰碑不接，说这点钱算什么，你留着用吧。陈怡将钱放到丰碑手上，丰碑还在推让，陈怡丢下钱，转身走了。

金良的手没有温度，抓在陈怡的指间，像一块洗衣板。陈怡说，谢谢老同学了。金良说没什么，你也帮过我嘛。以后有什么难事，尽管找我。陈怡一笑，说以后？还有以后吗？金良也笑，说对对对，没有以后了，但愿以后再没有这种事！陈怡笑着摇头。

陈怡最要感谢的，是那捐款者。那天赵金辉提了水果，来探望陈怡。陈怡端茶倒水，感激之情溢于言表。陈怡说，你是凌州好人，是我的救命恩人！说得很动情，以至于久久地捂着脸，肩膀不停地抽动。等她抬起头时，她吃了一惊，赵金辉竟跪在了她面前。赵金辉看着她，幽幽地说，陈小姐对不起，我就是那肇事者啊！

太突然了。电闪雷鸣，风卷云涌，在陈怡的脸上剧烈上演。等到风去雨停，陈怡拉起了赵金辉，说撞人不是故意的，救人却是善意的。赵金辉的手粗糙，坚实，温暖。赵金辉想抽出手，却被陈怡用力抓着。赵金辉说，我不是好人，我当时跑了，后来才捐款的。

赵金辉撞了陈怡后，当时吓得不轻，报了警后骑车就逃。骑到一书报亭前，想给老婆打电话，才发现手机没了，便用公用电话，和老婆说了撞人的事，老婆让他赶紧跑，说撞了城里人，要赔好多钱，说不定还要坐牢的！赵金辉挂了电话，发现钱包丢了。报亭里站着个十七八岁的阳光女孩，正在看书。赵金辉跨上摩托车，想跑。阳光女孩忽然跑到他面前，说没给钱呢。赵金辉脸都红了，说，我钱包丢了，家里出事了，我得赶紧回去。要不我把电瓶车押你这儿吧。阳光女孩说，没钱就算了，你快骑车回家吧。赵金辉怔了，没想到女孩态度变了，一个劲地道谢。女孩说你从乡下来的吧？乡下好人多呢。赵金辉第一次听人这么评价乡下人，有些感动，说我回家取了钱再送来吧。女孩说不用了，我妈妈说帮别人一次，就是往自己心里铺一层温暖。赵金辉听了，心里暖暖的，便狠狠记住了这句话。女孩说，我母亲有次从山上摔下来，是几个乡下人救了她，还把她送进了医院。母亲从此落了心债，总想多帮别人，特别是乡下人。女孩微笑着看着赵金辉，赵金辉低着头，默默不语。

　　赵金辉本来要回住处找老婆的，现在不回了，立即掉了车头，赶往锦江大厦。可是迟了，事故现场已恢复了常态，锦江大厦门前人来车往。除了呆若木鸡的赵金辉，时光的蒙蔽下，没人知道这里刚刚发生过什么，发生过什么于他们又有什么重要的呢？赵金辉心急如焚，打听到受害者住进了凌州医院，便悄悄跟去了。他让老婆送钱来，老婆骂他脑残。他就回去找亲友老乡借，又不顾老婆的哭骂，将积蓄拿出来，凑够了五万。听医生说还不够，只得再凑。

　　赵金辉擤了鼻涕，抹在鞋面上，说不怕你笑话，我卖了手机手表，卖了空调电脑，还卖过几次血。我对老婆说，只要你一天不醒，我就一直卖，卖血卖汗卖东西。我住处还有旧桌椅旧电视呢。

　　陈怡呜呜哭出了声，握着赵金辉的手出了汗。

　　十来天后的上午，陈怡出现在了赵金辉的出租屋前。赵金辉没在，一个乡下女人坐在门口。陈怡问，赵金辉呢？乡下女人打量了一下陈怡，说出去跑摩的了，你是？陈怡说，我是刚从医院出来的。乡下女人突然冷了脸，说你是那个被他撞了的女人？陈怡点点头。乡下女人顿时咆哮了：你还来干啥？你害得我们还不够吗？为了给你治病，我们已经倾家荡产了！女人蹲下去，捂着脸哭了。

等女人哭够了，抹了泪，睁眼看时，陈怡已走远了。在女人的脚下，放着个大纸包。女人打开一眼，是十匝钞票。

陈怡像只轻燕，飞出了凌州，行走在密林中。她不知道她梦中的那片净土在哪，但她相信，那片净土肯定就在某个地方恭候她。她把房子卖了，把钱还给了赵金辉女人后，她的心里软软的，就像是铺了层温暖。

问题·爱

李红彤是个问题女人，是个悲情的问题女人。

我是亲口对李红彤这么说的。我知道她听了会不高兴，但我还是直截了当地说了。李红彤也知道自己是咋样的人。

在和我还没完全结束时，李红彤认识了筱重，并且嫁给了他。当时我们还热恋着呢，李红彤就直截了当地对我说了，一点儿也没隐瞒。她说她很爱筱重，筱重是个温和善良的男人，很适合她。我轻轻地用自己才能听得见的声音哦了一声，就没再说话。我知道不管我的声音多么弱小，哪怕我自己都没听见，李红彤也能听到。她了解我，她太了解我，我喉结动动，她就知道我要说什么了。

李红彤明知道，她的这句话对我来说，是一记无情的长鞭。但她还是鞭长可及地从遥远的北方抽了过来。这一鞭太残忍，连起码的包装都没有，连迟疑的停顿也没有，就赤裸裸地抽来了。李红彤对她鞭抽我的作为还作了这样的诠释：长痛不如短痛，痛些日子，你就不痛了。不痛了，你就可以忘了我了。

李红彤说得轻巧！她以为忘记一个人那么容易，人家宠物狗跑丢了，还会想上三两月呢，何况是人？结果我就被她抽出问题了。直到现在我也忘记不了李红彤，她像是我的影子，我到哪，她跟到哪。不过最难熬的日子已经过去了。最难熬的日子不是现在，是一年前，刚分手的时候。那时我成夜成夜地泡在网上，对着她的QQ头像抹眼泪。她曾经粉红鲜亮的头像，如今变成了藏在记忆里的老照片，一直灰暗着。我在网上足足等了她半年，痴情到无网没法活的地步。她却不上网了，消失得无影无踪。偶尔也会露下脸，那是流星式的闪现，等我流星般地追去，她已坠落了。我明知道伊人已走远，还是等她，给她留言。我知道留多少言也挽不回李红彤，但还是执迷不悟地留言。我猜李红彤之所以不予回复，无非是出于两点：一是想斩断我的情丝，二是怕筱重发现。而我之所以不停地留言，是因为我仍爱着李红彤，一门心思地想着她，心痛不息，留言不止。

我还是第一次为一个女人如此守候，我的执着之深之久，连我自己都很吃惊。但我的精神没能感动李红彤，也没能等来李红彤，却把婷婷等来了。是我主动加婷婷QQ的。我盯着李红彤的头像，看得眼睛发酸的时候，我需要找个人解解闷，倒点苦水，缓释一下沉重。我在茫茫网络中，发现了婷婷。

婷婷和我一样，夜都深了，还在网上漫游。我们先聊些不着边际的事儿，做什么活，爱好什么，还算聊得来。后来我们的话题深了点，彼此说了半夜网游的心情。婷婷也是满怀沮丧的，最近和她老公吵得山崩地裂。老公有外遇了，总是冷落她，她天天独守空房，夜夜盼郎归。于是就在网上瞎转，用网络打发寂寞。我安慰婷婷，他都跟别人好上了，你又何必这么折磨自己？要么离婚，要么送他顶绿帽子。婷婷大笑，说这是个好主意！我也说了我的情况，婷婷笑死了，说你更没必要折磨自己了哈，人家都结婚了，你还想个鸟啊？想也白想，快掉船头吧。婷婷说得对，可我脑海太窄了，就是掉不过船头来。我可以给婷婷支招，让她报复她老公，自己却一点招儿也没有。婷婷就给我支招，要我报复李红彤。我们越聊越起劲，越聊越近乎，最后婷婷很直接地问我，你多大了？我说四十三了。

婷婷拍掌，说我二十八了。婷婷又说，我有个两全齐美的办法。

婷婷两全其美的办法，就是我和她走到了一起。我们把做爱当做最有杀伤力的武器，用身体的沦丧，去报复对不住我们的人。婷婷说她以前和老公做爱，从没这么疯狂过。现在她很疯狂，像吃了兴奋剂，一路高歌。我也如狼似虎地撕咬着她的激情，把床当成了施展的疆场。我们不像在泄欲，更像在泄愤。事毕，婷婷问我，现在忘记李红彤了吗？我敷衍着说，还不够彻底。婷婷说，说明你做爱做得不够彻底，没完全投入。我是你的一剂药，一定能治愈你心的创伤。

这时我想到了一个问题，就是这个问题，断送了我和李红彤的爱情。我说婷婷，我比你大十五六岁呢，你和我在一起，多亏啊！婷婷说，我不亏啊，亏的是他！我是他老婆，他老婆让一个老男人占有了，他这顶绿帽子，戴得不够鲜亮哦，哈哈哈。

我和婷婷本来就不是冲着爱情来的，所以爱情对我们一点都不重要，重要的甚至也不是肉体的快感，而仅仅是报复的快感。我们就是对方的工具，被对方拿去报复别人。我曾试图去爱上婷婷，好让自己摆脱对李红彤的心灵呐喊。但这个目的本身就不够至纯，因而我在婷婷身上冲锋陷阵时，肉体和灵魂总是不自觉地向着两个极端冲刺，肉体向着婷婷，灵魂向着李红彤。这一对矛盾，在我身上始终得不到统一。偶尔统一了，只不过是把身下的婷婷当成了李红彤，肉体和灵魂在虚幻中美妙地统一了。

婷婷和李红彤确实有几分相似。年龄差不多，身高也差不多，一样地瘦小，一样地年轻，这或许是我喜欢婷婷的潜在因素。但喜欢毕竟不是爱，二者虽然只有一步之遥，我却用了一年之久，也没能跨越这一步。

这时，李红彤给我来电话了。我无论如何都不敢相信，跑了一年多的野兔还能跑回来。我受宠若惊得不行，当着婷婷的面就接电话了。李红彤的话，更给我带来了意想不到的消息，让我喜上眉梢，以至于婷婷实在看不下去了，狠狠地踢了我一脚，说看你那没出息的样子，我呸！我被婷婷呸了一脸的唾沫星。

李红彤在电话里很矜持地问了我的近况，我直截了当地说，我有女朋友了。婷婷骂我没出息的话，李红彤在电话里肯定听到了。我以为这样可以狠狠刺激一下李红彤，为自己报仇雪恨呢。但是，即使这样，李红彤都没有挂断电话，而是悲悲啼啼地说，她和筱重过不下去了，说筱重一点不懂得关心她，也不让着她，不如我处处呵护她，疼爱她。又说筱重经常在网上和别人聊天，还背着她给别的女人打电话。她说得痛苦，我却没心没肺地得意着，有点幸灾乐祸。李红彤最后说，我想你，我很想你，我一直没有忘记你。我也想你！我几乎要脱口而出了，当这几个字像离弦的箭，迫不及待地撞上牙齿时，我的双唇敏锐地合上了。顿了一下，我故作镇静地说，想我干嘛，我又不是你老公。李红彤长长地叹息后，挂了电话。

你说李红彤是不是个问题女人？一个悲情的问题女人！当初是她向我提出分手的，现在又说想我了。她这不是拿我当冰红茶吗，想喝就喝，想吐就吐？她这样对我，是不是有点过分了？要是换成你，你肯定气得暴跳。但是，奇怪的是，我没有生气。更没有暴跳。我非但没生气，反而很开心，越想越高兴。既然她和筱重过不下去了，那么我就又有希望了。

我又陷入了遐思，遐思起往事来。

我和李红彤认识一年多了，一路走来，感情非常好。从认识到分手，我们几乎没吵过一次架，没产生过一点矛盾。我们分手最最主要的原因，是我比李红彤大了二十岁！她二十三，我四十三了。这其实也不是个问题，从一开始我就实话实说了。那时我们正在进行着如火如荼的网恋，我们主张先共同开发爱情，年龄和距离等这些有争议的问题，暂且搁置起来。李红彤说，爱高于一切！当然我们会反复提起年龄和距离这两个问题，但在爱情面前，这些问题都不是问题。我和李红彤开玩笑说，我可以做你的父亲了。李红彤说，杨振宁还可以做翁帆的爷爷呢。我们都笑。李红彤说，我这是一举两得，夫爱父爱双重享有。李红彤没有父亲，在她十四岁的时候，父亲就因车祸去世了。

我们的恋情最初只是在网上，李红彤没对别人说。后来在我们见面之后，彼此更加满意了，李红彤才率先告诉了小薇。小薇是李红彤最好的朋友，小薇知道李红彤的一切。小薇起初是不能接受的，小薇说红彤，你找爹呀。小薇甚至以为我肯定是个骗子，和李红彤搞网恋是带有某种目的的。李红彤就将我的电话很干脆地给了小薇，让小薇直接考察我。小薇和我通了十余次电话，考察了我十余次后，转而成为第一个支持我们的人。

小薇转变了，李红彤有了信心。李红彤揣摩着，如何将这段恋情向家人公布。这需要面对很多的阻力和压力。在姐姐和母亲之间，李红彤选择了姐姐作为首要突破口。相比母亲，姐姐要开明得多，更能接受新鲜事儿。而且她和姐姐的关系一向很好，什么话儿都能说。

李红彤尽量用轻松和委婉的语气，将事情和盘托出，但姐姐还是大吃一惊。姐姐说，他很有钱吗？李红彤摇摇头。姐姐说，他当官吗？李红彤还是摇头。姐姐说彤啊，你缺少父爱，想找个年龄大的啊。李红彤摇头，又点头，说我就想找个真心爱我的人。姐姐说，你们一南一北，相隔千山万水，你了解他多少啊？李红彤非常肯定地说，我相信他！姐姐知道她改变不了李红彤，勉强地说，你的事你做主吧，只要你认准了，姐姐不反对你。

李红彤像玩电子游戏，又闯过了一关。她太激动了，当着姐姐的面，就给我打电话，告诉我姐姐同意了。她让我和她姐姐通电话。我怀着感恩的心，亲切地叫了声姐姐。其实我比她姐姐大十六七岁呢。她姐姐没答应我，只是端着姐姐的架势，用审讯的口吻审问了我一番，最后说，请你一定要善待我妹妹，彤太不容易了。

李红彤说，她要闯最后的关了。我说嗯，过了母亲这一关，前面就是麦田在望了。

李红彤像要上考场似的，先做了充分的准备，把母亲可能问到的问题，都设想好了。把我的优点，也在脑子里逐一罗列周到了。然后，李红彤钻进母亲的被窝里。母女俩有七八年没这么亲近了，这让母亲有些惊讶。李红彤知道成败在此一举，所以尽量先和母亲唠些家长里短的事儿，之后才将事情挤牙膏似的，一点点挤出来。

李红彤没料到，母亲听了之后，会是那样的惊愕。母亲坐了起来，母亲甚至抬起了手，要向她劈下来。最终母亲的手只是划了个弧，指着她半天不说话。答案已很明了，母亲不同意。李红彤是有心理准备的，她知道母亲不可能一下就同意的，需要一个过程。所以李红彤没有气馁，既然母亲的手能半道改辙，母亲的态度也就能半道改辙。但是这回，李红彤想错了，母亲像一堵硬实的墙，死死堵在了她面前。李红彤事后对我说，她遭遇了母亲有生以来的最强硬。母亲说彤你想过吗？他比你大二十岁，这就意味着，你要为他守二十年的寡，甚至还不止二十年！母亲的语速很快，冰雹似的砸在李红彤的心上。说到守寡，母亲流泪了，母亲想到自己守寡了这么多年。这么多年，家里没个男人，母亲独自撑起这个家，吃了多少苦，流了多少泪，谁能知晓呢？

母亲又说，他是南方人，和咱习俗不同，他还离咱那么远，咱对他那儿完全是陌生的。将来有那么一天，他先走了，你一个人留在那遥远的地方，你咋办啊？母亲的泪汩汩流下。无论李红彤再讲什么，母亲都听不进去了。

李红彤是很有点钉子精神的。这次谈话失败后，李红彤没有放弃，她对我说要钉下去，直到母亲改变主意。她又几次和母亲长谈深谈，把我说成了唐僧肉，奈何母亲一点胃口都没有。李红彤还说了杨振宁和翁帆的事,母亲说他毕竟不是杨振宁,就算他是杨振宁,就算全天下的母亲都同意把女儿嫁给杨振宁,我也不同意!

接下来,母亲和李红彤展开了较量,将不同的力量拉进各自的阵营。母亲不知施展了什么摄魂大法,先后将姐姐和小薇拿下了。李红彤和母亲的力量对比,由原来的三比一,变成了一比三,李红彤势单力薄了,问题来了。

李红彤对我说,她现在心尖好痛,痛得她受不了。受不了了,李红彤就对着我哭,哭得上气不接下气。李红彤哭着说,为什么我们相距这么远?为什么我们相差这么大?听得我也哭,陪着她哭了好几回。谁知我的眼泪还没来得及擦干,李红彤的眼泪先干了。李红彤说她要嫁人了,嫁给筱重。

原来李红彤缴械了,向母亲投了诚。

就是打死我,我也不会相信,她这么快就反戈一击,从我们爱的阵营里逃跑了。她曾说过她爱我,至少有三个爱我的理由,现在这些理由也逃得无影无踪了。

我的身体像座大厦,轰然倒塌了。

现在我变成问题男人了。我的问题是,我收不回我的爱了。我的爱被定格,定格在一个渐行渐远的影子上。即使婷婷出现了,也没能解决我的问题。

起初我以为,李红彤是爱上筱重的年轻和温和,才背叛我的。现在看来,李红彤向母亲投诚的真正原因,并不是筱重有多么好,或多么富有。筱重不富有,只是在李红彤的县城有一套房子而已。李红彤没有房子。筱重也没有李红彤想象的那么好,不如我对李红彤体贴关爱。李红彤在电话中说她和筱重过不下去了,就足以证明筱重不是个好鸟!他娶李红彤只是图个新鲜,或者把爱情当成了一场戏,有揭幕,就有落幕。

那次李红彤在电话里说我很想你之后,又对我说了她当初选择筱重的内情。当时她归顺于母亲，完全是不忍心让母亲心碎。李红彤有过一次婚姻，这我是知道的。李红彤的第一次婚姻，母亲没有严格把关，完全顺从了李红彤自己，结果婚姻惨败。所以这次，母亲流着泪对李红彤说，彤，如果你还拿我当你母亲的话，就让母亲为你做回主吧。这话太沉了，李红彤扛不动。这次母亲睡在李红彤的床上，娘俩唠了大半夜。母亲从父亲去世，说到自己如何含辛茹苦，从家庭的重要性，说到社会的复杂性。李红彤是个心软的人，知道母亲付出了那么多，心痛不已，泪水涟涟，枕头湿了一大片。母亲道了很多辛酸，说了很多现实问题，宗旨只有一个，她要给李红彤做回主。李红彤迟迟疑疑地松了口。

李红彤一松口，母亲马上为她张罗对象了。李红彤虽然离异了，但很清纯，长得也漂亮。母亲给她制定了择偶标准，一是有房，二是善良。于是筱重从众多候选人中脱颖而出。母亲对李红彤说，筱重比你大两岁，善良，温和，最适合你了。母亲说了这句话，李红彤就和我提出分手了。李红彤说她当时并不了解筱重，两人才接触两三次。主要是她不想为难母亲，只好委屈我，提出了分手。她说我们的关系已是强弩之末，不如利索一刀，绝了念头，各自将目光投向别处。

我和李红彤的目光都投向了别处，我落在了婷婷身上，她落在了筱重身上。我们的目光都是呆滞的，迷惘的，目光背后的目光，仍在回眸着过去。在我整夜整夜地等着李红彤出现时，李红彤已经开始了另一场恋爱。她以为，一场爱可以覆盖一场爱，一份情可以埋藏一份情。而事实上，这是理论上的说法，现实中不然。李红彤说她曾想努力地忘记旧爱，努力地接受新欢。可不管怎么努力，她都无法爱上筱重，无法忘记我。她的心中始终有道坎，像天堑，无法逾越。她说我是一杆标尺，立在她心中，她总会不自觉地拿我去衡量筱重。得出的结论是，筱重不达标。每每此时，她对我的思念便如潮水般涌来。我在QQ上守候她时，她也在QQ上，隐身了。李红彤说那时她好渴望我能给她打个电话，或发个信息。但是，她失望了，我什么也没做。

那次李红彤在电话里说我很想你，导致的直接后果是，我和婷婷的关系结束了。婷婷没想到，她和我在一起这么久了，却不及一个伤我很深的女人！我很客气地和婷婷说，我们分手吧。婷婷也愉悦地接受了，婷婷不正经地笑着，说我现在才知道什么是亏，和你这个老家伙做爱我没觉得亏，可是被你这个老家伙甩了，我才吃了大亏呢。滚吧，老家伙！

既然李红彤说她和筱重过不下去了，那么，我分析，她是想和我过下去了。可李红彤说不，说过不下去也要过下去，这是母亲为她安排的婚姻。李红彤说她母亲不知道她过得不幸福，她母亲一直以为她的生活很美满呢。李红彤说她又怎么忍心让母亲伤心呢？这可是母亲帮她选择的婚姻呀。再不好，她也要过下去。如果婚姻再破裂了，她母亲只怕要绝食到死了。李红彤说她的第一次婚姻，不是母亲安排的，可当她母亲听说她离婚了，哭了整整三天三夜，粒米未沾，滴水未进。她母亲说她后悔死了，后悔让女儿自己做主，嫁给了那个禽兽不如的兽医。

现在我来说说那个兽医，是李红彤讲给我听的。在说兽医之前，还得交待一下李红彤的初恋。因为兽医出现的时候，正是李红彤初恋结束的时候。李红彤对初恋的感觉刻骨铭心。

而且李红彤后来爱上我，也与这两个男人有关。

初恋的时候，李红彤在读高中。初恋像一抹霞，映红了枯燥的学生生活。他是她的同学，一个千依百顺的男生。他用柔和的眼光，拨动了李红彤的心弦。李红彤彻底陶醉了，陶醉在男同学的和风细雨里，陶醉在学校后面的林荫道上。李红彤想象着有一天，自己会像姐姐那样，被一双有力的手牵进一扇幸福的门，从此拥有属于自己的家。她的想象力未免太丰富，丰富得有点可笑。在男同学眼里，爱情不过是甜心是面包，可有可无，可操可抛。三月后的一个黄昏，还是在那条林荫道上，男同学没揽她的腰，只是站在她的对面，随意地说，我爱上别人了，便转身消逝在林荫深处。李红彤迷路了，没了方向，丢了魂魄，找不到自己了。瞬间舞起漫天飞雪，把李红彤冻结在林荫道上，冻结在冰冷的床上。

关于这段爱情，李红彤后来和我总结过，说那时我们年龄还小，那男生根本没有责任感，就是找我玩玩，玩完了就走人。李红彤说，你是我见到的最有责任感的男人，你说的每句话，你都兑现了，做不到的事，你从不轻许诺言。这是我爱你的第一个理由。

兽医来得正是时候。男同学刚转身，兽医及时走来了。兽医比李红彤大十岁，是个离异的男人。凭李红彤的条件，没有理由找这样一个男人。但这时的李红彤是只受了伤寻求保护的鸟儿，什么都不在乎，只想找个枝头栖身，挡风躲雨。

李红彤和兽医是在一次聚会上认识的。兽医对李红彤一见钟情，极尽讨好献媚之能，一次次约她吃饭，唱歌，兜风，跳舞。兽医实际上是个卑劣的猎手，手段并不高明，但李红彤涉世未深，又刚受了重创，所以还没来得及测量一下爱的深度，兽医就不顾一切地猎取了她的身体。

于是她决定嫁给兽医，不顾一切。

姐姐是反对的，母亲也反对，她们都不看好兽医。但是，反对无效。李红彤的意志坚定如山，十头牛都拉不动。母亲只好把事情往好的方面想，想也许结婚以后，女儿能改变兽医的劣性，女儿能过上幸福生活。

这只是母亲的一厢情愿，兽医却没有按照母亲的套路出牌。结婚不久，兽医便暴露了本性，他要打猎了。兽医有钱，有钱人都喜欢女人。兽医勾上了一个小女人，寻欢作乐，乐不思蜀。李红彤不敢相信，也不肯相信。她不信自己的命运，会被再一次捉弄。她问兽医，兽医承认了，摆出一副流氓的嘴脸。兽医说，不就是花点钱么？我的钱养得活你，还不够吗？

钞票是兽医的子弹，不时有鲜活水灵的猎物，被兽医击中。只有在猎不到艳物的时候，兽医才会在李红彤身上发泄。但是，李红彤不是兽医的泄欲工具，兽医遭遇了她的抵抗。家庭战争从此拉开了序幕，曾经的新房弥漫着硝烟，曾经的婚床变成了战场。这个风雨飘摇维持了三年的家，解体了。

李红彤这时说了她爱我的第二个理由。说她爱我，是因为我儒雅，有德行，从不和她争吵，有理说理，无理不说，不像兽医粗暴蛮横，品行恶劣。

这两个理由，当初是在李红彤和我熟识之后说的。起初我和李红彤只是在网上聊，聊得很投缘。我说什么，李红彤都认为有理。李红彤说什么，我也会支持她。当然，要是有什么不合理的地方，只要这方指出来，那方肯定能欣然接受。我们惺惺相惜了。继而，便有了朦胧的爱。李红彤开始叙述她的过去，并说了她爱我的理由。但我们都在质疑自己，我们年龄相差那么大，隔着一个豆蔻年华，隔着几千里地，咋就爱上了呢？

这个问题曾一度困扰着我们。我怀疑李红彤有恋父情结。李红彤不肯定，也不否定。她认为父亲给予的，是慈祥，是疼爱，是关怀。而我给予的，是爱情，是甜蜜，是相思。这其中似有相通之处，却又明显不同。所以她更愿意承认，她是爱我，而非出于恋父。

李红彤又问我，爱她和疼她，哪个更多些？我说，当然是爱她。我同情李红彤的遭遇，更爱她的纯真善良，最爱的是她善解人意。李红彤是个善解人意的女人，她总能用一些话，打动你的心。在你迷糊的时候，她的话像一缕清风，让你醒悟不浑。

可是，仅仅凭着网络，我们就真的相爱了吗？半年后，我们不约而同地想到了解决这个问题的办法。见面吧。见面了，就可以全面了解对方了。我说你来吧，她说你来吧。于是五一放假，我去了她的城。

到北方小城，是晚上十点半。打量着小城陌生的天空，我恍若隔世。因为李红彤，我来到了这个别样的异乡。我不禁惊叹于我的胆识，李红彤若和我开个玩笑，关了手机，我在这茫茫小城，何处觅芳踪呢？想想挺后怕的。

李红彤没玩失踪，而是如约而至，站在这两棵树之间，等着我的到来。她远远地打量着我，看着我一步步向两棵树走来，心不停地突跳。几分钟后，我们面对面地站着了。刹那间，时空凝固，万物静穆，风轻，灯暗。我看着她，她看着我，两双眸子在无语交流。没有陌生，没有距离，没有事先的紧张和胆怯。我们同时伸出手，紧紧拥抱了。

我们在一起度过了三天四夜。从虚拟到现实，从南方到北方，从思想到身体，我们迫不及待地了解着对方。我们牵着手，去看小城夜景，看扭秧歌。去李红彤上班的药厂，看她工作是不是很辛苦。那次在大街上，我把李红彤背了起来，她幸福得晕了。她说了爱我的第三个理由，说我比年轻人更珍惜她，更懂得浪漫。我脉脉含情地说，我爱你，嫁给我吧。李红彤也含情脉脉地说，我爱你，娶我吧。

以为爱情是两个人的私事，以为我们这么说了，一生就这么定了呢。但是，不是，远远不是。见面之后的八月，李红彤就说要嫁筱重了。而分手了一年后，李红彤又说想我了。可等我支走了婷婷，等着牵李红彤的手时，李红彤又说，她和筱重过不下去也要过下去。她的问题太多了，她是只业绩不稳定的股票，忽起忽落，大涨大跌。我持有了她这只股票，只能跟着她时明时暗，忽赚忽赔了。

于是，我被李红彤忽悠出大问题来了。

现在，我对任何股票都没兴趣了。我曾持有过婷婷这样的股票，玩的是短线，很快就出手了，因为没有感觉。我只愿意孤注一掷地持有李红彤这只股，而且想长期持有。但凡长期持有某股票的人，都期望着有一天，手中的股票能变成绩优股，为他赢来滚滚财源。而我的想法恰恰相反。我期望有那么一天，李红彤这只股，能被牢牢操纵在我的手里。但那时她不是绩优股，而是绩差股了。现在的李红彤年轻美丽，才是绩优股，等到我六十她就四十了，我七十她就五十了，那时她这只股票的走势越来越弱，我的希望就越来越大了。

　　问题是，李红彤这只股票现在仍操纵在筱重手中，筱重要是不出手，我又怎么能持有呢？你说我是不是有大问题了呢？

通天的路

通往幼儿园的路

这是九月的天空,湖水一样地湛蓝,纯净,清澈。

西天,散布着大朵小朵的火烧云,如同镶嵌在湖岸边被风浪抚平的鹅卵石。夕阳的脸红灿灿的,像一片吹落的枫叶浮在湖面上,一点点地向岸边漂移。

是时候了。

奶奶迈着碎步,在院子里蹒跚一圈,铁锹、水桶、扫帚,一件件地收进屋子。晾在绳上的是冬娃的衣服,冬娃现在不穿了。冬娃调皮着呢,每天都要换一身衣服。那次幼儿园老师向奶奶告状,说冬娃太调皮了。奶奶的脸色难看了,说小孩哪有不皮不闹的?皮皮闹闹才肯长呢。奶奶收起冬娃的衣服,叠好收进包裹里。鸡圈的篱笆门被鸡啄烂了。畜生!奶奶咕噜了一句。奶奶关上篱笆门,再用一根竹竿在篱笆门外挡了一下。

一切收拾好了,奶奶锁上院门,慢慢悠悠地向东走去。

夕阳滑到了泡桐树梢上。西天被烧得一片通红。

奶奶走上了一条乡间小路。路不平整,坑坑洼洼,十弯九拐,小草枯枝蔓延过来,路面萎缩成了肠道。奶奶走得并不急,深一脚浅一脚。奶奶的心情很好，仿佛脚下的小路是快乐的通道，奶奶每移动一步，脚下的小草枯枝咯吱咯吱地响着，像在欢乐地唱歌。欢乐涌到了奶奶的脸上，弥漫在奶奶的皱纹里。

黄昏的乡村小路上，洒落了一地的细碎残阳。时候尚早。奶奶走走停停，看地里庄稼的长势。秋风掠过田野，稻浪起伏。秋风每掠过一次，就给稻子贴上一层金。于是，稻杆金条似的黄灿灿了，稻粒鼓鼓的，像个怀孕女人的肚皮。今年又有好收成了。

几只鸡正在左边的菜地里刨食，鸡爪锹子一般，将土刨起，青翠的菜叶被啄得像网筛。奶奶捡起一个小石子扔了过去，几只鸡仓皇逃窜。奶奶咯咯地笑了。

奶奶好几年没打理庄稼了。不是奶奶懒了，也不是奶奶老了，是儿子来福把地交给了别人种，自己带着媳妇天芳去南方打工了。奶奶是庄稼人，看到庄稼眼里就闪光。奶奶不种庄稼了，但奶奶喜欢看。

奶奶走着，看着，看着，走着。乡下的风景奶奶看了几十年了，一枝一叶都记得。脚下的这条路，奶奶每天要走八个来回，走了整整三年。奶奶仍喜欢在这条路上来回地走。这是享受，是一种幸福。奶奶希望就这样永远地走下去，直到自己闭了眼。

奶奶走得悠闲，看看地里的庄稼，瞧瞧老天的脸色。估摸时候差不多了，奶奶的步子不由得紧了点。

前面是生产桥了。过了生产桥，就是幼儿园。

奶奶站到了生产桥上。听见孩子们嬉闹的欢笑声，奶奶的脸上有了笑容。奶奶竖起了耳朵仔细地倾听，希望能听出冬娃的声音来。冬娃的声音传来了。奶奶屏住了呼吸，仔细听听，又不像了。冬娃的声音好听，稚声稚气的，叫起来很响亮，像学校上课的铃声在耳边回荡。

奶奶本来是想走过生产桥，去幼儿园的。但就在这时，葛老爹出现了。葛老爹正站在幼儿园操场上的一棵树下，抽一杆长长的旱烟袋，不时地咳嗽着。忽听得叭地一声，葛老爹的一口浓痰脱口而出，飞在一米远的稻谷地里。

奶奶改变了主意，停在了桥上。从桥上看幼儿园，一清二楚。这时，葛老爹转过了身子，向桥这边瞄过来。奶奶缩了缩身子，走下桥，站在了桥杆的一边。

奶奶讨厌葛老爹。

奶奶以前是不讨厌葛老爹的。奶奶喜欢和葛老爹拉着闲呱。葛老爹夸他的孙女可爱，奶奶夸她的孙子聪明，有时两人也会争个面红耳赤，但掉个头又在一起聊上了。

奶奶是从这学期开始讨厌葛老爹的。事情是这样的。幼儿园开学的第一天，也是这个辰光，奶奶来了幼儿园。这与葛老爹有什么关系呢，葛老爹偏偏要把嘴放在奶奶身上。葛老爹说，你个老痴子，你孙子都不在幼儿园了，你还往这跑干吗？奶奶有点不高兴，也没往心里去。第二天的这个辰光，奶奶又来幼儿园。葛老爹见了就生气，说要跑你往城里跑呀，你孙子在城里上学呢。奶奶真的动怒了，说你个老不死的，我来幼儿园关你屁事？难道你来得幼儿园，我就来不得！葛老爹涨红了脸，底气十足地说，我当然来得，我孙女在这里上大班。葛老爹的声音很大，沙啦沙啦地像炒黄豆。葛老爹说完就接二连三地咳嗽起来。奶奶站不住了，奶奶很讨厌葛老爹。不就是孙女在幼儿园上学嘛，就了不起了？以前我家冬娃在这里上大班，我也没啥神气的呀。奶奶气呼呼地回了家。第三天，第四天，奶奶没来幼儿园。今天是第五天，奶奶实在憋不住了，奶奶又来了。凭什么不让我来呢？幼儿园是村里的，又不是他葛老爹家的。奶奶这么想着，就不顾葛老爹的闲言碎语，理直气壮地来了。可远远看见了葛老爹时，奶奶似乎又有些理亏。亏在哪里呢？奶奶说不明白。

奶奶站在桥的这边，伸长脖子向幼儿园眺望。奶奶的神情像是在专注地看一场酷爱的电影，因未买票而只能远远地观看。

铃声响了。孩子们像从鸡圈里飞出来的小鸡崽，欢呼雀跃地扑向守在操场上的家长。冬娃以前也是这样扑向奶奶。奶奶的手不自觉地在怀中揽了揽。奶奶的怀里空落落的。奶奶一双老花眼不停地在孩子中搜寻。搜寻什么呢？冬娃已经去城里了。奶奶仍是伸长脖子向幼儿园望，望得脖子都累了。一个小男孩从奶奶的面前走过，奶奶看得眼热。冬娃也有这么高了。

葛老爹牵着他的孙女走了。葛老爹经过生产桥时，奶奶故意不看他，也不看幼儿园，看地里的稻子。等葛老爹走出十来米，奶奶的两只脚像水中的鸭子划拨起来，快步走到了操场上。小朋友走了一批又一批，幼儿园渐渐冷清下来。

最后一个小男孩跟着姗姗来迟的母亲走了出来。见奶奶仍往教室里张望，小男孩说，奶奶，奶奶。奶奶一惊，以为是冬娃呢。小男孩说，你在等你的孩子吗？小朋友都走了。奶奶这才缓过神来，喃喃地说，是啊，我在等谁呢？我在等谁呢？

秋风凉飕飕的。一丝苍凉漫过奶奶的眼底。奶奶想冬娃了。想起晨曦中搀着冬娃去幼儿园的情景，想起暮色中祖孙俩踏着夕阳回家的情景。

奶奶默默地往回走。暮色四合，星星眨着顽皮的眼睛。奶奶听到了冬娃的歌声："一闪一闪亮晶晶，满天都是小星星。"冬娃唱歌时模样很可爱，摇头摆尾的，脖子那儿像装了轴承。冬娃在城里能看到小星星么？冬娃现在在干什么呢？奶奶胡乱地猜测一气，想不出答案来。

汪、汪汪、汪！……院里的大黄听到奶奶的脚步声，叫了起来。奶奶打开门，大黄眯着眼睛，摇着尾巴，在奶奶的脚边欢快乱蹦。奶奶坐了下来，用手一下一下梳理着大黄的毛。平时院子里静默得能听见空气的声音。大黄偶尔会叫两声，奶奶偶尔也和大黄说两句，奶奶的心里就不闷得慌了。大黄很乖，爬在奶奶的脚旁，斜着头，睁大眼，听奶奶说话。奶奶十天八日买点骨头犒劳大黄。

大黄的地位在冬娃离开后得到了提升。冬娃走后，大黄是奶奶的影子。更主要的是，冬娃喜欢大黄。大黄是冬娃从小喂大的，冬娃吃一口，必定要给大黄吃一口。冬娃每次从幼儿园回来，首先要抱抱大黄，给大黄喂一根火腿肠。

奶奶将中午的剩饭热了一下，将就着吃了。黑暗包围上来，堵在门口。奶奶不看电视，奶奶在屋里干坐了一会。大黄不知跑哪儿去了。奶奶开始洗脚，上了床。奶奶的床铺里面还放着一床叠得整齐的小薄被，是冬娃的。奶奶先铺开冬娃的小薄被，将枕头放好后，才铺开自己的薄被。奶奶坐进被窝里，熄了灯。

奶奶并没有睡。黑暗在奶奶的眼前变幻着。冬娃睡相不好，爱踢被子，天芳，你要帮冬娃掖几次被子。奶奶这么想着，手不自觉地伸过去把小薄被掖了掖。听说南边的天气热，来福，晚上你要帮冬娃逮蚊子，蚊子最爱叮冬娃的小脸蛋了。奶奶用手往里边摸了摸，摸到了冬娃的小枕头。奶奶闻到了枕头散发出的味道。那是冬娃头发的味道。天芳，要给冬娃洗头了，要不冬娃的头发会酸的。

奶奶不知道坐到了几点，直到坐累了，才迷迷糊糊地睡去。迷迷糊糊地，奶奶梦见了冬娃，梦见冬娃回来看望奶奶了。冬娃长高了，胖了，冬娃给奶奶讲了许多城里的事。冬娃说，奶奶，我还要跟你睡在一起，睡在你的里面。奶奶高兴了，用手去搂冬娃，搂了个空。奶奶把手往里伸了伸，还是搂了个空。奶奶一惊，醒了。

透过窗户，天有些泛白。奶奶起身下床，先将小薄被叠起来，将枕头放在上面，再将自己的被子叠放整齐。

天亮了。奶奶刚放下碗筷，村里的喇叭响了，通知奶奶去村支书家等电话。是来福打来的。来福每半个月左右打一次电话，说不上几句就匆匆挂了。奶奶迈着小碎步，急急赶到村支书家，守在话机旁。

电话响了。来福说，妈，您老身体好吧？等过两天发工资我给您邮点钱去。需要什么您就说……来福啰嗦，全是些体贴奶奶的话。奶奶几次想说话，都插不上嘴。奶奶不要听来福这些话，奶奶要问问她的宝贝孙子。来福说，冬娃他挺好的，长高了也长胖了。奶奶就笑了，和梦里的一模一样。奶奶说，你们夜里要给冬娃掖被子，要点蚊香，夜里起来帮他赶蚊子，蚊子可爱叮冬娃了，冬娃好出汗，要常给他洗头……奶奶也是一开口就说个没完。来福嫌奶奶啰嗦，打断了奶奶的唠叨，说妈，长途话费贵，就这么着吧。来福挂了电话。奶奶听着嘟嘟的声音，握着话筒迟迟不放。

来福没给奶奶带来多少冬娃的消息。奶奶在路上反复琢磨着来福的话。太阳升上了屋顶，天气暖洋洋的。冬娃挺好的，长高了，长胖了。冬娃到底有多高了，有多胖了，来福也不说清楚，奶奶想不出来。想不出来奶奶还是要想，想着想着，奶奶满是皱褶的脸上展露了笑容，像一朵枯萎的向日葵。

回到家，大黄迎了出来。奶奶拍拍大黄的头，笑逐颜开，说大黄，告诉你一个好消息，冬娃长高了，长胖了。大黄嗯嗯叽叽地哼着，狗尾巴不停地摆动。奶奶想起了什么，走进里屋，取出了一个包裹来。这个包裹奶奶本来是给冬娃带去城里的，可天芳不让带。

天芳说，这些衣服穿到城里多寒碜，玩具枪也别带，城里的小孩子都玩电脑，谁玩这玩意呀。这几本破皮烂肉的动画书扔了，城里有的是书店。奶奶被天芳一顿抢白，灰溜溜的，就把包裹收了起来。奶奶一件也没舍得扔，都收着呢。有一次葛老爹向奶奶借冬娃的玩具枪给他的孙女玩，奶奶没借。我的孙子回来了，还要玩呢。

奶奶在包裹里翻出了冬娃的衣服，把衣服在手里比划来比划去，反反复复地看着。冬娃现在穿不上了。奶奶又翻出玩具枪。冬娃喜欢这把枪。奶奶把衣服一件件叠好，把玩具枪小心地收好，系好包裹，放进了房间。冬娃寒假回来，又可以玩枪了。

冬娃寒假回来么？奶奶不知道。那次来福打电话回来，奶奶问了。来福说，不一定。这么大老远的，哪能说回就回呢。再说，我和天芳很难请到假。奶奶说，我想孙子，你过年带他回来吧，几天也成。来福说，一趟路费要好几百呢，我和天芳商量商量吧。后来来福又打电话来，奶奶又问起冬娃寒假回来的事，来福支支吾吾地。肯定是天芳不同意了，奶奶想。来福说，前村的老麻过年要回去，要不让冬娃跟着老麻回去吧。奶奶慌了，说，不行不行，咋能让孩子跟别人走呢。老麻不是外人也不行，人家能疼我的孙子么？我不要冬娃回来了。之后来福再来电话，奶奶没再提冬娃寒假回来的事。

通往城里的路

天芳比来福有主见。来福的思想还在激烈斗争的时候，天芳在床上有力地一挥手，就这么定了。

天芳这么一挥手，冬娃的命运，奶奶的命运，就这么定了。

天芳说定了，来福只好就这么定了。接下来来福要面对的是两件事。一是说服奶奶。二是找学校。

快放暑假了。来福夫妇请了十来天的假，专程回了一趟老家。天芳匡算了一下，这一趟连花销带误工，至少损失四千块以上。

奶奶一早上就站在了村西头的老槐树下。直到下午三点，奶奶才看见来福夫妇提着大包小包回来了。夫妇俩扶着奶奶回到了家。

冬娃不在家，在幼儿园呢。

奶奶忙不迭地围着灶台转了几圈，饭菜热好了。

天芳和来福吃罢饭，奶奶还没吃完。天芳给来福丢了个眼色。来福清了清嗓子，把正题提了出来。

奶奶的嘴里正嚼着一口菜，突然停了。

来福小心地说，妈，这是为了冬娃好。

奶奶的眼泪扑簌簌下来了。

来福慌了，说妈，冬娃走到天边，也是您的孙子。

天芳的脸色暗了下来，嘴巴也噘了老高。来福手足无措，不知道怎么劝说奶奶。奶奶呜咽了，声音很低，像冬天的西北风从田野上掠过。

奶奶呜咽了一阵，声音渐渐弱了。最后，奶奶的声音歇了，泪在无声地流。

天芳说话了。天芳说，妈，冬娃秋后就上小学了，绝对不能窝在这村里小学上。人家城里的教学质量好，老师用的是电脑和投影仪讲课，学生根本不用吃粉笔灰。

天芳所描述的课堂，奶奶是无法想象的。奶奶不知道啥叫电脑和投影仪。但奶奶知道，天芳和来福在城里，一定是见多识广了。

天芳说，人家城里的小孩可聪明了，提个头，知道尾，哪像咱乡下的孩子呆头呆脑的。冬娃要是在咱这村里上学，长大了也就知道啥季节种水稻，啥季节种小麦，还知道个啥？连董事长是做什么的都不知道。

董事长是做什么的，奶奶也不知道。奶奶知道学校里有班长、校长，村里有组长、村长，没听说过董事长。董事长是做什么的呢，奶奶没好意思问媳妇。

天芳说，妈，您舍不得冬娃离开，我们理解。这七年我们也想孩子，不也过来了？

奶奶默默地拭着浑浊的眼。奶奶说，这孩子自打生下来就跟着我，七年了，就像我的影子一样尾着我，我一把屎一把尿地把他养大，我怎么舍得下？不管怎样，我也想让冬娃在我的身边。奶奶呜咽的声音大了起来，像旷野的狼啸。

天芳不高兴了，一屁股坐在椅子上，椅子不堪负重地吱呀一声。

来福说，妈，这事我和天芳商量了好久，您老就别难受了。冬娃走了，大黄还可以陪您消遣呀。冬娃放寒暑假了，让他回来看您老。

奶奶说大黄能和我孙子比么？我是疼我的孙子，不是要人陪。

天芳说，鸟儿长翅膀就是要飞的，您能拦得住吗？莫不是您要让冬娃陪您一辈子？天芳的话带着刺儿。天芳站起来，进了自己的房间，关上门。未免有点太自私了。这句话天芳是关上门说的，奶奶还是听清了。奶奶的双唇颤抖着，全身触了电似的颤栗。好一阵子，奶奶的身体才平静下来。

夕阳又滑到了泡桐树梢上。奶奶用水洗了一把脸，让脸上的肌肉放放松，然后出了门，向东走去。

奶奶今天没看庄稼，任庄稼从眼皮底下溜走。几只鸡又在刨菜地，见到奶奶，翅膀一扑棱，飞走了。奶奶走得不快，步子沉重，心里沉甸甸的。

生产桥到了，奶奶听到吵吵嚷嚷的闹声。冬娃要毕业了，今天是最后一堂课。冬娃在这里读了三年。没上幼儿园时，冬娃只会数几个数字，现在不一样了，能数到二百多，还能背诗。"床前明月光，疑是地上霜，举头望明月，低头思故乡。"

奶奶，故乡是什么呢？冬娃问。

奶奶笑笑，摸摸冬娃的头，说傻孩子，奶奶没念过书。

你为什么不上幼儿园呢？冬娃又问。

奶奶说，奶奶小时候家里穷。

那你的爸爸妈妈为什么不去打工挣钱呢？

奶奶给问得咯咯咯地笑了，说这孩子，哪来这么多为什么。

幼儿园还没放学。奶奶看见葛老爹来接孙女，就靠了过去。葛老爹说，儿子媳妇回来了？奶奶嗯了一声。葛老爹的旱烟袋在树上敲了敲，又说，冬娃要上小学了？

奶奶又嗯了一声。奶奶想起了什么，靠近一步，问葛老爹，你说这孩子去城里读书有啥好的？讲话听不懂，水土又不服，街上的车子多得跑花了眼。我那儿子媳妇偏要把冬娃送城里去上学，孩子能受得了吗？

葛老爹刚要张口，忽然咳了起来，一口浓痰啐出一米之外。葛老爹斜睨了奶奶一眼。真是老古董，啥都不懂，城里什么条件不比咱乡下好，人家讲的是洋话（普通话），哪像咱们粗腔粗调的，土得直掉渣。城里吃的是优质米，喝的是自来水，怎么会水土不服呢？冬娃去城里上学，那是件好事，你可不要霸了孩子的前途。你看人家杨三爷家的小孙子不也是去上海读书了吗？进城读书现在很时新的。你就是死脑筋，太顽固！

奶奶讨了无趣，低着头不停地摆弄着衣角，说我听孩子们的，我们老了，由着孩子们去做。

铃声响了。小朋友走了一批又一批，奶奶才见冬娃慢腾腾地走出教室。奶奶走了过去。奶奶说，冬娃不高兴？冬娃点点头。奶奶说，冬娃想妈妈吗？冬娃摇摇头。冬娃有三年没见过爸爸妈妈了。

奶奶挽着冬娃的小手往回走。冬娃不时地转回头。奶奶说，冬娃，舍不得离开幼儿园呢？冬娃说，老师说我们毕业了，以后不用来幼儿园了。冬娃在为这件事难受。奶奶话到了嘴边，又咽了回去。奶奶说，冬娃别难受，有空奶奶陪你来玩。冬娃的脸上有了笑容。

天芳和来福迎在了路边。天芳一把搂过冬娃，把冬娃的脸蛋当成了苹果，一个劲地亲着。冬娃哇的一声哭了。奶奶说，冬娃，快叫妈妈。冬娃转身扑进奶奶的怀里。

进了院子，来福说，冬娃，想不想去城里的小学读书啊？

不想！冬娃脱口而出，紧紧搂着奶奶的脖子，生怕一松手就被爸爸妈妈抱走似的。

天芳说，城里有大汽车，有高楼，还有公园……

城里有小燕子吗？有大黄吗？冬娃抬头望着天空亮晶晶的星星，

说城里有小星星吗?

天芳对来福说,冬娃不能再呆在乡下了,都呆傻了,只知道小燕子大黄了。

冬娃说,咱们幼儿园的后面也有小学,小鱼哥哥就在那儿念书。

奶奶说,傻孩子,城里的小学可漂亮了,有电脑什么的,你去了可就不想回来了。

冬娃说,奶奶你也去城里吗?奶奶在冬娃的小脸蛋上亲了一口,说等你在城里娶了媳妇,再把奶奶接过去。冬娃不依,坐在地上说,那我也不去城里。

晚上,冬娃躲开天芳,要和奶奶睡在一起。祖孙俩头挨着头。听着冬娃稚嫩的呼吸,奶奶心里舒服,睡得也香。冬娃睡在奶奶的床上,偎在奶奶的怀里,听奶奶讲故事,冬娃连做梦都是甜的。

奶奶没有睡着,奶奶坐在黑暗中。奶奶在想着天芳的话。天芳说的是对的,葛老爹说的也是对的,自己真是老糊涂了。冬娃进了城里读书,冬娃就有出息有前途了。

一只蚊子嗡了一声,奶奶赶紧开了灯,蚊子正爬在冬娃的脸上。奶奶的双手迅速地在冬娃的脸蛋上一合掌,一些血渍沾在了奶奶的手上。冬娃睡得很香,小脸蛋毛茸茸光嫩嫩的,奶奶忍不住亲了一下,再亲一下,泪珠滚到了冬娃的脸上。奶奶轻轻地擦了。掉了一会泪,奶奶又骂起自己来,老糊涂啊,孙子能去城里读书,应该高兴才是呀。

鸡叫二遍的时候,奶奶起身下床,悉悉窣窣地忙起来。奶奶为冬娃挑了几件稍新的衣服叠放好。几本小人书也带上,冬娃喜欢翻看。玩具枪有点坏了,带上吧,冬娃长大想当警察抓坏人呢。小布狗放哪儿去了?奶奶翻箱倒柜地找了一身汗,没找到。

一周后,来福和天芳要回城了。冬娃拽着奶奶不放手。冬娃要奶奶也去城里。奶奶哄着说,冬娃乖,乖冬娃,过些日子奶奶去看你。冬娃不听，一屁股坐在地上大哭。

来福被冬娃哭得心里酸酸的，就动了接奶奶一起去城里的念头。天芳的眼睛全翻了白，说等你做了老板再说吧。

冬娃哭得更凶了，睡在院场上哭闹起来，打着滚儿，全身都是泥，拽着奶奶的手就是不放。大黄跑过来，发出呜呜的声音。一家人分别的心情本来就不好，冬娃一闹，奶奶背过脸去，呜呜咽咽了。来福也揉着眼睛。

天芳吸了吸鼻子，走过去在冬娃的屁股上狠狠地抽了两巴掌。大黄汪汪叫了两声。奶奶赶紧护在冬娃的前面，奶奶从没动过冬娃一个指头。奶奶说，冬娃去了城里，你们不准动他一根指头，要不然我饶不了你来福。奶奶抱起冬娃说，冬娃乖，跟妈妈去城里，奶奶过几天就去看你。

冬娃不敢闹了，被妈妈拉着出了门。冬娃抽噎着，回头望奶奶。奶奶跟在冬娃的后面，大黄绕在奶奶的膝下。奶奶站在一棵老槐树下，目送着冬娃，直到冬娃的身影缩成了一个点。

冬娃仰起脖子，数着一个一个的小鸟笼，数到了二十多，才看到楼顶。城里的楼咋长得这么高呢？天芳笑，楼不是长的，是盖的，乡下孩子就是傻。城里为什么有这么多车子呢？冬娃的眼睛看不过来。城里人有钱，有钱就能买很多的车呀。来福说。好不容易挤上一辆大巴，没有座位，站着。冬娃的小脸贴着窗子向外看，花花绿绿的街道好漂亮。冬娃不认识墙上的广告牌，还以为是卡通画呢，五颜六色，好看极了。

到家了。来福把冬娃从车上抱下来。冬娃拉着妈妈的手左拐右拐，不知钻了多少小胡同，才在一栋已有些破落的楼前停了下来。来福掏出钥匙开了门。冬娃好奇地打量着这个家。房间很小，几乎堆满了东西，一个布衣柜、几个纸箱，一辆自行车，一张有着上下铺的双人床，堆着乱七八糟的杂什。

妈，我睡哪儿呢？冬娃问。天芳一努嘴，你睡上铺，把大纸箱撤了，就是我儿子的闺房了。冬娃胆怯地看看上铺，离地面好高。冬娃说，我不睡上面，会掉下来的。天芳说，爸爸用木板把它围起来，你就是在上面打滚也掉不下来呀。冬娃说，我不敢自己睡。天芳说，别怕，爸爸妈妈就睡在你的下面。

这一夜，冬娃睡得一点也不踏实。

来福要做的第二件事，是把冬娃上学的事搞掂。外来工子女入学不容易，不但要花钱，还要托关系。来福在这里打工十来年了，认识不少人，老乡很多，形成了关系网。来福知道有个老乡的姑姑在医院里工作，姑父在中学里做老师，老乡说他姑父认识一个小学领导。

来福先请老乡在小饭店吃饭，顺便把儿子的事提了。老乡答应了。老乡带着来福找到了姑姑，姑姑很热情。看来有路子，来福立即递上了一千块的红包。一周后，来福就接到了老乡的通知，说冬娃的事办得差不多了，最好再请小学的一个领导坐坐，以后对冬娃也能有个照顾。来福照办了，冬娃的上学问题彻底搞掂了。

事后，来福和天芳算了一下，疏通关系花了三千多，回家一趟花了四千多，冬娃的学杂书本费还有一千多，算起来花了万把块了。来福说，要在乡下几百块就搞掂了。天芳白了来福一眼，地道的农民意识！只要冬娃能在城里上学，花再多钱我也不心疼，再穷不能穷教育嘛。

通往学校的路

一粒带着泥土的种子，移植在城市的水泥地上。

冬娃上学了。

除了冬娃，一家人都开心。天芳开心，来福开心，奶奶也应该感到开心。冬娃还小，还不懂得这是一次飞跃，是他命运的转折点。一个乡下孩子居然坐进了城里的教室，是多么地不可思议啊。

来福每天一大早把冬娃送到学校。中午冬娃在学校用午餐。晚上五点多，天芳把冬娃再接回来。

城里的学校像一座宫殿，漂亮极了。冬娃感到一切都新奇。冬娃不明白城里的地为什么这么平坦，连一粒泥巴都看不见。教室里的黑板旁，挂着白色的小电影幕。冬娃看了就兴奋，在乡下时只要挂起电影幕，就知道要看电影了。后来冬娃才明白，小电影幕不是用来放电影的，是老师讲课时放投影的，放的内容与电影无关。渐渐地，冬娃对那块电影幕的感觉，就和其他孩子一样地漫不经心了。

老师讲的是普通话，冬娃能听懂。冬娃的老师是个女的，姓廖。廖老师年轻漂亮，声音悦耳。冬娃喜欢听廖老师的声音，比百灵鸟还好听。廖老师讲的是语文，冬娃基本能听懂，也有听不懂的。一次，廖老师讲了道题目，要大家举手抢答。全班同学齐刷刷地举起了手，冬娃没举手。冬娃不会。廖老师发现了，让冬娃站起来回答。冬娃站起来，低头摆弄着两只小手。廖老师说，冬娃你上过幼儿园吗？冬娃点头。廖老师说，以前背过这首诗吗？冬娃点点头。廖老师问冬娃，你的故乡在哪儿呢？冬娃怔怔地望着廖老师，双手又在衣袋里摸索了一番，说，我没有故乡。全班同学哄笑。

故乡这个词冬娃是知道的，冬娃是在背唐诗时知道的。但冬娃不明白故乡指什么，奶奶也不明白。廖老师说，故乡就是老家。廖老师感慨地说，乡下教学太差，简直是误人子弟呀。同学们都看冬娃，冬娃又低下头。冬娃知道自己就是廖老师所指的子弟。

这节课改变了冬娃。冬娃上课不举手了，不会的冬娃不举手，会的冬娃也不举手。冬娃怕回答错了，冬娃怕老师批评怕同学笑话。

冬娃记得自己在幼儿园时得过许多小红花。那时老师都夸冬娃聪明，奶奶逢人也夸冬娃聪明，奶奶还会奖励冬娃一支冰淇淋。冬娃很喜欢小红花，也喜欢举双手回答老师的提问。

现在冬娃不喜欢举手了，也不喜欢听廖老师说话了，甚至听到廖老师叫他的名字都会紧张。冬娃现在的处境我们是可以设想出来的。我们都曾经历了学生时代，差生我们是看不起的，成绩好坏是衡量学生的唯一标准，而且是衡量同学关系、衡量学生在班里地位的标准。冬娃现在是差生了，冬娃在班里没了地位，没有好朋友。冬娃有许多不懂的题目。开始时冬娃尚能问同桌。同桌是个胖乎乎的城里男孩。城里男孩不屑地说，这么简单的问题都不会？切、切、切！邻座的几个同学眼泪都笑了出来。冬娃转而问后面的小女孩。小女孩讲了，冬娃没听懂。小女孩再讲，冬娃还是似懂非懂。小女孩急了，说你真是笨冬瓜！冬娃的脸唰的红了，像涂了红油。

冬娃不问同学了。冬娃像是什么都不懂，又像是什么都懂了。

上课时，冬娃的眼睛始终盯着黑板，但冬娃什么也没听进去。冬娃如坐针毡，盼着下课。下课了，冬娃一个人倚在一根贴着粉色瓷砖的柱子上，默默地看那些玩得正欢的同学。冬娃想加入进去玩，但冬娃加入不进去。同学们下了课全讲方言，叽哩哇啦的，冬娃一句听不懂。冬娃的方言同学也听不懂。同学们玩的游戏冬娃也看不懂，那与自己在老家玩的不一样。

那天冬娃看见有个同学坐着私家小轿车来上学。冬娃说我也坐过车，坐过好大好大的车。冬娃指的是大巴车。同学们笑冬娃是乡巴佬，打工仔！冬娃明白了自己的无知，也懂了一些称谓的意味。冬娃自尊心受了挫伤。冬娃宁可一个人，倚着一根柱子或坐在石阶上。

孤独包围了冬娃。冬娃在孤独的时候，喜欢上了回忆。那天，冬娃对天芳说，我想奶奶。来福说这孩子刚出来，想家呢。天芳说，慢慢就好了。来福又说，冬娃在校怎么样啊？

第二天下午，天芳提前半个小时到学校与廖老师见了面。廖老师迟疑了一下,还是照直说了。天芳着实吃了一惊。廖老师说,冬娃这孩子性格相当孤僻。不少外来工子女都这样,特别是留守儿童来到城里,多是如此,他们在语言环境心理等方面都有障碍,这样就影响到孩子的学习和成长。冬娃的成绩不如刚上学那阵子。天芳慌了神。廖老师说,孩子要引导,多沟通,不能过于束缚天性。带孩子出去玩玩,逛逛公园,让孩子的天性释放出来,回归自然。

天芳回来对来福一说,来福也急了。来福说,咱俩每天加班到十一二点,那么累,哪有时间和冬娃交流沟通呀。来福和天芳同在一家五金厂上班,每天没完没了地加班,星期天也要上班。来福说,不如这个星期天你请个假,带孩子去公园转转。

天芳的主管听说天芳要请一天假,脸拉长了像马脸,说现在正赶货,不准假。天芳磨了半天嘴皮,主管才批了两小时的假。天芳带着冬娃匆匆去了浦江公园。浦江公园是免门票的。冬娃第一次进公园。公园里有一大片草坪,冬娃松开妈妈的手,扑倒在草坪上连翻了几个筋斗。翻累了,张开四肢躺在地上。

妈妈,这里的草为什么没有老家的香?

妈妈,这里的草为什么长不高?

妈妈,草里为什么不见豌豆花蚕豆花黄豆花?

冬娃总是有那么多的为什么。

冬娃从地上爬起来,看见湖中有人划船,嚷着要划。天芳一问,要二十五块。天芳看看表,又看看湖水,说别玩了,水太脏。冬娃看看那湖水,果然乌黑乌黑的,上面还漂着果皮纸屑。冬娃说水为什么这么脏呀?老家河里的水碧清碧清的,能看得见在水里游动的小鱼儿。

一个多小时过去了,冬娃还不肯走。天芳连哄带骗地将冬娃带出了公园。

两个小时天芳又损失了三四十元,还不包括天芳本月的全勤奖三十元和优秀奖五十元。天芳月月全勤,月月都评上优秀员工。天芳对来福说,带冬娃出去玩损失了百把块,还不如给廖老师送个红包呢。天芳给廖老师封了三百块的红包。

廖老师把冬娃叫到办公室。廖老师柔声细语,问这问那,冬娃就是不吭声。廖老师上课提问冬娃,冬娃站在那里也不回答。同学们的目光像无数的针刺扎在冬娃的身上。冬娃心里恨起了廖老师。课后,廖老师又特地安排冬娃后面的小女孩帮助冬娃学习。这回冬娃恨死了廖老师,冬娃几个月都没和后面的小女孩说话了。

弄懂了故乡的意思后,冬娃对故乡萌发了许多的思绪。"低头思故乡。"大概受了这句诗的启发,冬娃喜欢低着头,老家便一幕幕在冬娃脑海里回放。冬娃看见了奶奶,看见奶奶守在操场上等着自己。冬娃看见了他和奶奶走了三年的小路,路边长满了青草绿藤,瓜角荠菜。冬娃揉了揉眼睛,眼睛湿润了。冬娃抬起头,天空是灰蒙蒙的。城里的天空为什么这么蒙呢?冬娃记得老家的天空碧蓝碧蓝的,像刚从水中捞出来一样,燕子展着优美的身姿在天上飞翔。燕子?对了,冬娃来城里还没有见过燕子呢。燕子为什么不来城里呢?燕子是过不惯城里的生活吗?

嘀零零……上课了。冬娃最怕听到这刺耳的声音,这声音总是在关键时候掐断他的思绪,就像正在做一个美梦时忽然被人叫醒了。冬娃很不情愿。

廖老师的课。廖老师说,今天我们来学习一首唐诗《静夜思》,请会背诵的同学举手。除了冬娃,全班的小手都举了起来。冬娃会背,但冬娃习惯不举手。廖老师说,冬娃呢?冬娃胆怯地朝四周看了一下,犹豫地举起了手。廖老师就让冬娃站起来给大家背一遍。冬娃背了,廖老师非常满意,把冬娃夸了一番。冬娃非常喜欢这首诗。"举头望明月。"冬娃想到了老家的月亮,比城里的月亮圆,比城里的月亮亮，高高地悬在夜空，像一面清澈的镜子，照得满地白花花的。大人们坐在月光下唠家常，冬娃和小朋友们捉迷藏。冬娃爱玩捉迷藏，藏在树上，藏在草堆里，藏在路沟旁。有一次冬娃藏进了女厕所，小朋友找遍了也没找到，最后冬娃自己得意地走了出来，被小鱼大华几个摁到在地上，拽下小裤头，揪住小鸡鸡，说要摘了小鸡鸡让冬娃变成女的。后来奶奶把小朋友撵跑了。

进城后冬娃就没见过月亮了。冬娃几次误把从窗户照在床前的路灯当成了"床前明月光"。

下课了。冬娃远离同学喧闹的地方。冬娃越来越不喜欢城里的同学了，冬娃有自己的伙伴，他们在冬娃的记忆里。冬娃独自坐在石阶上，沉浸在往事里，大华、小鱼、小强……，一个个蹦了出来，聚在冬娃的身边，要冬娃讲城里的事。这时，冬娃不孤单了，快乐了，冬娃脸上露出了笑，笑得同学们莫名其妙。

冬娃不理睬同学的目光，依旧沉浸于往事中。冬娃记得小鱼搓泥人厉害，一会儿搓了五六个，每次比赛，都是小鱼最多，小强最少。小强落得最后，就哭着回家。冬娃不喜欢小强。冬娃搓得也少，每次就嚷着让奶奶帮他搓，于是奶奶就帮他搓了一堆放在家里。奶奶！冬娃在心里甜甜地叫了一声。大华力气大，打水漂漂能连漂三四个，看得冬娃好羡慕。冬娃最多打过三个的。冬娃忽然想找一片小瓦，或一块泥土。冬娃没有找到。冬娃忘了，这是城市，不是乡下。冬娃的目光向远处延伸，想看到那条乡间小路。但冬娃的目光太短了，看不到那条遥远的乡间小路。

冬娃在城里只见过一次泥土，是在公园的时候。冬娃见了泥巴就去抠，想搓小人，或搭小房子，或打水漂漂。妈妈不让，说不卫生。奶奶从来都不责备冬娃，每次冬娃玩了泥巴，奶奶还给他洗手。奶奶！冬娃又在心里甜甜叫了一声。

对于八岁的冬娃来说，能记住的只有这么点往事了。冬娃想了一遍又一遍，就像抽烟的人一口接一口地抽着同样的味道，心里就满足了。

妈妈，我想回故乡看看。晚上，冬娃对妈妈说。故乡？天芳扑哧笑了，说来福你看，这城里教育和乡下就是不一样，咱儿子都知道把老家说成故乡了，多诗意啊。来福也笑，说故乡哪是说回就回的，离这几千里地呢。冬娃不依，撅着嘴说，我要回故乡，我要看奶奶。冬娃哭闹着不肯睡觉。来福说，要不给妈打个电话，让冬娃说两句。冬娃不哭了，跟着爸爸到了电话亭。过了十来分钟，电话通了，来福讲了两句，把话筒给了冬娃。冬娃一听，果然是奶奶的声音。冬娃什么还没说，对着话筒就哭了，奶奶，我想你，我想你……冬娃听见奶奶说了两句别哭，然后就不说话了。冬娃对着话筒喊奶奶，奶奶。电话里没有声音。冬娃哭得更凶了。好一阵子，奶奶又说话了，奶奶问冬娃学习好不好？在城里习惯么？冬娃只是哭。来福接过话筒，说妈您放心，冬娃在这里都好，就是想家。奶奶含糊地嗯着。来福就挂了电话。冬娃抓着话筒不撒手，对着话筒喊奶奶，奶奶——来福说，寒假带冬娃回去看奶奶，好不好？好！冬娃破涕为笑，一下蹦到了爸爸的身上。

冬娃心里踏实了。冬娃翻看墙上的日历，掰着指头算着，再有九个多星期就放寒假了。冬娃用铅笔在墙上画了十根杠杠，过一个星期就擦掉一根杠杠。冬娃睡得很香。冬娃梦见杠杠擦完了，梦见了奶奶佝偻着腰走在小路上，梦见自己一次打了十个水漂漂，超过了大华。

廖老师再一次发现，冬娃变了。冬娃的眼神在变，冬娃的心灵在变。虽然冬娃仍是沉默，上课不发言，下课独自玩，但廖老师看出冬娃身上的悄然变化。冬娃作业做得不错，进步明显。廖老师必须揭开心中的疑团。

冬娃诚惶诚恐地进了办公室。冬娃低头站着。廖老师尽量把口气放温和些，说冬娃，别紧张，老师找你聊聊天。

廖老师说，冬娃，你最喜欢谁？

冬娃说，奶奶。

奶奶？廖老师重复了一句。奶奶呢？

奶奶在故乡。

想奶奶是吗？

冬娃不吭声。廖老师看见冬娃脸色暗了下来。但冬娃很快又抬起头，眼里有了神采。冬娃说，老师，爸爸说寒假带我回故乡看奶奶，奶奶可疼我了，特别是我得了小红花，奶奶就表扬我，给我买好吃的。我的故乡可漂亮了，有水有草，有泥有土，还有好多小伙伴。老师，再有七个星期，我就可以回故乡了，我就可以见到奶奶了，我要好好学习，得一朵小红花送给奶奶，奶奶一定会夸我的。

答案就在这儿了。廖老师第一次见冬娃说这么多的话。廖老师点点头，鼓励冬娃要用优异成绩给奶奶报喜。

冬娃在学校里第一次对别人说起寒假回老家的事，而且是说给了老师。廖老师没有打断冬娃，用期待的眼神看着冬娃，听冬娃继续讲他童年的趣事。廖老师不时笑出声来，她在分享冬娃的快乐，她终于读懂了一颗童心。廖老师给冬娃补课，一定要让冬娃得一朵小红花送给奶奶。

冬娃像变成了另一个人。冬娃上课时能主动发言了。

终于擦去了最后一道杠杠。冬娃从廖老师手里接过了印着小红花的成绩单。冬娃久违的笑容回到了脸上。

冬娃的心情飞了起来，飞上了天空，飞越了山水，飞到了奶奶的身边……

冬娃没有料到，这竟是一场空欢喜。来福没有兑现他的诺言，或许，来福本来就只是说说而已。冬娃未能实现故乡之行，冬娃的小红花未能交到奶奶的手上。

一颗稚嫩的童心，在冷暖无常的城市里，遭遇了最冷的季节。

通往西天的路

奶奶的头最近痛得厉害。

天冷了，连刮了几场北风。北风摧枯拉朽，刀一般地将树上的残叶一片片摘下。田野里一片荒凉。

幼儿园放了寒假，听不到孩子们的声音了。奶奶枯燥的日子更枯燥了。

一个月前，奶奶开始头痛。人老了，毛病多了。奶奶没去看医生，奶奶在床上连续躺了一星期。奶奶从床上起来时，身体颤巍巍的，如筛糠一般。奶奶的手里多了一截当拐杖的木棍。奶奶头痛时，在床上躺一会，闭上眼睛想想冬娃。想冬娃的时候，奶奶就忘了头痛了。

冬娃寒假究竟回不回来呢？来福在电话里没提这事，想必是不会回来了。奶奶是明事理的人。奶奶人老了，心儿一点不糊涂。儿子媳妇在外面忙着打工赚钱，奶奶不能拖他们的后腿。奶奶也不能耽误了冬娃，奶奶这辈子没读过书，也没去过大城市，如今冬娃能去城里读书，是祖上几辈子的荣耀。

冬娃寒假大概是不回来的了。奶奶想。

万一回来呢？奶奶摇摇头，又点点头。万一呢？看见大黄走过来时，奶奶又自言自语地说了一句。奶奶默默地坐在矮凳上，把小薄被拆了，放在水里泡着。大黄温顺地趴在奶奶的身边，湿嗒嗒的舌头舔着奶奶的裤管。

该死的头又开始痛了，奶奶缓缓地立起身子，挂着木棍躺到床上。休息了半小时，感觉头痛轻点了，奶奶又下了床。趁今天太阳好，把被子洗出去晒了，万一冬娃回来了能用上。奶奶感到身体很虚,手没一点力气,使劲地握了握,还是软软的。奶奶歇了会,再用力搓洗。奶奶的眼睛浑浊了,看不清东西,看了半天也不知洗干净了没有,洗了几遍,洗了半个多小时,才放心地把小薄被晾出去。奶奶坐在那里气喘吁吁的。

  下午来福来电话了。奶奶拄着木棍到了村支书家。来福没什么事,只是担心奶奶的身体。身体很好,你们不用担心。奶奶无精打采地说。奶奶每次都这样说。来福说,过年不回去了,没空。奶奶突然间仿佛听到了气球在空中爆裂的声音,奶奶的脑子里嗡嗡响。来福还在说什么,奶奶挂了电话。

  春节说来就来了。绚丽的烟花在空中爆炸出精彩,节日的喜气洋溢在每个人的脸上。

  奶奶没有起床。奶奶听到了爆竹的声音。奶奶笑了,奶奶想到了冬娃。去年冬娃和小鱼抢小鞭时,闹了起来,冬娃的力气可大了,把比他还高的小鱼按倒在地上。

  奶奶的身上越来越没力气了。奶奶的双眼深深地陷进眼窝里。

  一个人的春节,没有年味的春节,痛苦和期望支撑着的春节。

  奶奶一直没有起床。奶奶将冬娃的包裹放在自己的床上。奶奶的眼睛看不见了,冬娃的脸蛋渐渐漫漶了,奶奶还能摸着冬娃的衣服和玩具枪。

  一枝绿芽带着春的讯息爬上梢头,城里的草坪上绿色尽染,阳光照在身上暖融融的。

  冬娃的新学期开始了。

  这天,冬娃正在上课,天芳来了。冬娃迷惑不解地跟着妈妈回到家,见爸爸眼圈红红的。来福搂过冬娃,哽咽着。冬娃,奶奶走了。

  奶奶走了。奶奶得了脑梗塞,没有及时治疗。奶奶终于没能扛住病痛的折磨,坚强地走过寒冬之后,带着失落与遗憾,静静地走了。

奶奶走在春天的第一抹绿里，走在鸟语花香的季节里。这是一个希望的春天。奶奶走得坦然，因为奶奶看到了希望，希望就在城里。

冬娃哭倒在奶奶的遗像前。

……奶奶，是爸爸骗了我……要是寒假我回来了，你就不会死了……奶奶，你要是看到冬娃，就不会丢下冬娃不管了……奶奶，我不想去城里了，我要和你在一起。奶奶，奶奶——

大黄伏在冬娃的脚下，发出一声哀鸣。

镜框里，奶奶一直注视着冬娃，笑得很慈祥。奶奶看着冬娃，眼睛都不眨一下，自己的孙子，怎么也看不够。冬娃也看奶奶的眼睛，冬娃记住了这双满是慈祥的眼睛。

冬娃把印着小红花的成绩单放在了奶奶的遗像前。奶奶没夸冬娃，奶奶疼爱地看着冬娃。冬娃还是听见了奶奶的声音，奶奶在表扬自己呢。

奶奶的房间有些暗，里墙不少地方脱落了。但奶奶收拾得很利爽。床上干净整齐地叠放着冬娃的小薄被，冬娃的衣服和玩具枪也洗得干干净净，和几本动画书一起收在包裹里。最后的日子，它们代表着冬娃，陪着奶奶走过了。

冬娃把玩具枪带回了城里，藏在书包里。

奶奶走了。冬娃没有告诉任何人，包括廖老师。冬娃又沉默了。上课了，冬娃偷偷地打开书包，对着那把玩具枪出神。下课了，冬娃坐在石阶上，对着天空发呆。

四月份，工厂进入了生产旺季，赶货赶得很急。来福和天芳忙得连吃饭时间都没了。以前天芳总是利用晚餐休息的一个小时接冬娃，现在，这段时间被缩成了半个小时。天芳没时间吃饭了，让来福帮她打好饭带回家，她要去学校接冬娃，晚上下了班再回家吃饭。但加班要到十一二点，天芳饿得头晕眼花的，干活总出错。来福说，要不让冬娃自己回家吧。天芳想了想，说只好这样了，反正路不远。

冬娃懂事了，知道爸爸妈妈打工很辛苦，冬娃也不要爸爸妈妈接送。冬娃每天背着小书包，自己来往于学校和家之间。冬娃不和同学一起走，一个人沿着街走，像一个小小的精灵，漂浮在这个与自己格格不入的城市。

奶奶走了，故乡这个词于冬娃来说，已没了温暖。虽然冬娃总是要沉浸在对故乡的回忆中，但无论故乡与异乡，无论乡村与城市，冬娃都没了向往，没了归属感。

春意凉凉的，太阳慵懒着，阳光惨淡，没有了弹性与节奏，像瘦了身似的在冬娃的手指上溜走了，冬娃的手指冰冷冰冷的。以前放学时，冬娃看到妈妈来接自己，那一刻，冬娃的心里暖暖的。这点温暖如今也没有了。现在冬娃放了学，要独自回家，走在熙熙攘攘的人群中，冰冷的气息在冬娃的身体聚了又散，散了又聚。家，也是冷冷的。爸爸妈妈还没回来，等爸爸妈妈回来了，冬娃睡着了。冬娃不断调动着所有的温暖来驱散凉气。而冬娃心里尚存的唯一的温暖，就是记忆，关于奶奶的记忆。奶奶走了，但奶奶带不走留在冬娃记忆里的东西。这些东西翻出来，冬娃全身就有了热气，不再孤独了。冬娃喜欢翻这些东西，上课，下课，走路，睡觉，冬娃都去翻。翻着，翻着，冬娃就看见了奶奶那双慈祥的眼睛，像一双手抚摸冬娃，暖流传遍全身。

放学了。冬娃走出了校园，站在街道旁。街道两侧长满了高高大大的楼房。地上很白，天亮了许多。冬娃抬头西望，无意中瞥见了两座高楼。两座高楼的间隙里，红幕低垂，如火烧云。再往上看，天空湖水一样地蓝。冬娃惊喜。冬娃本来是要向东走的，现在冬娃向着火烧云走去。冬娃穿过了两座高高的楼。

冬娃站到了高楼的背面。两座楼像两块巨大的帷幕，冬娃的视野一片开阔。

西天，散布着大朵小朵的火烧云，如同镶嵌在湖岸边被风浪抚平的鹅卵石。夕阳的脸红灿灿的，像一片吹落的枫叶浮在湖面中，一点点地向岸边漂移。

火烧云，就在不远的前方。

这不是我的故乡么？故乡那么近，那么奶奶也一定会在那里等我。奶奶，奶奶——冬娃高举起玩具枪，径直向西边跑去。西边的景色冬娃太熟悉不过了，那是故乡的景色，冬娃看见了那条乡间小路，看见了生产桥，看见了被生产桥遮住的幼儿园。冬娃跑了起来。冬娃听见了汽笛声，听见紧急刹车声，听见了司机的谩骂声，……冬娃还听见了奶奶的声音。奶奶在拼命地喊，冬娃，别急，慢慢走，奶奶在这儿等你呢……

冬娃更急了，脚下生了风，一路向西狂奔。奶奶，等等我，等等我，奶奶——

夕阳一点点地向地平线漂移，黑暗吞噬了整个世界。

羡慕嫉妒恨

那天上音乐课，我们跟着慕容老师唱《三个和尚》。慕容老师是女的，很漂亮，所以我唱得格外带劲。我没注意到操场上停了辆轿车。明翰用胳膊肘捣了我一下，我没理他。我正跟着慕容老师的桃红小口一张一合呢。明翰不喜欢唱歌，一张嘴就跑调儿，音乐课上他要么做小动作，要么东张西望。东张西望的时候，他发现了操场上的车子。捣我一下见我没反应，又捣了一下。我还在张着嘴唱。他就连续捣，捣了我五下，我才停下。他坐在窗口位置，用嘴往窗外努了一下。我顺着他的嘴往外瞄，瞄到操场上停了辆黑色车子。我笑笑，他也笑笑。他把手伸到书包里，来回摩挲着。他书包里有根大铁钉，我书包里也有。我们天天带着铁钉。这是我们的作案工具，天天不离身。

下课了，我们像鸟儿飞了出去，哗啦啦飞向了车子。每次都这样，只要操场上有车，一大帮学生就会围过去，像看耍猴似的，七嘴八舌地议论着。为这事校长找村长好几次，让车子别停学校这，上课时会分散学生的注意力。村长说蝉村还有地方停车么？村长说的是，开车人也这么抱怨的，说蝉村都是小路，车子没法进，到学校这儿就进不去了。蝉村也没有宽敞的地方能停车。村长说一共就十来辆车子，偶尔才进回村子，蝉村没必要建停车场吧。村长这么说，校长就没话说了。

　　来蝉村的车子的确很少，这个我们再清楚不过了。进蝉村的车子都停在学校操场上。车是谁家的，车子多大，我们一清二楚。我们不懂车子，这牌那牌的，这款那型的，我们不懂，也不知值车子能值多少钱。我们就看外表，车子大，外型好看的。最好看的是汪闲他爸的车。汪闲他爸是工头，在外挣了好多钱。汪闲他爸的车子又高又大，有吉普车那么大。但我们不喜欢汪闲他爸，他爸太牛气。每次开车回来，像开坦克似的，见谁都按喇叭，按着不撒手。汪闲他奶也看不惯他爸，还骂过汪闲他爸呢，说乡里乡亲的，你按声喇叭就够了，拼命按就目中无人了。汪闲他爸的确目中无人，他回村从不和人打招呼，见人就用喇叭招呼你，是提醒你让道。你让了道，他的车子呼啸而过。

　　大人们说，汪闲他爸的车并不好，最好的是一诺她爸的，叫宝马，能值一百多万。一百多万的宝马我们见着了，看着很平常，和别的车个头差不多大，也不怎么好看。明翰怀疑这匹马不值那么多钱。可大人们说开宝马的，都是有身价的人。一诺她爸就很有身价，在城里是大老板，自己从来不开车，别人替他开。回来了都是村长陪着，有时还是镇长陪着。村长在一诺她爸的左边，开车的就在右边。或镇长在左边，村长在右边，开车的就在后边。蝉村百姓近不了一诺她爸的身。

　　我和明翰数了，除了汪闲他爸和一诺她爸外，开车回蝉村的还有：南南他叔，东东他伯，璇子她妈，陈子他哥，紫涵干爸，玲月姐姐，春丽姐姐，……还有李沫舅舅。现在操场上停的，就是李沫舅舅的车。

　　李沫舅舅的车也不错，黑魆魆的，闪着锃亮的光。车的前头宽宽的，镶着两个明亮的大灯，像是蝉的头上长了两只眼睛。车里暖暖的，座位跟沙发似的，坐上去肯定舒服。我和明翰没坐过车子，也没坐过沙发，不知道坐上面是什么感觉。李沫说他坐过他舅舅的车，坐上面想睡觉，很舒服。李沫说这话时，眉飞色舞，挺得意。我们便有些看不惯李沫，不喜欢他的得意劲儿。不就是他舅舅有个车么，又不是他家的！李沫说他舅舅在上海赚了好多钱，每次都给他带玩具。李沫显摆多了，我就哼笑，明翰就冷笑。

我讨厌李沫舅舅，很讨厌。李沫舅舅不是我们蝉村的，但总把车开到蝉村来显摆。有次我和我妈走在路上，李沫舅舅来了，在后面按喇叭。我一咻溜跑到了路边。我妈动作慢了点，刚转过身，车就停在了我妈身边。李沫舅舅先从窗户吐了口痰出来，然后冲我妈说，不想活了呀？你不想活我还想活呢，要撞到你了怎么办呀？李沫舅舅不认识我妈，但我妈认识他。我也认识，知道他是李沫的舅舅。开车来蝉村的，就那么几个人，蝉村人都知道。我妈赔着笑脸，冲着车窗说，你不是李沫的舅舅么，来走亲戚啊？李沫舅舅丢了句，一点交规都不懂！一踩油门走了。我妈红着脸，站那儿发呆。我看我妈失魂落魄的样子，心里难过，猛追了几步，冲车屁股吐了口痰。这次之后，我对开车的就反感了。

我和我妈怏怏地往回走。我妈说儿子见识了吧，有钱人就是这么牛。你要好好念书，长大了好好赚钱，将来也开个车回来，替妈妈长长脸。我说开车回来就长脸了？我妈说当然呀傻儿子，你看那些开车回来的多风光啊，耀武扬威的。农村人见识少，就讲个派头，钱放银行谁知道呀，开个车回来蝉村就轰动了。这叫装门面，有钱没钱先弄个车子，让蝉村人羡慕他一回。南南他叔璇子她妈陈子他哥玲月春丽，他们个个有钱呀？都是在外打工的，外面钱就那么好挣？开车回来是往脸上抹粉，你看南南她婶，走路头朝天上仰，都不拿正眼瞅人了。璇子她妈倒是睬人，见谁都打招呼，没聊两句就说她车子，说值二三十万。我妈放低了声音说，听人说，璇子她妈的车子不是她买的，人家送的。我说谁送的？我妈说你小孩就别瞎操心了。我说怎么没人送我爸车呢？我妈就笑，笑弯了腰，说你爸大老爷们，谁送他车呀？又叹了口气说，我也想你爸能开个车回来呀，给我们娘俩争个脸，省得看人家得瑟。你爸要有车了，他李沫舅舅还敢这么牛皮哄哄的么？

我以为就李沫舅舅牛呢，明翰说不是，说有车的都牛，说最牛的是陈子他哥。我说陈子他哥怎么啦。明翰说有一次他妈在地里干活，不小心脚被铁锹铲破了，鲜血直流。正好陈子他哥开车去镇上，明翰他妈拦了车，想搭陈子他哥的车去镇医院包扎。陈子他哥瞟了眼明翰他妈的脚，说婶，不是我不带你呀，你这烂脚血哗哗的，上了车车上不全都血呀？明翰他妈说我弄个塑料袋套上。陈子他哥说不行不行，一会有人骑车过来，你再搭吧。陈子他哥摆摆手，车子就蹿了出去。明翰他妈后来搭了个自行车去镇上，流血太多，吃了几斤红枣才养好。明翰他妈说有钱人都财迷心窍了，看着你流血，都无动于衷。明翰就特想教训陈子他哥。我说我还想教训李沫舅舅呢，可教训得了么？我们是小孩，他们是大人。明翰哼了一声，说打不赢我就咬他，抓他的脸。我说你没看陈子他哥身上纹了条龙吗，一看就惹不起。明翰说听我妈说陈子他哥在县城是个混混，钱路来得不正道。

有天晚上放学，我们在灌溉渠上遇见了陈子。陈子感觉不妙，拔腿想跑，被明翰死死抱住。明翰力气不够，摔半天没把陈子摔倒。我在边上喊，用脚别呀。明翰用脚一别，陈子就倒了。明翰骑在陈子身上打。明翰打得过瘾，我也看得过瘾。有几次陈子差点就翻到明翰身上了，被我压了一把，陈子又躺倒在地上。明翰把陈子的脸抓破了，身上打出青来。当时我们没想过后果，事实上后果严重了。陈子爸妈找上门了，先找明翰家，又找我家。我说不关我事。陈子说你帮明翰打我的。陈子他妈嗓门大，吵得蝉村惊天动地的。第二天陈子他哥就回来了，找到学校把明翰和我打了，校长拦都拦不住。

陈子他哥巴掌大，打得我脸上火辣辣的。明翰被打得更重，脸上的手指印几天都没消。三家大人又大吵了一仗，吵得很凶。后来被村长劝开了。陈子他哥说这次打轻了，下次谁敢欺负陈子，老子拿刀削了他！听得我们不寒而栗，我们被陈子他哥镇住了，再不敢欺负陈子了。我妈要我离陈子远点，说他哥什么事都能干出来。村长请陈子他哥喝酒了。村长说小子，蝉村除了一诺她爸，就数你出息了。陈子他哥说村长放心，有事你找我，保证帮你搞定，还不用你花一分钱。老子什么都缺，就是不缺钱。喝了口酒又说，村长你信不，过段时间老子就把这车换了，换个奥迪的！不就几十万嘛？小意思。村长把头点得像打夯，说太出息了你，来，喝！几杯酒下肚，陈子他哥不闹事了。

我和明翰不敢惹陈子了，可我们咽不下这口气。我和明翰经常想怎样才能出了这口恶气。

每隔十天半月，就有车子来蝉村。那天操场上停了辆深绿色的车，是南南他叔的。深绿色的车子看上去没黑车亮，也不大气。车门上还有一道白痕，浅浅长长的。我说咦，怎么会有道痕呢？明翰说可能是刀子划的。我说谁会拿刀子划车呢，可能是树枝划的。明翰说车子是铁的，树枝怎么划得动？我们围绕这道痕争了半天，也没争出答案来。明翰忽然说，想不想出那口恶气了？我说，想。明翰说，有办法了。

又是慕容老师的课。一上音乐课，我的思想就集中了，跟着慕容老师唱。明翰不唱，一直在玩东西。我瞟了一眼，瞟到他手中的生了锈的铁钉。明翰将钉子握住，用力往凳上插，凳上出现一个个浅小的点儿。明翰又用钉子在桌上划，桌上划了道细细的白线。明翰说你说桌子硬还是车子硬？我撂了句车子硬，就继续唱歌。

下午明翰换了根钉子，新的，比上午的大。明翰用力在桌子上划了一下，比上午划得深了。明翰又给了我一根。我说给我钉子干嘛，我又没要。明翰说你把钉子放书包里，天天都带着，过几天就用上了。

过几天操场上停了辆红车。以前没见过红车，好像是第一次来。我们围着红车观赏。红车鲜艳，血滴滴的红，比黑车显得小巧可爱。一会，铃响了，同学们都往教室跑，明翰还在车边磨蹭。我催他快点，一会老师进教室了。明翰用袖子在车屁股上荡了一下，才跟着我跑进教室。上课时，明翰悄悄说，我试验成功了。我说什么试验。明翰说刚才我用钉子在车屁股上划了一下，划了条细细的白杠。我说缺德啊，那么漂亮的车子，你下得了手？明翰说我把它当成是陈子他哥的车，手就不软了。我说要是人家发现了，会不会像陈子他哥那样打你啊？明翰说没人看见，也没人知道是我干的。我说万一有人看见你了呢？再说你书包里有钉子呢。明翰说你书包里不也有钉子吗？我愣了一下，便有些恐慌了。我和明翰都有钉子，车主找来了，我就说不清。明翰说别怕，下了课把钉子藏起来，或扔河里，车主就发现不了了。我就巴望着早点下课，老师讲什么一句没听进。手里一直攥着钉子，攥了一手汗。快下课了，车子嘀地响了一声，我看见春丽姐姐开着红车走了。春丽姐姐的车是白的，现在换红的了。我和明翰都松了口气。刚才见春丽姐姐来，我吓了一身汗。现在明翰喜形于色了，下了课在地上翻了几个跟头。

这次只是试验，接下来要动手了。首先要确定目标，第一个选谁呢？我们不约而同地想到了陈子他哥，又不约而同地否定了。我们怕陈子他哥，怕他身上那条龙，怕他凶神恶煞的样子。我们不敢招惹陈子他哥，就把李沫舅舅定为首要目标。是我提出来的。我恨李沫舅舅，讨厌他得瑟的样子。明翰赞成我的意见，明翰也看不惯李沫舅舅。

李沫舅舅经常来蝉村，每个月至少来一次，把车子开得像风一样。他的车子常常贴着你身子，狼狗一样突然蹿过去，吓了你半死。

周二上午，李沫舅舅来了，照例把车停在操场上。明翰拿出了钉子。我说我来，他骂我妈不想活了，我要出这口气。明翰犹豫了一下，说，一人划一道。我说不行，两道太显眼了。我学着明翰，把钉子缩在袖子里，站在车边看。等上课铃响了，趁同学们往教室跑时，我迅速出手，在车屁股上划了一道，然后和明翰跑进了教室。接下来我们等李沫舅舅来开车。可等到放学李沫舅舅也没来。放学时我和明翰绕到车屁股那儿看了，明翰说我手劲小，不够力气，杠太浅了。我也觉得浅了，但为我妈出气了。不过我没告诉我妈，怕她打我。上次陈子他哥闹到我家，我妈就把我打了。

李沫舅舅什么时候开车走的不知道，反正下午到学校车就不见了。我和明翰还特地跑去找李沫玩，问他舅舅的车子呢。李沫说开走了，中午吃了饭就走了。李沫没说别的。我和明翰高兴了好几天。

第二个目标是汪闲他爸的车子。汪闲他爸我们也不喜欢，他要进村了，老远就能听到长长的喇叭声，像在吆喝。你就是让道了，他也不放手，一直按着。所以明翰说，划汪闲他爸的车，我马上答应了。不久汪闲他爸的车上就有了道清晰的白杠，像彩虹架在汪闲他爸车上。汪闲他爸那天喝得晕乎乎的，开着车就走了，还是拖着长长的喇叭声。

第三个目标是一诺她爸的车。一诺她爸没得罪我们，我们也没有看不惯他。不过明翰说，必须把一诺她爸的车给划了。我说为什么。明翰说村长不是巴结一诺她爸吗？我们划了一诺她爸的车，一诺她爸肯定恨村长，因为他是村长嘛。村长肯定气得暴跳。我说你干嘛对付村长啊？明翰说他活该，谁让他请陈子他哥喝酒的！我们对付不了陈子他哥，就对付村长。村长不是没车吗？我们就划一诺她爸的车。我说这不合适吧，一诺她爸又没招惹我们。明翰说怎么没招惹呀，他每次都开车回来，不就是炫耀他有钱吗？他干嘛不骑自行车回来？牛什么牛啊！我想起我妈说过，开车回来的都是牛皮哄哄的。于是，一诺她爸成了我们第三个目标。

一诺她爸回来时，村长早早等在了操场上。一诺她爸一下车，村长就递上烟，陪一诺她爸走了。下课了，我和明翰过去看宝马，还没准备下手。幸亏没下手，车里坐了个戴着墨镜又高又大的男人。这人我们认识，每次一诺她爸回来，都是这人开的车。中午放学，学生都走光了，那人还坐在车里。他不走，我们就下不了手。明翰说等等，等一会他就走了，他要吃午饭。我说对对，每次一诺她爸回来，都在村长家吃饭，这人也去吃。我们就躲在厕所里，等那人离开。果然，不一会，那人掏出手机，接了电话就走了。等那人走得看不见了，我们立即下手，在车屁股上划了两道杠。我和明翰各划了一道。

首先发现两道杠的，是戴墨镜的那人。那人吃了饭就回来了，大概吃多了，围着车子走动。走到车屁股那儿，发现了划痕。那人往四周看了看，没发现任何人。我们还没来，回家吃饭了。等到下午三点多，一诺她爸来了，那人告诉了一诺她爸。一诺她爸可能对村长说了，但没和村长吵，就在车后面指指戳戳的。我们有些失望。车子开走后，村长气呼呼地去了校长室，谈些什么不知道。校长也没找我们。校长本来就不欢迎车子停在操场上。

我们划了好几辆车，感觉特爽，特有成就感。清点了一下，除了璇子她妈和陈子他哥的车，别的都划了，做得神不知鬼不觉，没惹一点事端。每划一辆车，我们就藏在暗处，等着看车主或愤怒或惊诧的表情。我们就是要灭了开车人的牛气，为蝉村人出口气。那一刻，我们要飞了，有一种行侠仗义的豪情，激励着我们把划车进行到底。明翰说继续划，每辆车都要划，划这个不划那个，不合理。我说就剩璇子她妈的了。明翰说要划。可璇子她妈和我爸一样在苏州打工，一年回不来一两次，我们总也等不来。明翰说那就划陈子他哥的。我忽地打了个冷战。我说你敢划他的车？明翰抿紧了嘴说，敢！他不会发现的。我说他要是发现了，会拿刀削我们。明翰说你怕就别干，我来干！

中秋节前一天夜里，我睡迷迷糊糊的，听见我妈房间里有动静。第二天早上起来，才知道我爸夜里回来了。我爸和我妈躺在床上，挨得紧紧的。我爸亲了亲我。我妈说你爸给你带好吃的了，你拿着当早餐吧。我从我爸包里翻了两块苏州月饼，一路啃到了学校。到了学校，见操场上停了辆蓝色的车，几个学生在看。谁的车呢？我走过去，明翰也在。我给了明翰一块月饼，问，谁的车？明翰啃着月饼说不知道，一早上就停这儿了。蓝车不太好看，看上去有些旧，没有红车黑车看上去亮堂。车厢也小，前后都是二人座。铃声响了，我和明翰进了教室，仍在想是谁的车。

除非是第一次来蝉村，别的车我们都认识。谁开什么样的车我们都清楚。这个蓝车我们没见过。我说蝉村又冒出有钱人了？明翰说可能，那会是谁呢？我们挨家挨户地想，直想到下课也没想出来。第二堂课接着想，把全村人都想遍了，还是没眉目。最后明翰一拍桌子，说知道是谁的了。我睁大了眼睛。明翰说陈子他哥的。我说陈子他哥的车不是这样的。明翰说陈子他哥那次和村长喝酒，说过段时间要换个什么车的，记得不？明翰一说，我想起来了。陈子他哥确实说过，过段时间要换车。我拍拍明翰，说肯定是他的了。提到陈子他哥，我有点怕。明翰昂起头，说我不怕，不就是个小混混吗？我长大了当警察，把他抓去坐牢。

因为怕被陈子他哥发现，明翰很谨慎，说等放学了再下手。我们躲在厕所里，等着学生走光。过了会，我催明翰，你快点去弄，我要回家看我爸呢。明翰说你爸有什么好看的。然后踮着脚尖，走到厕所门口伸头望。明翰说，慕容老师在操场上呢。我说那怎么办？明翰说再等等。等了十分钟，慕容老师还没走。我说我要回家了。明翰说不行，不下手就没机会了，说不定下午车就开走了。我想了想，说那我去找慕容老师说话，你趁机下手。

我从厕所出来，向慕容老师走去。慕容老师一惊，说今天吃团圆饭，你怎么还不回家呢？我说我拉肚子了，上厕所的。我说老师你怎么不吃饭呀？慕容老师说男老师们在喝酒，我不会喝，跑出来晒太阳。我说晒到什么时候呀？慕容老师说等一会，不急。可我心里急。慕容老师说，上次教的《中华民谣》学上了吗？我说不太熟。慕容老师说那现在跟老师唱一遍，巩固一下。慕容老师开始唱了，我毕恭毕敬地跟着学，不时拿眼往厕所瞅。明翰大概听到歌声了，弓着身，蹑手蹑脚的，小跑到车旁。这时慕容老师唱完了，说你回家吃饭吧。转身要走，被我一把拽住。我怕慕容老师转身会发现明翰。我说老师唱得太好听了，和原唱一模一样，我还想听一遍。慕容老师就又唱了一遍。慕容老师唱歌的时候，明翰出手了，在蓝车上交叉划了两下，然后跑回家了。慕容老师唱完了，我就鼓掌，手都拍红了，然后和慕容老师再见。

我一路跑到家。我妈说今天放学这么迟呀？我说学唱歌了。我没敢说划车的事。我爸喝了几杯酒，说儿子，爸这次给你和你妈长脸了。我妈笑眯眯地看着我爸，说等儿子吃了饭再说。我迅速扒了饭。我爸说走，老爸带你去看样东西，让你和你妈惊喜一下。

我左手搀着我爸，右手搀着我妈。我爸领着我们到了学校，我紧张了，我怕我爸找老师问我成绩。最近这次数学没考好，我怕被我爸知道。到了操场上，看那蓝车还在。我用眼睛瞟了瞟，想看明翰划的两道杠。我爸忽然停下来，指着蓝车，笑眯眯地对我和我妈说，这就是我要给你们的惊喜！我愣了。我妈笑了。我说这是陈子他哥的车。我妈笑着说傻儿子，这是你爸开回来的。我吃了一惊。我说不对，这真的是陈子他哥的。我爸就笑了，我妈也笑。我爸说怎么样儿子，老爸牛吧？车子不算好，但也是部车啊。没等我爸说完，我就冲了出去。我听见我爸我妈在后面叫我。我一直跑到明翰家。明翰出来了，我冲着明翰就是一拳，和明翰打了起来。我要明翰赔我爸车子。我说蓝车不是陈子他哥的，是我爸的。明翰说你吹牛，你爸那死样，还能买得起车？我用手抓明翰，用脚踢明翰，明翰的脸被抓出红印来，还流鼻血了。明翰做了个打住的手势，说你先弄清楚，蓝车到底是不是你爸的？我想想，掉头跑回家。我问我爸，蓝车真的是你的吗？我爸摇摇头，难过地说，不，不是你爸的，你爸哪有那能耐呀？我刚要松口气，我爸又说，蓝车是你爸借同事的，一天二百块呢。为了省一天的钱，我连夜跑回来了。我妈恨恨地说，不知哪个红眼鬼在你爸车上划了个叉。我的心狠狠疼了一下。我爸说那个叉那么深，太明显了，叫我怎么还车啊？我得送到汽修厂做个喷漆，几百块又没了。我爸忽然怪我妈，说都是你，一打电话就说谁谁谁有车了，让我也弄个车回来风光风光。我妈低下头，说我不也是为了这个家嘛。你没车子，人家就瞧不起你，我们就低人一等。你这次开车回来，李婶梁婶徐爷他们，都主动和我打招呼了，还点头哈腰的。我爸骂，你风光了，我惨了。跑这一趟，租车费加喷漆，千把块没了，算上过路费和油费，一月工资全搭上了。我爸越说越生气，抬脚将凳子踢翻了。看我爸那难过的样子，我哭了。我哭着跑到了学校。

明翰正在操场上看蓝车上的叉。我一把揪住明翰，说你赔我爸车子！明翰推开我，说赔个屁！说完就跑。我追了过去。追到沟边上，我和明翰又打了起来，在沟坡上滚来滚去。明翰说你也划过别人的车，你也赔呀？我说我没划你家的车子，我凭什么赔？明翰说我又不知道是你家的车，我以为是陈子他哥的，再说是你支持我划的。我们再打，打了一身的泥。打累了，两人倒在沟坡上。我的脸上挂着泪。

明翰不相信地说，真是你爸的车呀？

我说，骗你是狗！

明翰说，你爸赚很多钱吗？

我说没有。我爸借同事的车回来的，每天要付二百块租金呢。

明翰说，你爸干嘛借车呀？

我说，我妈让他借的。

明翰说，你妈为什么让你爸借车呀？

我说，我妈说开车回来风光，说我爸这次开车回来了，李婶梁婶徐爷他们都对我妈点头哈腰了。

明翰说，你妈这不是装牛皮吗？

我没说话。

明翰说我们一直对付的，不就是牛皮哄哄的人吗？

我还是没说话。

明翰说你还哭什么？谁牛皮哄哄的开车回来了，谁就是我们的敌人！

我承认，明翰说得没错。我们划了那么多的车，不是和他们都有过节，就因为看不惯他们牛气，没别的理由！

明翰从书包里慢慢掏出了铁钉，往我脚前一扔，说，去啊。

我踌躇了一下，从地上抓起大铁钉，大摇大摆地向蓝车走去。

真水无香

1

从一个角走到另一个角,再走向第三个角,第四个角,我用步子反复丈量楼顶的四周,但我不是在测量楼顶的周长。楼顶的长乘宽与我无关,天与地有多大也与我无关,我只在乎我自己的世界有多宽有多长。我的世界正变得越来越小,小得我无法转身无法呼吸,我不得不站到这29层的楼顶上踱着焦虑的步子。此刻,我是一头被困在笼中的狮子,心情浮躁,恨不得跳出楼顶四周高大的围墙。不过,请放心,我不会跳楼。我的目光告诉我,从地面到29层楼顶,是一个我的翅膀不能飞越的高度。虽说那纵身一跃是何等的快意,虽说日渐加深的忧郁正在一寸寸缩短与死亡的距离,可我还是抵制向往,抵制正在缩短的距离。我知道天寒地冻的上海,大地的怀抱并非柔软如母亲的胸脯,而是坚硬如铁,如父亲干枯的胸膛。

晚上八点,我攀上了29层楼顶。站得最高,想看到最远,希望我的眼睛能洞穿时空,明察深圳,锁住一个女人的身影。

她叫露水。一个月前,露水去了深圳。然后,就没来由地消失了。

我不相信露水真的消失了。她没有消失的理由,尽管她没有给过我不消失的理由。但是我有理由相信,她不该消失,不该消失在她的承诺之后。

女人的诺言你也相信么？

露水的诺言怎能不信呢？

女人的诺言是天上的云。

露水的诺言是不变的星辰。

那个我在问，这个我在答。

我宁可相信露水只是暂时的迷失。迷失在深圳那个花花世界里，有什么奇怪的呢？何况露水的男友就在深圳，她或许是迷失在男友的怀里了呢？我笑笑，如果她会迷失到那个书呆子的怀里，那早就没有我的事了。

露水说，她的男友是书呆子。露水说，她不喜欢书呆子。

我的目光飘过上海的上空，凝视南方。露水一定能遥感到我目光中强烈的电波，但我没有接收到来自露水的强烈电波。我掏出手机，写了一个情意绵绵的信息，高高举在空中，按了发送键。这么高的信息总能抵达露水那儿吧？

过了许久，手机响了。我触电似地跳了起来。但不是露水，是老单发来的，说金丝鸟飞了，再去找只野鸡嘛。鸟人！老单是我大学同学，无话不说的哥们。我拨了老单的电话。我说我正烦着呢，你别添乱。我说现在我的心都被掏空了，空虚而不安。末了，我又加上一句，我现在正站在29层的楼顶上。老单果真以为我想跳楼呢，一个劲地劝我。我说这种自由落体的试验早就有人做过了，我不想成为无谓的牺牲品。

我随嘴丢下的最后一句话，不料竟给我惹了麻烦。老单当了真，真以为我要做出什么傻事来。一天来几个电话，现身说法地告诉我他找了有一打的情人，都在一夜风流后统统拜拜。这种情感游戏壮烈得让我想起了蜜蜂，据说蜜蜂在蜇人之后生命便会结束。

后来更麻烦了，老单背着我给我弄来一记解药。老单说，这是一记治愈情欲的解药。

老单不愧是爱情专家情场高手,为我的爱情作诊断。老单说会不会是露水想分手了?老单没见过露水,经我批准同意后,老单在QQ上加了露水,和露水聊过天。老单几次想和露水视频聊天,我没批准,老单没敢造次。

我说不可能,露水临走时才和我约定,回沪后将两人关系全面升级,将我的职位从朋友提升到情人。

老单说,会不会去了深圳被男友看管太严,或露出了马脚?

我说假如有这个可能,露水总有撒尿的工夫吧?发个信息总够了吧?可几个星期了,我没收到过露水的任何信息,包括QQ、短信、邮件、电话等等等等。

老单说,露水撒尿需要多长时间?万一那书呆子变态喜欢在卫生间做爱呢?

我警告你,少拿露水寻开心,以后她就是你的嫂子之一了。都这时候了,老单还有心思开玩笑。

嗯——会不会出事了呢?比如车祸,比如飞机失事,比如暴病而亡……这并非老单危言耸听,我早都想到了。现在只有两种可能,一是露水死了,二是露水出了事。老单开始作细致的分析,并非常肯定地说,绝对没有第三种可能了。

老单进一步地分析,你去航空公司查查露水有没有退了返程机票。如果机票退了,说明露水没死,充其量是出事了;如果机票没退,说明露水要么推迟返程,要么死了。如果露水死了,她的家人及男友不会有那个心情去退飞机票的。露水家庭富裕,正准备移民澳洲呢,怎会在乎那区区千把块钱。

不愧是爱情专家,老单分析得细致入微,深刻准确。正好有个朋友在机场工作,于是我向她提供了露水的身份证号码,托她去查询一下。朋友费了不少的周折,总算查到了结果,露水退了机票。

按照老单的推理，露水应该活着。我的心暂时落地后，马上又弹到了半空中。

　　露水退了机票，就一定能说明露水活着么？这毕竟只是老单的推测，或是老单给我的安慰。万一露水的父母或露水的男友是个抠门的家伙呢？如果真像老单推测的那样，露水仍然活着，露水为什么又不和我联系呢？即使露水食言了不想做情人，回个信息明说不就得了，何须避而不见？我和露水都是读过十几年书的知识分子，还会玩那种死缠硬赖的低级游戏么？

　　我的脑子里苦思着露水给我设下的疑问。随着时间的推移，随着对露水的思念，我失眠得越来越厉害，现在几乎是整夜整夜地在天花板上找答案。胡乱地猜测，揣度着许多无根无据的假设。我的期望值越来越低，只要露水能活着，对于我就是莫大的安慰了。当然，老单的分析不是完全没有道理，可分析不等于是事实。老单在电话里言之凿凿地说，露水绝对不会死，但肯定是出事了。那口气仿佛露水就在他身边。我在心里思量着，哪怕是出了天大的事，只要活着就好。

　　晚上在床上煎鱼到凌晨一点多，仍无睡意。翻身起床，出了门，我一个人沿着桂林街走。桂林街很宽，空荡荡的，没了人迹。这么深的夜，这么冷的天，除了我这个为情所困的痴情人，还有谁这时候出来蹓跶马路呢？

　　路边有一家发廊还在闪烁着暧昧的灯光。以前光顾过这家发廊，与小姐们销魂，随便得像吃快餐，没有风味，却有口味。恋上露水后，就再没来过。现在，我不知不觉地驻足在发廊面前。我不是想来点口味，是想让自己身体疲惫。身体疲惫了，心才能得到休息。这么做背叛了露水，我并不情愿，可我需要一次痛快淋漓的发泄，把埋在心底的痛苦喊出来。再说，露水在哪儿呢？

　　我在发廊的门前踟蹰时，已有一个浓妆艳抹的小姐瞄上了我。我说还没休息呀？小姐说在等你呢。然后像一团面和在我身上，我的心寒与冷漠被渐渐温暖。出来时我筋疲力尽，身体像一具空壳。

第二天醒来的时候，已是上午十一点。我用手按按太阳穴，那里一阵阵地痛，腰也痛背也痛。隐约记得手机在夜里嘀咕了两声。我没睁眼。半夜三更给我发信息的除了老单还有谁，无非是安慰的话，或是黄色笑话。拿过手机，果然有一条信息，露水的名字赫然出现。我从床上突然坐起来。消失了一个月的露水终于来信息了。她没有死，她没有忘记我！露水会告诉我什么呢？是向我解释出事了？出国了？或是……闭上眼睛想了一会，猜来猜去都和老单给我作的分析差不多。一看信息，只有两个字和一个符号：车祸！等了足足一个月，等来的就是这两个字。不过，这个信息非常重要，说明露水没死。我的心情忽然间阳光起来。拨露水的手机，关机。

2

在 QQ 里流窜的男人，大都在猎艳，我和老单无一例外。事业有成，收入稳定，生活中再找点乐趣，美死了。在 QQ 里流窜的女人则多是无聊，也不乏被猎者。当我在 QQ 上发现露水时，马上加了好友。

露水是露水的网名。我喜欢这个名字。我钟情于与女人保持露水般的关系，在夜间活动，在阳光下蒸发。我的网名叫绿洲，离不开露水的滋润。

露水问，书中自有颜如玉，真的吗？露水的字不像是打的，速度可与周杰伦唱歌比个高低。

这么个老土的问题，无聊。我说，书里有，但是没有温度的。

那他为什么那么醉心书本，而忽略了我呢？一个怨妇的自白。

我不知露水所指的他是谁。我回答不了这个问题。后来才知道，露水指的是她男友，一个书呆子，整天钻研书本而忽略了鲜活的露水。书呆子显然不懂女人。女人是用来爱用来疼的，女人最怕的就是被冷落。她们都有强烈的不安感，需要男人时刻疼她爱她。

或许……我没说她的魅力不够，怕惊跑了这只受伤的小鹿，屏幕上出现的是：或许是书对他太有魅力吧？

我以为我说得很婉转，却低估了露水。露水在研究所工作，而且和我一样，硕士学位。

屏幕上现出了一张美女图，下边是一行字：露水小姐，还说得过去吧？

果然是艳物，我一阵窃喜。我一定不能错失，每天晚上八点上网，等露水露面。露水一般在九点左右上网。

你是做什么的？

爬格子的。我实话实说。这年头爬格子不吃香了，偶尔时书卷的香气还能迷倒个别不识货的美眉，尤其是高知的美眉。

书呆子！

露水的回复出乎我的意料。她没有被书卷香气所蛊惑，反而对书香有一种本能的排斥。

何以见得？

我讨厌书呆子！

我更莫名其妙。就算我是书呆子，也没招惹她呀。

书呆子也是分类的。有的书呆子很可爱，比如我。

为了向露水证明，我不是书呆子，或者是一个可爱的书呆子，一个懂得女人的书呆子，我不管露水在不在线，都给她留言，说着上海的见闻，风趣的事。我的特长是写是编，留言都是长篇大论，笑谈趣事。

这一招真的改变了露水对我的看法。我们从一个小时，聊到两个小时，聊到夜里一两点，弄得有一段时间早上上班总是哈欠连天。

美人鱼上钩了。美人鱼浮出了水面。美人鱼比照片还漂亮。第一次见露水时，我就惊呆了，皮肤白，脸蛋纯，亭亭玉立，体态是男人眼里那种多一寸嫌多少一寸嫌少的魔鬼身材。更让我心里有压力的是，我的眼睛只能平视到她的白颈，白颈以上的部分须仰视才见。我不得不寻求减压的方法。我是写小小说的，每月都能发表七八篇小故事，我就一个接一个地讲给露水听。自己写的故事讲完了，就讲别人的，肚里的故事讲完了，就及时补氧。我专挑幽默诙谐的故事，消除露水对书呆子的误会。露水乐不可支，说绿洲，你比周星驰还搞笑呢。我说哪里哪里，书呆子罢了。露水便握起粉拳来捶我。

露水的粉拳落下时，已被我反手在握。露水坚决地挣脱了。露水说，做普通朋友。我暗笑露水在故作正经。也罢，欲速则不达。刘备三顾茅庐、孔明七擒孟获，都是欲擒故纵的攻心之术。我尚需假以时日，耐着性子施展平生所学，把修炼数十年的文字用在露水的身上。届时，精诚所至，金石为开，露水一定会玉体横陈，成为我刀俎上的鱼肉。

可我的刀俎准备得快烂了，露水仍迟迟不肯沦为鱼肉。露水有些特别，其他女网友见了面聊聊天就直奔主题，省去了许多遮遮掩掩的口舌。露水则自始至终都很矜持很清纯，让我面对她时不得不一次次扼住蠢蠢欲动的邪念，却在露水离开后邪念一次次生机勃勃。

我相信爬格子的人不是凡夫俗子，崇高的思想境界和精神美德非常人能及。露水这么说了，我不能毁了所有爬格子人的大众形像。露水的抬爱让我的心降到零度以下。我不敢冒犯，只是不失时机地敛聚自己的魅力以期感化露水，并在一个晚上散步时趁机握住了露水的手，且不让露水解脱。而之后，我所有进一步的努力全然徒劳。露水说她有男友，她不想背叛爱情。我只有伺机而动。

要命的是，我的虚荣心让我错失了一次良机。那个深夜，我睡去了，露水来电说她的肚子痛得受不了，让我送她去医院。露水住在肇家浜路，离我住的桂林街有些远。我开车赶到露水住处时，露水痛得满头是汗，不住地呻吟。我抱起露水，来不及生出邪念就上了车，赶到了医院。露水得了胃绞痛，医生给她打了一针阿托品，又给她开了止痛药。回来时，露水疲倦地将头靠在我的肩膀上，发香从我的鼻孔钻了进去，害得我握住方向盘的手不停颤抖着，并改变了方向。去我家吧，你一个人回家我实在放心不下。多么的冠冕堂皇！露水什么也没说。沉默就是默许，我这么主张着把车开到我的楼下，又将露水抱进电梯，抱到我的房间，抱到我的床上。

孱弱的露水面目呆滞地仰卧床上，一头长发像一幅水墨画铺在床上。丰满的胸脯起伏着，嫩藕般的玉腿长长地展开，一种男人最心动的病态美呈现在我的面前。我听得见自己的心脏在扑通扑通地敲着鼓。我试探着俯身去吻露水。露水没动，也没有回应，像一尊雕塑。我的手触了电似的抖动不止，向着露水的胸脯滑去，触动了露水柔韧细腻的蓓蕾。我听到了露水的呻吟。我的手更加贪婪。

我是病人，你何以忍心呢？

露水的声音像蚊子。我惊悸地缩回了手。爬格子的人岂能乘人之危？我不停地说对不起。我看见露水的眼里晶晶发亮。冲进卫生间，我用冰冷的水拼命搓自己的脸。

我再没有侵犯露水。并非是我修炼成精不食烟火，而是我觉得感情是水到渠成的事，强扭的瓜不甜。我不遗余力地帮着露水，就像露水说的像大哥哥一样。我的车随时待命，露水随叫随到。露水要写个文件总结什么的，啥时布置了，我当天就向她交作业。露水不顺心时，更是我大献殷勤的时候。我虽然开导不了自己，但却擅长开导别人，我把从大师那里学来的东西贩卖给露水，听得露水云开雾散，眉展眼笑。

女人是一块冰，你用斧子凿开她，她宁可玉碎。你用温度去融化她，便化成了水。当我的热量抵达摄氏一百度时，露水这块冰不但融化，而且沸腾了。在去机场的路上，露水终于化成了水，允诺将我们的关系全面推进到一个新的高度，一待她回来，她将投怀送抱，做我的真心情人。

3

露水说，我要去深圳。

想书呆子了？

露水说，如果他还是那么的不可救药，我就踹了他。

不要嘛，书呆子其实才靠得住呢。

感谢书呆子，给了我空子，让我赢得美人芳心。我只想露水做一滴露水，因为我早入了围城，身不由己。让露水的户口落在别的男人的户口本上，露水的娇体藏在我的金屋里，这种情况更适合于我这个已婚男人。别以为我是一个很自私的男人，结了婚的男人都是这个心态。事实上现在的我对露水爱得深沉，爱得脆弱。一个成熟成功的男人竟被婚外情牢牢挟持着，我怀疑自己还是不是个成熟成功的男人。

我开车送露水到虹桥机场。宝贝，等你回来。说这话时，我动容了，如生离死别，心被揪得紧紧的。天很冷，北风呼呼地刮，窗外的景色变得僵硬起来。车内柔情似水，我把空调开到最大，热烈得有些窒息。我和露水不再说话，我们缠绵相拥，用沉默稀释离别的苦痛。

露水检了票进入大厅，露水没有回头，一直向前走。随着人流登上舷梯，坐在小小的舷窗前。露水在轻轻拭眼。我的目光已经模糊，随着露水的影子移动，直到那个影子在那个舷窗口固定。

当露水从我的头顶呼啸而过时，上海的寒流向我扑头盖脸地袭来，我的肩开始隐隐作痛。坐进车里，我用手抚摸着留着露水体温的座位。

就在刚才，露水就坐在这里，给了我明确的答案。五个多月精心设计的爱情问卷，终于有了满意的答案。露水用细嫩的手摸着我干燥的脸说，绿洲，我投降了，我被你俘虏了，你把我融化了。露水用双手箍住我的腰。你一定要等我回来。露水仰起头，递上热唇。我感动得一塌糊涂，不由分说地抱住水般柔软的露水，第一次吻那娇嫣的脸和湿润的唇。我们勾着小指，同声说，Dear my darling！

露水走了，我在幸福地等待。露水的承诺像一支兴奋剂，让我在相思的煎熬中憧憬着甜蜜。露水也一定在相思的煎熬中憧憬着甜蜜。露水与男友长期分居沪深两地，缺少了耳鬓厮磨的交流，依赖恋爱这个古老的词维系着一份现代情感，未免太不切实际了。

到深圳的第一周，露水给我发了几条信息，在QQ上和我聊了个把小时。书呆子一定又去啃书了，疏忽了对露水的严加防范。

但事情却变化得突然，变化得毫无缘由。一个星期后，我就联系不上露水了。准确地说，是露水不和我联系了。起初我以为露水不方便，后来我又担心书呆子发现了露水的蛛丝马迹。可日子一天天过去了，露水藏到了日子深处，音信皆无，我感觉不对劲了。现代通信不拘一格，何以连个音信都没有呢？再有不便，再有难处，总有如厕的时间吧？我以不同方式向露水扔出一束束信号弹，统统没入湖中不声不响。露水手机关了，QQ头像灰了，我的手机没有动静，我的收件箱没有动静。

漫长的两周过去了，露水被深圳的烈日蒸发了。这个周末的中午，是我和露水约好了去机场接她的时间。我明知露水不会回来，还是去了虹桥机场。奇迹并没有出现。那个航班的乘客全走了，我的双眼也望穿了。我的心情又一次次被牵挂和担忧抛向谷底。

半个月我精神恍惚，做事丢三落四，没逃过老总的眼睛。老总说，批给你几天假，好好休息。你现在瘦了几圈不要紧，万一把我的账做错了，我就赔大了。

我是该请假了。上班也是心不在焉，什么事都没做，什么事也不能做。万一真的如老总所说做错了账，或者点错一个小数点，麻烦就大了。我把工作安排给那些屁颠屁颠急于表现的下属。老总挥笔在我的假条上签了名。多休息，身体是本钱嘛。老总意味深长，我没吭声。

老总看出我有些不悦，讨好地说欧阳总监，你这是为谁憔悴为谁心碎呢，不必这样，女人嘛，就是一件高档皮鞋，穿旧了就扔，扔了再换新的，连鞋油都不必擦。

老总的眼里露出狡黠，看破红尘似的。人家克林顿当总统还谈女朋友呢，也没累成你这个样子啊。

我必须承认，在很多方面，我远远不及老总。老总换起女人来比换皮鞋快得多了。除了钱，他对谁都没感情。

休假了。我一门心思全落在露水身上，只要眼珠子活动了，中心思想就是露水。从认识到相爱，从见面到分别，究竟哪一个环节出了差错，让露水离我而去呢？露水在临别时将感情推向了高潮，为什么又来一个突然的跌落呢？她是不是也像股市的大盘被人所操纵呢？

明知道找不出答案，但还是要去找。其实答案已很明确，想过一千遍了，可还是要来回地推敲。

我成了一个活靶子，被思念的子弹密射得千疮百孔，体无完肤。我已承受不起这样的子弹了，再这样下去，我会变成祥林嫂或阿Q了。

为了闪避子弹，我向老总请求上班。上班忙起来，烦恼就不会缠身。而且办公室里的女会计，长得都漂亮。要不是受了兔子不吃窝边草这句警世恒言的启示，我早就下手了。老奸巨猾的老总知道我对工作没安那么好的心，堂而皇之地说，安心休息，不要牵挂公司的事，总监的位置我一直给你留着呢。我冷笑。你不给我留着，我就给你换个地方，到看守所去睡几天，我抓着你偷税的把柄呢。

我把自己塞进超市的免费车里，站在熙熙攘攘的乘客中。窗外的上体馆、美罗城是一幅幅没有生命的浮雕，在我眼里一点也不生动。我又从桂林东街走到桂林西街，一圈一圈地走，把正午的太阳走成残喘的夕阳。我站到29层的楼顶上，伸出空空的手在空中挥舞。我对上苍发誓，只要露水能回到我的身边，我一定摘一颗最亮的星星送给她。

就在这个夜里，我收到了露水的没头没脑的两个字：车祸！我的心宽慰了许多。接着露水又是杳无音信，随着日子的推移，我的思念与日俱重。我的想法越来越奇怪。如果没有露水这个信息，我就当露水从世上蒸发了，在痛定思痛之后，一了百了。可现在我知道露水没有蒸发，而且出了车祸，除了思念，我又多了一份担心。

你说露水出院后会不会缺胳膊少腿的，那脸蛋会不会留下疤痕来？我问老单。老单说，现在你该快刀斩乱麻了，出了车祸肯定要留下创伤来，说不定又胖又丑又老呢。我叹息，斩不断，理还乱啊。我不敢想象，如果拄着拐杖伤疤累累的露水站到我面前时，我还能否坦然接受？老单说别再为露水衣带渐宽了，露水终究是别人的女人。我说我瘦了二十几斤了。老单说，老同学呀当心身体，40岁的人了，再被感情折磨得神魂颠倒的，不值得，该把事业放在首位了。

我对着镜子照照。眼眶凹了下去，脸庞越发瘦削，下巴也尖了起来，微微隆起的啤酒肚现在已是一马平川。如果露水看到了我这副模样，会心疼么？

4

露水没有来看我这副尖嘴猴腮的样子，家茵来了。家茵来得不是时候。

家茵是我丢在连云港老家的老婆。那天上午，天很冷，我反正不用上班，睡到了10点多。在床上接到了家茵的电话，我吃了一惊。家茵说快来接我，我到了上海火车站。我发动了车子，任眼屎寄居着，胡子张扬着，头发蓬松着。家茵在车站见到我时，吓了一跳，说欧阳乾，你堂堂财务总监，怎么把自己弄成这个样子？工作忙呗。我的态度是冷淡了点，谁让她来得无声无息呢。家茵大包小包的提了很多东西，像是要来上海定居似的。还有大肉圆、机加工挂面、红烧肉都是弄好的，都是我爱吃的连云港特产。

家茵每天变着花样做我爱吃的饭菜，浓郁的连云港风味。若在平时，我会风卷残云。现在我没有，我没有那个心情。家茵洗了碗筷，又跪在床沿给我按摩，从上捏到下，一寸肌肤也不放过。家茵说，欧阳，你请两天假，陪我去看外滩好吗？

我正在休假呢。第二天，我和家茵去了外滩。外滩有不同国度的建筑，风格迥异，都是老外们当年留下的。家茵拉着我四处留影，一会挽着我的臂弯靠着建筑群，一会偎着我的胸脯背对黄浦江。家茵上照，温柔甜美，像只找到了归宿的羔羊。我站在家茵的背后，冷峻，忧郁，像一座没有生气的山。家茵挽着我的手说，别那么冷漠嘛，你是我的山，依赖一生的山。

外滩建筑古典而庄重，融合不同的风情。家茵不时地点评几句，尤以离开外滩时的几句点评最为经典。家茵说，你看当年这些老外们花了多少心血来建设外滩，最终不都留给了上海？在别人的地上种瓜，种得再甜，也是别人的，你什么也带不走。

我皱了下眉头。我在想家茵这句话，似乎隐含着什么。家茵为什么这时候来上海呢？我又想到这个问题。巧合吧？我认为这完全是巧合。家茵在几百里外的连云港，不可能知道我在上海的事情。除了巧合没有别的解释。

很久没联系老单这小子了。自从家茵来了，就没给过老单电话，老单也没给我电话。我拨了老单的手机。我说家茵来上海了。老单说，哦，难怪你不来电话了，重色轻友！我说彼此彼此吧。老单说家茵不错，兄弟要好好犒劳嫂子一下哟，不要未老先衰，过早地偃旗息鼓了。当晚，我真的要了家茵。这是家茵来了半月后我们的第一次。事毕，家茵像只猫蜷曲在我的怀里，哭了。家茵说了许多牵挂我的话，像初恋的小女生。

家茵来了以后，我越来越少地去认真思念露水了。我的思绪常会被家茵打断而不得要领。日子里多了个说话的人，我的情绪慢慢好了起来，身体日渐丰腴。偶尔，我会上网看看。露水的头像一直灰着，像一张遗照，让我回忆着，我已心如止水，没了伤感，伤口慢慢地愈合了。偶尔我还会登上29层楼顶，呆呆地向南眺望。我不再幻想什么，只想给我和露水找个偏僻的时空。露水已淡出了我的视线，而且露水的面孔正在被家茵所取代。家茵就在楼下，在家里等我。回到房间，家茵正在看电视。我从书架上取下毕淑敏的《女工》，坐在沙发上看。很久没看书了，内心总是浮躁，眼睛与思想背道而驰。我奇怪自己现在居然能如此平静地阅读，一颗心还能随着书中蒲小提的起起落落而起伏。我看得出神时，家茵将一碗香热四溢的鸡蛋面端到我面前。

我的身体恢复如初，老总恩准我上班。老总适时地点拨我，说欧阳啊，女人是有不同风味的。老婆是主餐，情人是加餐。你这个人呢，有时主次不分，容易混淆，把加餐当主餐吃，迟早要吃穷家的。加餐是什么，是高档调味品，你能常吃吗？我说谢谢老总。老总就是老总，对他的下属总是拿捏得恰到好处。

鸟儿扑闪着翅膀，将夏天的气息带来了。家茵来上海五个多月了。家茵说，想回连云港了。我没同意。我是真心挽留家茵。家茵在我身边，我的日子滋润了，生活有规律了，下了班就想回家。家茵把我的日子打发得井井有条，虽然日子平淡无奇，生活平淡无奇，夫妻的感情也平淡无奇。可这种日子是充实的，感性的。与露水相处的日子固然出彩，可那是一抹爬上你指尖的阳光，还将从你的指尖悄悄溜走，光阴逝去了，什么也不会留下。

现在，我很少再去想露水了。露水就是一滴露水，不慎落到我脸上，舒爽过后，又慢慢地被太阳带走了。偶尔回想一下，然后像吹了的灰不着痕迹。

5

露水出其不意地出现时，我已彻底走出了忧伤。而且我们，恍若隔世。

我很久没出来散步了，直到上海这诗意的秋天苏醒了我。挽着家茵，走出小区，在上师大校园里寻找闲情逸致。校园里一对对年轻的情侣，漫步在梧桐树下，窃窃私语。相比之下，我和家茵青春已逝，不禁黯然神伤。

晚风徐送，把梧桐树梢的夕照吹跑了。秋的凉爽在脸上摩挲，家茵搂紧了我的胳臂。

我们走得很慢，踩着地上的落叶，感知生命的季节。从夏天走向秋天，我们在走向成熟中品味生活，理解生活，探索生活的奥秘。

一个女人腆着肚子，偎在男人的怀里，漫步在酝酿新生命的旅途上。女人走得很谨慎，像鸭子驮着笨重的身体。男人也很谨慎，认真地抓着女人的手。这是生命的一个过程，我和家茵也曾拥有过这样的时光。我也像这个男人一样，幸福地搀扶着家茵。这对夫妇与当年的我们是何等地相似，幸福的生活就是这样被一代又一代地相传下去。

就在擦肩而过时，我忽然觉得女人面熟。我几乎惊叫起来。露水！我捂住嘴，把这个名字咽回肚里。

我勾着头回望，没错，就是露水！我非常惊讶这个发现。家茵一点也没有看出，因为我的脚步在欲停未停间，未作停留。

我含糊地和家茵说着话，心里在琢磨着一个谜底。

我必须破解露水给我布下的谜。虽然这个谜底对我来说已没了现实意义，可它毕竟苦苦地困扰过我。虽然露水和我的故事早已结束，可我仍想了解露水现在的生活。我试着拨了那个久违的号码，电话通了。

我，我是……我紧张着。我是绿洲，哦，欧阳乾。我把手机抓得牢牢的，生怕手机摔了似的。

你好欧阳。露水平静如常，像接听一个公务电话。

想见你一面，方便吗？

露水没有推却。

会是怎样的见面呢？在我最伤感的时候，我曾设想过好多场景，谴责谩骂？倾诉衷肠？默默牵手？后来时间长了，就不再想这玄之又玄的事了。

我站在镜子前照照，眼角添了皱纹，两鬓有了白发，这是那段伤感留下的烙印吧，要不要收拾一下自己呢？

不必了。

上师大的校园已投在秋天的怀抱里，落英缤纷，覆盖如毯。梧桐树光溜溜的，在秋风中瑟缩。

我准时到了上师大的校园，怀着身孕的露水正在散步。见了面，露水先开了口，我这样子是不是很丑？我端详一下露水，是丑了许多，但没有缺胳膊少腿，也没有伤痕累累。我恭维地说，女人最幸福莫过于这个样子了。我为什么要恭维呢？我又怎能不恭维呢？我和露水生分了，我只能这么说话。

我们都在寻找合适的话题，一时又找不到合适的话题。那段尴尬的往事不去碰它了，聊聊彼此现在的生活吧。露水过得很好，不去澳洲定居了，书呆子从深圳调到了上海，而且已在今年年初结了婚，爱的结晶正在萌动。

车祸这个词在我的嘴里滚来滚去，一不小心，还是滚了出来。你还是很漂亮，车祸竟没有损伤你的灿烂。我又恭维了一句。

露水说，一场小车祸而已。

一场小车祸？我重复了一句。露水说得好轻松，而这场小车祸却让我如临灭顶之灾。

露水说，那是到深圳一周后，我坐公交车去莲花山看邓小平雕像，在商报路上，公交车被后面的大货车撞上了。我的腿被擦去了好大一块皮，流了很多血。我住进了福田妇儿医院。就是这场车祸让我认识了我的书呆男友。他像变个人似的，书也不看了，一日三餐伺候我，时时刻刻守在医院，帮我揉搓伤腿，说是利于血液循环。他围着护士问这问那，腿伤会不会感染，脚拐会不会化脓，会不会留下伤疤。他原来不会弄菜做饭，为了我竟然煲了几次骨头汤，说书上说喝骨头汤恢复得快。晚上他怕碰到我的腿，趴在床沿边睡了二十多天。更让人想不到的是，床头柜上有一插花瓶，每天都换一束新的鲜花，书呆子也懂得了浪漫。露水说到这儿，不好意思地笑了。

你为什么不给我一个信息呢？

露水有些不自然。露水说，从我住院起，我就一直被书呆子感动着。我重新审视书呆子，我发现他是可爱的，他的爱深藏不露。我想该结束我们的故事了。我一时想不出办法来，只好采取暂不联系的办法。我以为，你会从失落中走出来。

新的故事开始了，就注定要结束一个老的故事。我凄惨一笑，于是你自顾自享受着幸福，把悲伤留给了我。

女人嘛，在爱情方面，总是有那么点自私的。露水自嘲地说，不过个把月后，我和老单联系了，老单没和你说吗？

我怔住了。老单和我说什么？老单什么也没说。

露水也怔了一下，然后喃喃地说，你爱人没有来上海？

露水的话让我惊得非同小可。露水竟然知道家茵来了。原来我是透明的，而露水家茵老单却隐藏得严严实实。

一定是老单出卖了我。

露水的脸上漾着幸福的微笑。我快做妈妈了，我也明白了许多书本上没有的道理。生活是平淡的，平淡的才是真实的。

你老公让你明白的？我说，你老公呢？

哪，书呆子坐在那看报呢。露水一指远处的石凳子。石凳上，一个男人戴着眼镜借着路灯在看报。

我刚才进校园时就看到了那个男人，在夕阳的余晖里看书。一看就是书呆子，却不料竟是露水的书呆子。

还是书呆子。露水笑出了声。

告别露水，我打老单的手机，没头没脸地把老单骂了一通。老单打着哈哈，说你得感谢我，我给了你解药，拯救了世界上最后一个好男人，拯救了两个家庭，何罪之有？！

我问家茵，你为什么来上海？家茵穿着睡衣，正在看电视，朝我挤眉弄眼地说，答案在你的肚里。

忽然，我觉得我是幸福的，幸福地掉进了一个圈套里。

皇岗口岸

1

红年咧嘴一笑就被阎经理给招来了。红年觉得自己的笑没什么非同寻常之处,既没开怀大笑,又没偷着乐,阎经理怎么就盯上了呢?阎经理背着双手,虎着棺材脸,说贺红年,严肃点!红年说,我没有不严肃啊。阎经理说,你刚才分明在笑。阎经理说,一个人呲牙瞪鬼地笑,证明你走神了。

红年刚才确实走神了。红年突然想起了岳父。那时候,岳父还不是红年的岳父,现在也不是。岳父问红年,你在深圳做什么呀?管事呗。管什么事?红年想了想,让谁上谁就上,让谁下谁就下,我就管这事。岳父摸着下巴,便恍然大悟了,管人事的!岳父做过村长,对谁上谁下的含义一悟就透,因而看红年的眼神里明显有了几分崇敬。

高抬我了。红年感到好笑,又感到得意。红年没分解,也没想骗岳父,是岳父把自己骗了。红年是管上管下的,人也管,货也管。红年没有直白地说,怕被人笑话。其实,红年是管电梯的,不是宾馆大厦里那种香烟盒式的载人电梯,是迪塔公司人货并载的简易电梯。电梯太简易了,比拳击比赛的擂台还简易,除了底座是货真价实的硬钢板和四周叮叮当当形同虚设的栏杆外，其他一切从简，连《特种设备使用登记证》和《特种设备作业人员资格证》都从简了。当初红年应聘时，阎经理问他有没有资格证，问得红年莫名其妙。红年以为应聘不上了，阎经理却说，明天来上班吧。红年更加莫名其妙了。后来他的前任点拨了他：你要有资格证就进不来了，有资格证要出高工资，没有一千五六人家不干！这样，不够资格的红年才管起了不够资格的电梯，一管就是三年。电梯出了故障，却找不到人来修。当年安装电梯的公司没想要做成如此简易的电梯，奈何老板一再压价，东一刀西一斧地砍价，把电梯砍得越来越简易，以至于运营了不到五年，不堪负重的钢绳露出了裂痕，栏杆出现了松动。红年首先发现了问题，这一惊非同小可，急忙汇报给了阎经理。阎经理看了，问题有点严重，便与那家安装电梯的公司联系。人家不来。安装好电梯后人家就没来维护过，说是你们老板要求做那样的，我们修不了。阎经理再和深圳的几家电梯公司联系，只一家答应来维修，价格都谈好了，到现场一看，人家就撤了。这哪是电梯呀，像个养牛场，四周护栏没一根像样的，有的松动有的锈死了。红年细看电梯，果然像养牛场，也像小擂台。这些问题一搁再搁，至今无人来修。电梯还得照常运营。迪塔公司是搞汽车销售维修的，新车仓库在四楼，修理车间在三楼，烤漆房在二楼，上上下下都离不开电梯。阎经理说，贺红年，你千万不能走神！电梯带病工作，你就得带脑子带眼睛带责任感去工作，出了问题我拿你是问！

　　红年像一根木桩插在电梯前。红年可以带上眼睛带上责任感，但红年不会带脑子。电梯太简易了，技术问题全由那一排红绿黑三色摁键掌控，红年会摁键就行。而那一排摁键里有几个还是摆设，真正管用的只有三个，上面贴着手写的歪歪扭扭的签儿：上键，下键，停止。前任教给红年的就这三个键，红年与这三个键共事了三年。前任是个五十来岁的老头，那些签儿正是他的杰作，三年前红年从他手里接过了前辈的扁担。老头说他是第一任,干两年了,知道的就这么多。就这么点难不倒红年,红年以前是修摩托的。红年想去琢磨另几个被老头遗忘的黑键,老头以前辈的口吻提醒他,完全没必要。红年像被烫了似的缩回了手。老头冷着脸,如抹了一层青色的蜡,全身披着昏黄的光。那几个默默无闻的黑键是干什么用的,从此无人知晓。红年不知道,全迪塔公司也没人知道。而贴着签儿的三个键,红年会摁,全迪塔公司的人都会摁——红年偶尔离开时,上上下下的员工就自己动手摁。阎经理说这是违规操作,不安全,要红年寸步不离岗。给我配个尿壶吧,带盖的。红年心里说。

红年的工作简易了,脑子闲了下来。脑子闲了,容易走神。红年一走神,阎经理忍无可忍了:贺红年,要是再走神,你就永远转不了正。红年不走神了,去想转正的事。入职三年,至今还没有转正,红年做梦都想转正涨工资。入职时,阎经理说,包住不包吃,试用期工资八百,转正后一千二。红年很满意,他的前任才六百,不过前任只管电梯不管装卸。前任说,雇个装卸工,还得千儿八百的呢,你才加了二百?红年知足了,比以前睡在保税区的桥洞里强多了。啥时能转正呢?红年问阎经理。那要取决于你自己,试用期最短三个月。最长呢?红年后悔当时没问阎经理这个问题。岂料一等就是三年。其间红年找过阎经理,阎经理说,你整天摸那三个键,就能摸转正了?红年说我不摸那三个键,我能摸什么?

摸什么自己去想,阎经理不会告诉红年。红年摸索了半天,摸不明白。别人摸靓车,摸电焊,摸喷枪,摸转了正摸到了钱,红年心里痒痒的。红年想摸车。准确地说,是想学修车。他修过摩托,有点基础。当初他应聘看电梯,其实是醉翁之意不在酒。他想应聘修理工。修理工分初中高级,要看资格证,他拿不出来。阎经理说,先看电梯吧,看好了给你转岗。三年过去了,阎经理没说看好,也没说没看好。红年没转正也没转岗。红年明白了,他还是没看好电梯,至少阎经理不满意。红年哪一点都让阎经理不满意,红年走神他不满意,红年不走神他也不满意。红年不走神时,就去检查电梯,电梯伤痕累累了。红年看见阎经理过来,主动向他汇报电梯的不良状况,以证明自己工作是带眼睛带责任感的。不料阎经理却不耐烦了,说你怎么不带脑子呢?就知道汇报,小问题你不能自己动手修?还想转修理工!红年的热脸贴了冷屁股,怏怏不乐了好一阵子。后来,红年不主动汇报了,发现电梯出问题了,自己能解决的动手解决,不能解决的,也不汇报了。

2

皇岗口岸,晓不晓得?

皇上叩安?……什么意思?

红年两颗大门牙差点笑崩了。乡下人没见识,像老村长这样的人居然连皇岗口岸都不晓得!

红年请了一周假回羊寨来了。羊寨是红年的老家。荣归故里,红年的心情不再潮湿,一如家乡的天气,蔚蓝的天空中没一丝云彩,分外晴朗。在寨子里,老村长代表着某种权威,却不知口岸为何,红年愈发喜欢考考乡下人了。晓得地王大厦么?晓得深南大道么?无人能答。偶尔碰上有点见识的,也只知罗湖口岸。切——在深圳,皇岗口岸的名气一点不比罗湖口岸小,我就在皇岗口岸上班。红年喜欢这么说,先作必要的铺垫,再道出自己与皇岗口岸似亲似故的关联。

口岸是什么?老村长问这话时,红年还没拿他当岳父待呢。红年管岳父叫老村长。村长是好多前的事了,早卸了任,再叫村长不合适了,羊寨人便在村长前面冠上"老"字,以示区别又不失尊重。红年说,傻里吧叽的,口岸是什么都不晓得,村长白干了。口岸出去了，那就是境外，从我们皇岗口岸出去了，那是香港。红年从没有这么扬眉吐气过，乃至于浑然不觉地在皇岗口岸前面加上了"我们"。过了牛皮劲，红年才觉得自己用这样的口吻和老村长说话，未免有眼不识泰山了。老村长不和红年计较，仍饶有兴趣地问，你离那什么口岸有多远？红年嘿嘿一笑，那叫皇岗口岸，皇帝的皇，站岗的岗，我就在皇岗口岸上班，每天上班了就能看见香港。老村长兴趣来了，穷追不舍，那……香港离你们有多远？老村长双手比划着，一手是香港，一手是深圳，双手间的距离被红年的头摇得越来越短，直到两手之间不过一指距离了，红年仍摇头。打个比方吧。红年进了自家的堂屋，老村长也跟着进了屋。红年推开后窗，指着隔了一条支渠的老村长家说，那是你家吧？老村长点头。红年正要往下说，老村长家突然冒出一个年轻的女孩。女孩全身闪着光艳，鲜亮鲜亮的，正在仰望天空。红年也看天空，天空透彻如镜，连炊烟都没有。红年怔在那里，眼神聚成一束强光。老村长咳了一声。红年仍似醒未醒，说那是你家不？老村长说你小子吃什么迷魂药了，连我家都不认识了？红年说哪个女孩是谁？老村长说，我家二丫头彩云。彩云？红年如梦初醒，哦，彩云，认不出来了，彩云长这么高了，啧啧啧，对了，听说彩云找了个县里局长的儿子，多会结婚呀？

　　老村长木然地看着屋顶，红年觉察了，用手指了指，说那是你家吧，比如我家是我们皇岗口岸，那么支渠就是深圳河，你家的彩云现在就站在香港了。这么近？太出乎老村长意料了，老村长脸上写满惊喜。可不就这么近，我们常去呢。红年扬眉吐气且意气风发了。你还去过香港？老村长的眼睛贼亮，像在庄稼地里刨出了一块金子。蚂蚁劈叉，多大的事啊！红年不以为然了，去趟香港容易，一趟车费几十块钱，几十分钟就到，好比去你们家串门，去看彩云。红年越是说得轻描淡写，老村长的脸上越是山重水复，慢慢绽现出柳暗花明来。老村长猛地给了红年一拳,打得红年一愣一愣的。老村长竖起了大拇指,小子,羊寨数你红年出息了。

羊寨是个小寨子,百十户人家,方圆不过两里地。老村长乐颠颠地走了,红年这个名字也被老村长挟在两片厚厚的嘴唇间,风靡了羊寨。香港好玩么?漂亮么?见过李连杰陈慧琳么?红年像答记者问,颔首作答。去去去!什么乱七八糟的!老村长朝大伙唬着脸,把红年从包围中解救出来,那架势仿佛他是红年的什么人似的。红年被老村长拽进家门时,彩云正在灶台上烧菜。彩云叫了声红年哥。声音里有股甘蔗的味道。红年从肌肤到骨头都甜透了。哇噻!彩云长得好靓哦。红年不自觉地冒了一句。深圳人爱说靓仔靓妹的,羊寨人不这么说。彩云的确靓,身上有一股山水的灵性。深圳少见彩云这般清纯的靓妹,虽然深圳大街上靓女如云,但她们像粉墨登场的演员,不识庐山真面目,没有彩云透明干净。红年直愣愣地看着彩云,想起城里人所说的绿色食品,指的便是彩云了。

酒菜上齐了,彩云坐到了餐桌旁。老村长和红年一杯接一杯地碰杯。彩云不喝酒,也不说话,静静地听着。老村长话多了,红年舌头不好使了。老村长说,在深圳一月能挣多少钱?红年舌头有点硬,口中像含了一块石榴石,混糊不清,七八百,啊啊——七八千吧。哇!彩云像被猫抓似的,尖叫一声。两个男人面面相觑。你叫什么?一惊一乍地。老村长不满地瞪了彩云一眼。彩云低下了头。你在深圳做什么?红年嗞的一口干了酒,竟说是做与自己八杆子也打不着的人事工作了,回答得连自己都吃惊。老村长却不糊涂,脑子清醒,思路清晰,及时提出了出乎红年意料的请求。老村长先干为敬了,红年,请你帮个忙?老村长自称老村长了,红年知道,老村长必定是求他办事了。说!红年咯崩一声嚼碎一粒花生米,一杯酒倒进口里。酒把红年的胆儿撑大了。老村长说,彩云能安排进你们公司么?你做人事的,应该小事一桩吧?红年酒喝高了,大脑不问事了，再喝高，小脑也把不住关了，话儿直接从肚里冒出来，满口应承老村长：小事一桩啦，彩云妹妹的事包在我红年身上啦。哇！彩云再叫了起来。两个男人又面面相觑了一回。

这顿酒喝得有点久，把彩云喝走了，把太阳喝下了山。天快擦黑时，红年才回了家晕晕乎乎睡了。一觉醒来已是隔日上午十点，屋里亮堂堂的，连地上的发丝都清晰可见。红年的眼睛一点点亮了，脑子也一点点亮了。红年倏地想起昨日的承诺，稀里糊涂应允了老村长，如何是好？红年抽自己的嘴巴，抽得啪啪响。一个看电梯的，牛吹大了，这戏怎么演下去呢？太阳快上头顶时，红年又去了老村长家。想老村长兴许昨日也是酒后乱言，酒醒之后烟消云散了，那样敢情最好。老村长没在家，彩云在。彩云在收拾行李，问，红年哥，多会去深圳？红年如当头一棒，半晌没有答腔。彩云说怎么啦？红年说昨天酒喝高了，头疼。然后挤出笑容，说彩云，真想去深圳？彩云说，红年哥莫不是变卦了？全寨子人都晓得我要跟红年哥去深圳了。红年吃了一惊。哥怎么会变卦呢？哥是那样的人么？这回红年不是酒话。红年说，那么局长儿子舍得你离开么？彩云气呼呼地说，关他屁事！一抹充足的正午阳光洒在彩云起伏不定的胸脯上，红年心里暖洋洋的。

3

红年把老村长看待成岳父，是在彩云来深圳一月之后。这一点，红年是没有心理准备的，彩云早是名花有主了。然而老村长是有心理准备的，彩云也有。在来深圳之前，老村长便对彩云有了交代，别再牵挂那个白眼狼了。白眼狼就是那个局长儿子，睡了两年后把彩云甩了。老村长气得要去拼命。我看红年小子不错，比那白眼狼有出息，白眼狼晓得皇岗口岸么？白眼狼去过香港么？人家红年见过大世面，是咱寨子里的凤凰。要是合得来，春节回来就把事情给办了。彩云的脸上飞起一朵彩云，说爸，瞎说啥呢？彩云那时对红年除了崇敬，还没别的意思。老村长呵呵笑了，说老爸看得出来，红年喜欢你。彩云的心里架起了小天平，不时拿红年与局长儿子来掂量掂量。局长儿子机灵圆滑，但过于放荡，没有红年憨厚实在，还有，红年去过香港。红年的分量重了。毕竟局长儿子已甩了彩云，彩云的命运和红年捆在了一起。后来，红年的分量又轻了，局长儿子重了起来。

彩云一脸霞蔚地随着红年来深圳了，没注意到红年一路上隐藏不住的一脸沮丧。红年面临的第一个问题是，彩云住哪？公司宿舍不能住，关内租房价太高。第二个问题是，彩云工作怎么办？红年在迪塔公司管电梯不管人事，人事归阎经理管。红年想，不能辜负了老村长的心意，还是给彩云租房住吧，再求阎经理给彩云一份工作。

关内租房不容易。红年跑断了腿，才在沙尾租了一间房。房子不大，七八个平方，没有窗户。有窗户也没什么意义。这算不上是房子，是建在楼顶上的一排铁皮房，热哄哄的能蒸馒头。出了铁皮房，便拥有了整个楼顶，要风得风，要雨得雨。彩云不相信红年让她住这儿，指着四周高楼接踵灯火通明，说为什么不住到楼里去而住在楼顶上？楼顶与楼里岂是里外之分，里外之分的背后是价格上的天壤之别。红年说，先将就吧，等以后你上了班拿工资了再说。彩云说为什么要等上班之后再说？你一月工资八九千，还那么小气？彩云不悦了，从走出羊寨的那一刻起，彩云已默认自己就是红年的人了。我一月才七八百。红年说，那天我说的是酒话，不算数的。可彩云是句句话都当真了。既然酒话不算数，那你为什么还要带我来深圳？红年耷拉着脑袋，哑口无言。要不我给你路费，你回羊寨吧。

彩云捂着脸呜呜地哭了。红年这句话比抽彩云一记耳光还让彩云心痛。羊寨已经回不去了。老爸让她跟红年出来,就是要挣一口气,不让寨里的人说三道四的。自打彩云被局长儿子甩了后,寨里便风言风语,说什么的都有,老村长差点就把头埋进了裤裆里。如果彩云再从深圳灰溜溜地回去,老村长只怕是要钻进地缝了。

更让彩云失望的,是在彩云跟着红年去了迪塔公司之后。如一阵飓风把彩云掀到了谷底。阎经理一见红年,便嚷了起来,贺红年,谁准你超假的?红年看看彩云,彩云退步站到红年身后。彩云明白了,红年不是管人的,是被人管的。才超三天嘛,我两年没回家了,平时连星期天都没休过。红年讪笑着。三天还少?这十天电梯没人管,谁都来摁键,若要出了事故谁负责?阎经理铁青着脸,发了一通火,转身要走。红年追了上去。我妹妹想进我们公司。阎经理这才注意红年身后的彩云。红年把低头摆弄衣角的彩云推到了阎经理的面前。阎经理盯着彩云看了一下,眼珠不转了。阎经理抓住彩云的手握了握,说,你妹妹?好靓喔!红年笑笑,跟哭似的。会电脑么?不会。彩云声音低得连自己都听不到。会礼仪么?彩云摇摇头。会洗车么?不会。这是红年回答的。红年不想让彩云干粗活,彩云应该是坐在办公室里吹空调的。

阎经理摇摇头,把彩云心头的一盏灯摇灭了。狗日的红年!彩云气得咬牙切齿。彩云看见红年吹得天花乱坠的工作不过是在破电梯前摁电钮时,那架天平唰地滑向了局长儿子。彩云漫无目的地走在新洲路上,斑驳的树影映在彩云身上。新洲路两边漂亮的绿化带花红草青,绿树成荫,彩云徜徉在如诗如画中。画中的诗意女子,只是深圳的过客,红年也是。哪里才是彩云的安身之地呢?彩云的脑子里很乱。

红年却不沮丧,这一切本在他的意料之中。船到桥头自然直。红年安慰彩云,明晚我们去看皇岗口岸,能望见香港呢。彩云一口唾沫啐在红年脸上,吹牛不打税,继续吹吧,看你还要吹多久?你去过香港是吧？打死我也不信！红年不再尴尬，不吹牛我哪有脸回羊寨嘛。彩云又踢了红年一脚，你有脸了，我不要脸了？彩云说着眼又红了。红年说，困难是暂时的，我再想办法。你好歹还有我依靠着，想当年我来深圳时举目无亲无依无靠，干啃了三天的快餐面，睡在保税区的桥洞里，那才叫难哪！

红年又找了几次阎经理也无济于事了，红年对着电梯发呆。

彩云看透了红年。不能指望红年了。彩云闲着就逛沙尾的市场。彩云发现，整条街上没有炸馓的，也没有卖的。红年说你当这是羊寨哪。馓子是羊寨的特产。羊寨人爱吃馓子。彩云想吃馓子时，找遍了整条街也没找到。彩云不会电脑不会洗车，可彩云会炸馓子，不如开个炸馓摊吧。红年说，现实点吧小姐，我在深圳就没见过卖馓子的，人家不爱吃。不一定。彩云说，这满街的深圳人南腔北调的，说不定就有人爱吃呢。我要试试。

红年拦不住彩云，也无力为彩云找一份工，只能答应了。一周后，彩云在沙尾小市场摆起了炸馓摊。本钱是红年给的，炉子是红年从公司买回的废油桶改装的。红年自制了两双特大筷子。锅勺碗罐小市场都有的买。开业之前，彩云先试一下手艺，味道还不错。炸馓子本是两个人的活儿，一人拉一人炸，拉面的人比较累，出的是力气活。彩云说我一人包了，能炸多少炸多少，赚钱养活自己就成。炸馓摊开业了，还挂了个招牌：盐城馓子。红年那一笔烂字恬不知耻地在风雨中招摇着。

彩云对皇岗口岸没丁点兴趣。皇岗口岸再美，香港再近，与彩云有什么相干呢？红年说彩云你错了，到深圳不去皇岗口岸，就像到北京不去天安门广场一样遗憾。彩云哼笑着，红年想证明什么，彩云清楚。只有皇岗口岸不是红年吹出来的。开业之前，彩云跟红年去了皇岗口岸。一路上红年指给彩云看，这边是红树林，那边是福田保税区，我以前就睡在那儿的桥洞里，再前面是深圳河，河那边灯火点点的便是东方之珠香港了。彩云一脚踢在他屁股上,你家到我家有这么远吗?红年掸着衣服说,那是比喻嘛,这点距离要搁地图上,还没一个米粒长呢。

红年所说的皇岗口岸也言过其实了,仍有牛皮之嫌。虽然灯火辉煌夜如白昼,封闭式双层大桥气势磅礴,但场面混乱,货车客车交错,行人神态各异。灯光下每个人脸如蜡灰,风尘仆仆。天气闷热得透不过气来,有人光着膀子,有人趿着拖鞋。彩云有些怕,紧紧抓住红年。红年说我喜欢这里,数人头,看脸色,望香港。彩云说,醒醒吧,香港是你去的地方?红年说过过眼福吧,我总也看不够。红年心儿已飞过桥,云游香港了。彩云几次拉他的手,他才回过神来。一双脏兮兮的手迎面而来,披头散发的乞丐笑嘻嘻地看他。红年拉着彩云走开了。彩云讥笑道,这儿乞丐都去过香港吧?没准!等有钱有时间了,我们去香港,真正地扬眉吐气一回。

彩云摆了炸馓摊,把红年生活打乱了。彩云早上起床早,早早出摊子。晚上收摊晚,等红年下班了一起将东西搬回去。生意一般,比红年预感的好,比彩云想象的差。南方人喜吃米粉河粉之类的,不爱吃馓子,买点馓馓尝尝,权当换换口味或心情。有北方来的,隔三差五买上半斤八两,作零食充饥,嘎嘣嘎嘣地嚼着。红年不住宿舍了,也住出租屋里。出租屋里只能摆一张床,红年在地上摆一张丝席。起初挺不方便的,彩云冲凉换衣服都遮着点,睡觉也穿得严严实实,睡到半夜,衣服就汗湿了。南方天热,又是楼顶,一台风扇根本不顶事。后来习惯下来了,彩云穿上了短袖短裤。红年呢,开始也胡思乱想过,咽着口水睡不着,可彩云名花有主了,想也白想,就反复数一二三四五,便睡着了。再后来,红年睡着了,彩云却睡不着,想局长儿子有权有势却无情无义,甩了自己泡上别的女孩,自己丢人老爸丢脸。想红年人穷志短但实在憨厚,在人生地陌的深圳与自己相依为命。彩云心中的天平又滑向了红年。彩云悄悄地伸出脚趾在呼呼大睡的红年胸口上写字玩。红年懵懵懂懂地伸手抓住了，吃了一惊，坐在丝席上连说对不起。彩云心里窃笑，嘴上却说好你个红年，动歪心眼欺负我，呜呜哭了，专等红年上床来哄她。红年果然坐不住了，坐上床来哄她。彩云撒起娇，说晓得我在你胸口上练的什么字？红年说不晓得，我正睡得懵懵懂懂的。彩云撅着嘴说，你猜猜。红年猜了几个。徽子？不是！羊寨？不是！皇岗口岸？不是！不是不是！告诉你吧，是——我——爱——你。彩云一头倒在了红年的怀里。红年慌了，说你可是局长的儿媳妇。彩云偎着红年，说我不做局长儿媳妇了，做你媳妇要不要？红年说不要，我对不住老村长一回了，不能再对不住老村长了。彩云撕着红年的嘴，说你再叫老村长老村长，我撕烂你的嘴。那叫什么？红年傻了。彩云闭着眼睛说，叫岳父大人。

4

红年以为能潇洒自如地叫一声岳父大人，是在和彩云同居九个月之后。然而，当岳父真真切切地站在红年面前时，岳父两字从红年肚里自如地到了嘴巴之后，便不能自如了，在出口的关键时刻，又回到了老村长。彩云没撕红年的嘴。彩云练就了一身的徽子味，头发像徽子一样地蓬乱干脆，皮肤练得油黑，脸上闪着油腻腻的光。老村长看见猪圈大的出租屋心寒了，看见曾经那么漂亮的女儿被糟蹋成这个样子，心疼得落了泪，扬手便要抽红年。要不是彩云及时横在中间，红年就要结结实实地挨老村长的巴掌了。红年往彩云身后躲了躲。彩云说，爸，是你让女儿嫁给红年哥的，反悔了？反悔顶屁用！生米煮成熟饭了。老村长从进屋的第一眼就看出来了，红年和彩云早把不该办的事给办了，内衣内裤都混放在桶里，床上的两个枕头挨得紧，亲得像一个人似的。

是彩云打电话让老村长来的。彩云想把和红年的事儿向老爸挑明。红年信心不足。岳父肯定不同意。红年胆怯地说。彩云有信心,不同意就不回羊寨,在深圳打一辈子工。红年说,不行,那样太对不起岳父了。

老村长接到女儿的电话,迫不及待来深圳了。老村长在电话里问彩云,你去了香港了?彩云说去了,就隔一座桥。老村长支支吾吾地说,那,花钱多吗?彩云明白老爸的意思,说花不了多少钱,你来了也去香港玩玩。老村长嘀嘀嘀的笑声震得彩云手中的话筒跳了起来。没到第二天,一条新闻飘满了羊寨。全寨子的人看老村长的眼睛都不同了,老村长的眼角纹和抬头纹像一朵菊花绽放了。

菊花在老村长跟着红年钻进七弯八拐的小巷时一点点冻结了。老村长背负的是全寨人的目光,老村长去深圳了,不,是去香港了。这张曾经风光曾经风霜的老脸,又将春风拂面风光再现了。然而迎向老村长的不是春风,是寒风凛冽。这种情况,怎么可能去香港呢?老村长失望了。红年说,完全可能,去香港花钱少,时间短,我请一天假陪老村长去。红年想了想,又说,明天晚上我先带老村长到皇岗口岸蹓跶蹓跶。红年认为,在去香港之前有必要先去皇岗口岸熟悉熟悉环境,就像考生在考试之前也要先熟悉考场一样,皇岗口岸是去香港的伏笔,或说是去香港之前的热身赛,不可或缺。老村长的眼睛亮了一下,又暗了下去。算了,别去香港了,去皇岗口岸看看吧。你那一月几百块,还是留着养家糊口吧,好好照顾我女儿,否则我饶不了你。

去皇岗口岸蹓跶,是一件开心的事。满街的灯,繁华的桥,漂亮的建筑,不同的肤色。老村长心情很好。香港离得这么近,一桥之隔,不去香港多遗憾啊。老村长的心思,红年明白。好几次我做梦去香港,在梦中笑醒了,美梦一定要成真。老村长笑得眼睛眯成了一条线,真要去了香港,这辈子都没有白活了。在寨子里我们就风光了，在羊寨那旮旯，谁去过香港啊？像我这把年纪的，有的还没听说过深圳呢，更别提皇岗口岸了。

这么好的心情，谁知被一个乞丐搅了。老村长正在和红年说话呢，一个乞丐把手伸到了红年的面前。乞丐年龄不大，四肢健全，全身臭熏熏的，头发挂在黑乎乎的脸上，拦在路中间，见谁都伸手。红年犹豫了一下，掏出了一块钱，扔给了乞丐，却被老村长一把抢了过去。滚！老村长突然怒目而视。那乞丐莫名其妙地看了看，愤愤地骂了一句"神经病"，走了。

红年转头看老村长时，老村长仍是火冒三丈，双唇嗫嚅。而且，老村长的眼里有了泪。显然自己的举动得罪了老村长，红年手足无措。乡下人不经世面，连一块钱都舍不得掉泪，唉！半响，老村长才缓缓地指着广场说，要是回到一九九七之前，这可是国门呀，是中国人的脸皮呀！这帮乞丐怎能聚到这儿来行乞，辱没国家形象呢？老村长叹着气，摇着头，整个晚上没说一句话，气得彩云把红年臭骂了一痛：皇岗口岸有什么好？你吃饱饭撑的，有本事你就带老爸去香港兜一圈！

5

迪塔公司和那些超市商场一样，天天有客户，天天要上班。红年是公司唯一的电梯工，没有休息天。红年递上的请假条被阎经理撕了。你的工作很重要，不能请假。红年说，我要去香港。去香港？阎经理的眼睛像玻璃球，啧啧啧！深圳还容不下你了？一打工仔还要到香港去兜风？然后一挥手，不行！你出去潇洒了，万一电梯出事怎么办？你光考虑自己，考虑过集体利益吗？红年赔着笑脸说，就一天假，我要陪老村长，哦不，我岳父，去香港玩玩。阎经理不看红年，眼睛往上翻，说我还想去香港玩玩呢，我都抽不出时间来，别跟我磨矶了，立即去上班，否则按擅自离岗论处！

红年郁闷极了，回到车间，眼里有了东西。电梯口堆满了货，喷枪风炮电焊机油漆桶，等着红年请它们上楼。红年飞起一脚，一个小油漆桶骨辘辘转了出去。红年揉揉脚，去捡那滴溜溜转的小油漆桶。小油漆桶被一双手捡了过来。是阎经理的手。故意损坏公物，罚款一百元。红年怔住了，死死盯着阎经理，牙根咯吱咯吱响。顶撞上司？反了，再罚一百！红年不敢反了，老老实实地将喷枪风炮油漆桶电焊机一一搬上了电梯。罚了二百块，这个月去香港没钱了。红年越想越懊恼，一整天心不在焉的。

彩云，我请不到假。红年心灰意冷了。当初应聘时，就讲明没有假期的，头疼感冒都要上班。要是旷工呢？彩云问。旷工就辞退了。

在老村长面前，红年没有流露出来，仍是说说笑笑，不时陪老村长喝两盅，借酒浇愁。老村长两杯酒下肚，喜欢说点新鲜事。老村长对这儿的一切都觉新鲜。这几天老村长去皇岗口岸转悠了。红年不能整日陪他聊天，彩云又不让他插手炸馓子——尽管老村长炸馓子是一把好手，面揉得柔软光滑，拉得匀称细长。老村长干什么呢？瞎转悠呗。彩云说，爸你别跑丢了，记住沙尾市场就能摸回来。老村长笑笑，你老爸好歹也做过，只要不摸去香港，还能摸丢了？红年说那是，老村长见过大世面，以前经常去县里市里开会呢。老村长每天顺着福荣路一直往东走，老远就能看见皇岗口岸大桥了。莫怪红年这小子一提皇岗口岸就兴奋呢，这大桥多宏伟壮观呀。老村长也有点喜欢上皇岗口岸了。

事假请不到，病假要证明，旷工要开除，把红年气糊涂了。中午喝了点酒，红年又想这烦心的事。心里在琢磨，手上没闲着，红年刚将汽车配件送到三楼车间，烤漆房主管又打电话来催着将油漆送上去。微有醉意的红年一刻没闲，楼上楼下跑着，软绵绵的身子有如腾云驾雾。红年将二十来个小油漆桶装的大纸箱用电梯送上了二楼，准备从楼梯上去，将货物送烤漆房呢，烤漆房主管不耐烦了，跑过来催红年。主管像警犬一样鼻子嗅了嗅，说中午喝酒了？公司规定中午不准喝酒的。红年紧张，低声解释，中午来亲戚了，陪陪。红年手忙脚乱地跑向二楼，进了电梯抱大纸箱。主管会告他么？喝酒罚多少？一百？二百？再罚二百下个月连生活费都不够了。红年脑子有点乱，脚下也飘飘然，像踩在云雾里，脚下空空的。红年这一脚确实踩空了，踩到了电梯外面，红年正搬着二十桶装的大纸箱，大纸箱压着身体的重心倾斜了，压迫在电梯的栏杆上。红年一使劲，栏杆突然松了，红年连同纸箱一起掉了下去。

　　红年在医院里躺了四十多天，彩云和老村长一直守在医院里。阎经理代表公司来看望过几次。出院时，红年已不能行走自如，左腋下多了一根冰冷的拐杖。我不是瘸子！我不要拄拐！红年几次扔了拐杖，老村长哭丧着脸又捡了回来：孩子，认命吧。

　　接下来面对的是工伤索赔。红年拄着拐，和老村长一起去了迪塔公司。迪塔公司派阎经理处理红年的事。阎经理是行政经理，做了多年的行政工作，处理这些事具有丰富的经验，双方谈得很艰难。焦点是这起事故的性质界定。红年说，这是电梯的质量有问题造成的。阎经理不这么认为，事故是你喝酒引起的，与电梯无关。电梯运营好几年了，从未发生事故。双方争执不下，互不相让。老村长插不上嘴。老村长对工伤界定及赔偿一窍不通。红年说，这属于工伤。阎经理说，你没转正，不是正式工，不享受工伤待遇。红年弄不明白不是正式工该不该享受工伤待遇。红年只知道公司是不给试用期员工购买工伤保险的。趁红年愣神的当儿，老村长插嘴了，不说这法那规的了，就说情理吧，大小伙子废了一只腿，落了终生残废，贵公司也该有所表示吧？阎经理点点头，老人家的话我听着在理，给你补助那是出于人道主义，而非法律规定。你是酒后失足，若要打官司，我们有法律顾问，愿意奉陪。老村长听了很温暖。红年梗着脖子，还想理论，老村长拽了拽红年的衣角，用眼神止住了。

双方最终达成了协议，迪塔公司付红年九万多元。协议上写的不是补助费，而是赔偿金。红年在接受这笔钱之前，必须作出两项承诺：一是工伤事故处理完毕后，双方同意主动放弃起诉权。二是红年必须自己提出辞职。第一点红年没异议，第二点红年有异议。我一条腿还可以看电梯呀？红年不签字。阎经理歉意地笑笑，我们能找到两条腿的。红年看老村长，老村长点点头。红年签了字，按上红彤彤的手印。背地里，老村长对红年说，人家好人不用，用你一个瘸子，世上哪有这个理呀？老村长看红年的脸上有些下不来，觉得当面说红年瘸子，有点言重了。

出了迪塔公司，红年觉得自己就如深圳河里的浮萍，不知该漂向何方了。漂回家吧。老村长说，深圳也好，香港也好，一棵草都不是你的。不料红年突然一扔拐杖，一拍双手，说，对，漂回家！回家之前，我们先去香港。现在我有钱，也有时间了。老村长捡起拐杖，塞到红年手里，别扔它了，它就是你的左腿，那九万块是你一条腿的代价，不能随便动的。红年心头一酸，说，就动这一次吧。以后别说香港，只怕来深圳的机会都没了。老村长盯着别处，幽幽地说，天地之大，没去过的地方多着呢。这钱绝对不能动！红年说，寨里人都晓得你去香港了，回去后说不出点名堂来，怕是要让人耻笑了。

老村长默默无言。

军 刀

买 刀

就要这把了。秦小冷在杂草丛生的头上抓了一把,抓下一根枯草似的头发来,在离刀口一厘米的上方,轻吹一口气,头发瞬间截断,轻飘飘地飞了出去。

好刀!秦小冷将手伸进口袋,掏了半天,竟没掏出一分钱来。口袋空了个把月了。秦小冷想起来了。有几个小混混模样的围了过来,蹲在地摊上看刀。卖主一见这些主子,立即将注意力全部集中到了小混混身上。秦小冷悄悄抬起后脚跟,将军刀塞了进去。再将咖啡色牛皮刀套封好,原原本本地放回了原位。然后指着另一把军刀,问,多少钱?卖主瞄了一眼秦小冷,说,三十八。太贵了。秦小冷慢慢站起身,脚心凉凉的,硌脚。秦小冷适应了一下,装出行走自如的样子,沿着市场上一排溜的地摊,边走边看。走到看不见卖刀人的地方,秦小冷往人群里一晃,拐进逼仄的巷子里,从鞋里取出刀子,狂奔起来。狂奔了十来分钟,确信卖主不可能追来了,才消消停停地往前走。三十八?给你个屁!秦小冷笑了起来。军刀很厚,刀刃足有半公分宽。刀很沉,约有半斤重。刀面上一条长长的沟棱,钢质,坚硬,深凹。刀口锋利,尖锐,铟亮,在六月的阳光下发出寒光，秦小冷的眼里被催生出了一道寒光。

秦小冷紧紧地握住军刀，手心握出了汗。走着，想着，秦小冷心底腾升起一份悲壮来。仿佛一个刺客，佩剑赴会，脸色异常的严峻。秦小冷背负的是二百来个民工赋予的使命。这个使命对于秦小冷来说，相当重大。

其实秦小冷要去行刺的，并非什么高官厚爵，只是一个普通人。细究起来，这人与秦小冷并无私恨，也无宿怨。但这人断了秦小冷的经济来源，像卡住了秦小冷的脖子，令秦小冷无法喘气。所以秦小冷才有了行刺他的想法。但这人并不欠秦小冷的钱。秦小冷尚未作出最后决定，是否一定要通过行刺来解决问题。行刺是不得已的下下之策。秦小冷是这么决定的，给这人最后一次机会。只要这人给秦小冷一线希望，秦小冷决不出手。这么想着，秦小冷心中又升起了希望，脸色也缓和下来。

阳光鲜明地洒在街道上，天地之间明朗清澈。走在街道旁的树阴下，不时有风儿从高楼的缝隙里窜出来，吹在秦小冷汗涔涔的脸上，凉丝丝的。西苑这个城市像个十八岁的姑娘，越长越漂亮了，这几年长出了几十座高楼。单是秦小冷承接的就有四座。看到这四座高楼，秦小冷的心里就涌起一份自豪，仿佛那耸立于天地间的，就是他秦小冷，仿佛他每天都在接受着百万市民的瞩目，他又在检阅着百万市民。其实这四座楼一旦完工，与秦小冷就彻底断了关系，从施工到竣工，再到开业启用，都不会出现秦小冷的名字。即使在承建合同、图纸、文件等纸质媒体上，也不会出现。秦小冷和兄弟们留下的，都和着水泥砂石变成了砂浆，撑起高楼大厦的脊梁了。

这四座楼的前面都有一块黑色的大理石碑，上书承建单位：华江建筑总公司。于是经过这儿的人都知道，这些工程是华江建筑总公司承建的。至于秦小冷，西苑人谁也不会知道。

秦小冷只是一个手下有二百多号民工的工头。

秦小冷这个工头做得并不风光，而且一年不如一年。刚开始承接华江公司的两个工程时，华江公司信誉不错，拖欠的工程款到工程结束时，都能如数付清。等到第三个工程时，华江公司的信誉已大不如前了。承包费压得越来越低，付款的周期越来越长，直到第四个工程开始了，第三个工程的尾款还未结清。

第四个工程刚开始，华江公司就像拉肚子似的，供给的材料资金断断续续。钢筋楼板水泥等主要材料到了位，辅料跟不上，不是缺沙子，就是缺石子。周向阳对秦小冷说，你先垫上吧。周向阳是华江公司的项目经理，和秦小冷打交道几年了。秦小冷的水深水浅，周向阳再清楚不过了。

周向阳很善于抓秦小冷的七寸，秦小冷现在是骑虎难下。垫款吧，这工程款一次比一次地难要。不垫吧，工程停下来，二百多号民工在工地闲着，工钱不用付，但伙食费是要承担的。伙食费可不是个小数目，每人每天六块钱，一天就是一千二。如果耗上十天半月，秦小冷就受不了了。与其闲着民工，不如垫款施工了。垫款一旦开了头，就刹不住闸了，不到两月，秦小冷垫出了十几万，这几年做工头赚的钱全都垫了进去。

第四个工程勉勉强强干到一半时，秦小冷已是捉襟见肘了。周向阳的工程款迟迟没有到账。周向阳的理由总是很充分，说出纳生病了，说银行控制现金流量，说甲方的钱没到账，说老板出差了没回来。老板姓徐，秦小冷见过。徐总长得膀大腰圆，肥头大耳。工地上的事徐老板很少直接过问，一切事务均交由项目经理负责。偶尔，徐老板坐着奥迪车来工地绕一下，看看进度，听听汇报，然后奥迪一掉头，放出一屁股青烟。

所以，在秦小冷看来，拿着自己经济命脉的，不是徐老板，而是周向阳了。

以前秦小冷是一日三餐，必不可少。工程进行到一半时，秦小冷把早餐戒了。省一分是一分吧。秦小冷舍不得吃早餐，民工们打死也不会相信。一个管着二百多人的工头，哪会蹩脚到这个地步？

身上还装着不到一万块钱，秦小冷一个子儿都不敢乱花，二百多号民工就靠这点钱度日了。这点钱只能维持民工半个月的生活。民工们至少一个月没吃到猪肉了。天天中午都是鱼。肉太贵，鱼便宜，而且吃得少，不像吃肉那么大快朵颐。

又过了十天，工程款仍没到账。中午的鱼也减了，素菜也减了，一天三顿除了主食米饭敞开供应外，连咸菜都没了。桌子上放着两只大水桶，热气腾腾地冒着蒸气。桶里是青菜汤，大勺子一舀，菜叶便像鱼儿般游了出去。王大明一推碗，说扯鸡巴蛋！工地上都是钢筋铁骨的大老爷们，天天喝菜汤，我们哪有力气干活啊！秦小冷抱歉地说，等工钱来了，一定让大家大补。

秦小冷去求周向阳。周向阳去工棚遛了一圈，看见民工都蹲在地上喝清汤，唏唏嘘嘘的。周向阳发了慈悲，像拨救济似的，付了一部分款，仅够秦小冷再维持一两月生活费的。拿到工程款，秦小冷买了五十斤猪肉犒劳民工，民工们开心得像小孩子盼到了过年。

再后来，工程款又旱了，别说下雨，连个雷声都没有。周向阳说徐老板天天在和甲方交涉，都准备打官司了。秦小冷说华江公司先垫付一下吧，你总不能让我这二百多号人吃不上饭吧？周向阳诡秘地一笑，说你跟我做几年了，我还不知道你那金库有多深？都塞到女人那里了吧？哈哈哈……秦小冷笑不出来。周向阳说你别指望我们公司垫款，公司的款项都是专款专用。秦小冷低声下气地说，你帮着想想办法吧。

第四个工程磕磕碰碰的，总算搞完了。民工们回家时，一分工钱没拿到。秦小冷许下重诺，民工们才满腹牢骚地回了家。

秦小冷握着军刀回到了工地。工地很冷清，十层大楼刚结束还没装修，像个刚起床还没化妆的女人，惺忪懒散。秦小冷坐在工棚里，仍在玩军刀,心里有一种成就感。他看到了希望,看到了民工们点钱的手在颤抖,看到了老婆林霜惊魂未定的神态正在一点点消退。

希望就在这把军刀上。

手机响了,是老婆林霜。秦小冷刚想问问家里的麦子收了没有,林霜说,小冷,拿不回工程款,你别回家,你要是回来了,他们一定不会放过你。

秦小冷心一寒,悲如泉涌。

口　碑

工头是没有好口碑的,向来都是。黑心工头、贪心工头、狠心工头……工头什么心都有,唯独没有良心。周向阳和工头打交道这么多年,明白这一点。工头与民工是一对矛盾,时而妥协,时而倾轧,矛盾不止,生生灭灭。

秦小冷算是另类。在周向阳所接触的工头中,秦小冷与民工的关系最为融洽。前面三个工程的进度、质量、交付期等指标完成得很好,就是最好的证明。

周向阳钦佩秦小冷。秦小冷能带出民工来,而且能带出二百多号人来,这个能耐不是每个工头所能及的。一个工头能召集二百多号民工出来干活,而且是原班人马不动,这对工头的感召力,是一个挑战。别以为工头给民工活儿干,民工就会俯首听命,争相跟工头出来。不是这样的,现在的民工被拖欠工资拖怕了。民工宁可不出来,反正饿不死,侍弄好家里几亩地,够吃够喝的,挣多挣少无所谓。

秦小冷之所以有这个能耐,是因为秦小冷在民工中有着良好的口碑。树起一个好口碑,非一日之功,是要用品格和心血打造的,甚至用感情和金钱作投资的。

秦小冷带出来的民工，都是羊寨的。羊寨是秦小冷的老家。工头召集民工，采取的都是这个办法，一个村或邻村的，相互熟识，召集容易。所不同的是，秦小冷不做遭人唾骂的事，讲好的工钱他一分也不会扣，而且尽可能及时付钱。

当年从华江公司接下第一个工程时，秦小冷回羊寨召集民工。这是秦小冷第一次做工头，秦小冷遇到了意想不到的阻力。不去！王大明回绝得很干脆。那种钱挣得难，要得更难，不去！王大明和秦小冷是从小玩到大的邻居，给了秦小冷迎头一棒。

秦小冷最后说服了王大明。王大明一出动，他的狐朋狗党都响应了。

前两个工程，秦小冷不但与周向阳合作得很好，与民工们合作得也好。民工们对秦小冷有意见，是从第三个工程竣工开始的。第三个工程结束时，民工的工钱还没有付。秦小冷解释说，甲方款项周转困难，要理解人家大公司的难处。有人信了秦小冷，有人不信。说工程结束了，就该付工钱，谁有没有困难，关咱们鸟事？有人说秦小冷变了，良心被金钱吞了，说不定人家早付了款，只怕是秦小冷不想给呢。

等秦小冷接了第四个工程，召集民工就难了。秦小冷对王大明说，大明，工钱我保证要回来，否则，你们拆我家的两层小楼！大明把一口烟喷到秦小冷脸上，我们能做出这种事吗，拆你的楼，你无所谓，四海为家，林霜住哪呀？咱们还是兄弟吗？秦小冷拍了拍胸脯说，放心，这钱跑不了，我要要不回来，我就跳进大沙河喂鱼。王大明说，姓周的那家伙鬼得很，你不能轻信他，要设法对付他。秦小冷说，我再和周向阳好好谈一次，若不付工钱，我们就不干。王大明不再僵持了，说我再信你一回，要是要不回工钱，你自己面对大伙吧。

第四个工程终于开工了。周向阳长长地呼出了一口气。

秦小冷冷冷地说，周经理，你必须把前面工程款付了，否则我马上将人带走！周向阳被镇住了，一周内果真付了款。秦小冷从银行提了款，当天就发到了每个民工的手上。

第四个工程开工不到一个月，出现了波折。这里本是一片小湖，按照西苑政府的城市规划，是不算耕地的。可当秦小冷的民工们将这片湖填平并打下了地基后，忽然说上级来了文件，这里划为耕地。耕地不能随便占用，工程差点就搁浅了。幸好开发商在西苑有实力，最终还是获得了开发权。但工程被迫停了十天，秦小冷损失了万把块。周向阳说华江公司损失更大，如果开发商不弥补华江的损失，华江也不可能弥补秦小冷的损失。

接下来，不顺的事接二连三，都是资金和材料方面的事。周向阳说，开发商的损失很大，资金被银行冻结了。可工程不能再停，主要材料都进来了，一些辅料你先垫吧。后来秦小冷的钱垫完了，开发商的账号也早解冻了，可资金仍是不到位。

民工们已有了预感，这一次，工钱更难要。

秦小冷垫了十来万，已到了山穷水尽的时候。只好紧缩伙食费了。伙食费标准一天六块，现在连两块都达不到。一日三餐喝清汤，连个油花都难见，民工们的意见像煮沸的清汤。民工们和徐老板相隔太远，和周向阳也搭不上腔，只能把一肚子苦水泼在秦小冷的头上。

秦小冷找了周向阳。周向阳正在足浴店里洗脚，一手搭在洗脚女孩的后背上摩挲着。要不要洗洗你那双臭脚？周向阳笑着说。我哪有那心思？秦小冷说，民工们情绪很大，如果真把这帮民工惹急了，二百多人闹将起来，怕是不好收场。秦小冷看着周向阳，继续说，民工们大不了损失几个月的工钱，他们要是把已盖了七八层的大楼扳倒了，你们华江公司可就亏大了。

周向阳有点紧张，手从女孩身上缩了回来，说你一定要稳住民工，无论如何不能闹事，我这边再和老板说说，付一部分工程款给你。不过资金确实困难。

周向阳撂下话来，却怎么也不兑现。秦小冷等了很久，也没有等来工程款。秦小冷去了足浴店，找不到周向阳。周向阳总是避而不见，偶然见了，也回避着资金问题。

一把火被点燃了。

罢　工

第四个工程是商务楼，十层。商务楼的附近，没有十层的，商务楼因此显得鹤立鸡群。主体工程已盖到了十层，只剩下第十层的最后几个单元，眼看就要封顶了。站在十层楼上，秦小冷的心里有一览众山小的豪迈，同时又像得了恐高症，惶惶不安。大楼一封顶，就面临兑现民工的工钱了。要索讨近百万的工钱，难度是可想而知的。周向阳像是挤牙膏，每次被秦小冷挤急了，他就吐一点，吐出来的钱连塞牙缝都不够。工程队又一次陷入了弹尽粮绝的境地。秦小冷对周向阳说，再不付钱，民工们肯定不听使唤了，万一闹事，我可控制不了。周向阳笑着说，这帮兄弟谁不听你的？你要稳住他们，工钱我们一定会给，老板正在和甲方交涉。

王大明说，小冷，工钱能按时付吗？再有几天，工程就竣工了，我们也要赶着回家收麦子了。秦小冷说徐老板去广州融资了，估计这次能带点钱回来。秦小冷是听周向阳说的。周向阳说是甲方的资金跟不上，责任不在华江。徐老板为了解决资金问题，亲自去广州，这次可能会带回一千万来。王大明摇摇头，说小冷，你太仁义了。周向阳是油锅里的鸡蛋，滑着呢，问题都在他身上。他们华江公司是个老牌建筑公司，承接的工程累加起来有上百座，就算甲方单位没有钱，他们华江公司也拿得出这点钱来。

周向阳说，这完全是两码子事，搞基建项目都是专款专用，哪个工程的款归哪个工程用。

王大明说，既然干下去也拿不到工钱，小冷，我们干脆不干了。

秦小冷急了，说大明，这活儿马上就结束，现在不干就意味着我们违反了合同，我们的工钱，我们垫付的材料款，我们付出的心血，会全部白费。这可不是开玩笑的。

王大明说，我可不是开玩笑，大伙都商量好了，今天不给工钱，明天我们立即停工。

周向阳狡黠一笑，并不慌张，说秦小冷，民工是你的，干与不干你说了算，我管不了。我也无所谓。我又不是华江老板，我着什么急？至于工钱，不用说今天，就是这个月底，也未必能到账。老板的事我能做得了主么？

周向阳这个时候居然置身事外了，秦小冷怒火中烧，红了眼眶。秦小冷一捞袖子，高高扬起了青筋凸暴的拳头。周向阳并不害怕。周向阳很清楚秦小冷现在的处境。如果工人罢了工，不按期完工，秦小冷就是违约，他索要工程款将更渺茫。华江公司现在是虱多不痒，债多不愁，讨债难，难于上青天。在西苑，想和华江公司打官司的有的是，别说秦小冷是农民工，是以卵击石，即使有一定实力的本地企业，也未必能打赢官司。即使赢了，赢得也是精疲力竭。

有种你就打！周向阳冷笑，打了我，徐老板最开心，你甭想拿到一分钱，你就等着挨民工的拳头吧。

秦小冷的拳头垂了下来。

第二天，工地上静悄悄的，楼上楼下连个人影都没有。民工们全聚在工棚里。

周向阳来工地上看了一圈，见工地静悄悄的，什么也没说，走了。秦小冷央求周向阳，我们一起想个办法吧，先让他们复工。周向阳说，我能想什么办法？我不是老板也不是工头。秦小冷恼火了，说，你信不信，只要我秦小冷发一句话，这些民工们不会找我逼债，也不会找你逼债，但他们会找你逼命！

下午，周向阳的电话来了。周向阳说，钱现在肯定没有，徐总没回来呢。先想个权宜之计吧，糊弄民工干活，等活做完，你不违约了，我们再设法安抚民工。工钱迟早会付的，只是时间问题。

只好如此了。秦小冷心说，我秦小冷只好骗兄弟们一回了。

秦小冷将民工们召集到工地上。周向阳站在前面，作了一番竣工前的动员报告。民工们一个个东张西望，了无兴趣。周向阳站到了一个高台阶上，从黑包里拿出一张现金支票，然后高高地扬在空中。这是华江公司的支票，上面有我们公司的印章，大家看清楚了，上面写着四十九万。我把这张支票交给秦小冷，只要把活干完了，这钱就是你们的。周向阳在众目睽睽之下，非常郑重地将支票交到了秦小冷的手中。

第二天，民工们顶着烈日，复工干活了。

竣　工

天气暖了，麦子熟了，二百来名民工要回家收割麦子。主体工程已全部竣工，民工们坐在工棚里打扑克下象棋，等着秦小冷去银行将手中的那张支票变为现金。秦小冷一早就出去，想必上银行了。

秦小冷却没有去银行，他去找周向阳，商量工钱的事了。这个时候要找周向阳，带狗都找不到。周向阳关机了。周向阳不在足浴店，也没在公司。周向阳去哪里了？秦小冷找了一整天也没找到，走在大街上盼着奇迹出现，周向阳能从天而降，或打个电话来。但直到华灯齐放，奇迹也没有出现。

晚上八点多，秦小冷拖着疲惫的身体回到工地。秦小冷给民工们带来的是晴天霹雳。民工们急红眼了，一拥而上，拳头像扬起的沙子落下。秦小冷如一只沙袋，在拳头中晃来荡去，脸上青肿了，鼻子流血了，身上紫了红了。秦小冷没有还手，双手抱头，像秋风中的落叶飘忽左右。王大明怕秦小冷吃大亏，抄起一把铁锨，大喝：谁要再动秦小冷一个指头，老子这把铁锨可不是好惹的。有种的，咱们去找周向阳算账！

这句话提醒了民工们。民工们三三两两出去找周向阳。公司去了，工地找了，街上寻了，就是找不到周向阳的影子。周向阳在西苑蒸发了。周向阳是何等的精明，他和民工打交道几十年了，他知道民工好糊弄，但不可一而再再而三地糊弄。惹急了民工，他的脑袋都能搬家。

秦小冷抹着鼻血，说，大伙的目的是要钱，不是要命。你们把我打死了，把周向阳打死了，还是拿不到工钱。所以不要蛮干，我负责将工钱追回来。王大明说，我们相信你，可我们不相信姓周的，他连面都不露，你怎么找他要钱？秦小冷说，我想办法。你们先回去，要钱的事交给我。你们在这里干耗下去肯定不是办法，面临断炊了，何况家里也要收麦子了。只要要了钱，我还像过去一样，立即把钱送到各位的手上。

秦小冷用征询的目光看着大家。

小冷，兄弟把丑话说在前面，你要不把兄弟们的血汗钱要回来，你就没脸回羊寨了。兄弟们也不会放过你。王大明表面给秦小冷施压，但秦小冷心里清楚，王大明其实是在给自己解围，劝民工们先回家。

民工们听说要让他们空手回去，都不干，说我们干了大半年，现在空手回家，怎么面对家人呀。秦小冷说，先和家里解释一下吧，这钱我一定会带给大家的，要骂就骂我秦小冷，到时我向各位家属赔罪。王大明说，兄弟就最后信你一次了。若要不回工钱，别怪兄弟们翻脸。

民工们无奈地接受了。

决定回家后，问题又出来了：没钱买票。西苑到羊寨一张车票一百五，二百多号人就是三万多。秦小冷掏不出一个子儿。民工们的眼光盯着秦小冷。秦小冷必须尽快解决这个问题，伙食费只够明天一天了。

唯一的指望就是周向阳，而周向阳连面都不露，肯定指望不上了。秦小冷绞尽脑汁，想只有再骗一次了。

跑羊寨到西苑专线的司机，秦小冷认识。秦小冷往往返返几十趟，都是坐他的车。司机也是羊寨人，和秦小冷熟识了，就成了朋友。秦小冷给司机挂了个电话，让他明天来工地接人回去。

第二天，司机的两辆大客车停到了工地上，民工们开始提着行李上车。秦小冷非常客气地将司机让进了工棚。秦小冷把那张空头支票掏出来晃了晃，说这次不能付现金给你，因为这张支票的承兑日期还未到，再过个把星期我回羊寨时，将钱付给你。司机丁点都没怀疑秦小冷，朋友多年了。二百多名民工浩浩荡荡地上了两辆大客车，离开了工地。秦小冷的一块心病去了。

民工们像鸟儿一样飞走了，工地一下子冷清了下来。工棚里像个打完仗的战场，破席子、破衣裤、袜子、鞋子，到处都是，一片狼藉。秦小冷像打了败仗的将军，孤寂地守着空空的工棚。

大楼高高地竖在那里，像一个巨人立在阳光和云层里。秦小冷像大楼肚里的蛔虫，从一楼爬到十楼，又从十楼到一楼。每堵墙，每个窗，秦小冷都能看见兄弟们的身影。

第二天，秦小冷打电话给周向阳。周向阳居然接了。这只狐狸！秦小冷想，大明说得对，周向阳太狡猾了，他对民工的动向竟是了如指掌！周向阳说我这几天休假了，不问业务上的事。秦小冷说，你在哪里？我们不谈业务。周向阳想了想，说我在红宝石娱乐城，你打的过来吧。红宝石娱乐城离工地有七八里路。秦小冷没钱打的，只好走去了红宝石娱乐城。秦小冷的步子很大，走了一个小时，就到了。

周向阳说什么事这么急，好事都被你搅黄了。

秦小冷说，你雅兴不小啊。再过几天，我就要饿肚子了，我来向你借几斤米行么？

周向阳笑着说，这个工程结束了，我当然要消遣轻松一下，这叫及时行乐，得过且过嘛。

秦小冷无心和周向阳说笑，言归正传，说民工们都被我打发回去了，但我要不把工钱带回去，他们就要抄我的家了。到底什么时候能付钱？

周向阳说，再有一个星期吧。听说徐老板最迟月底回来，他去广州化缘，估计有了收获。只要他回来了，我保证将钱付给你。

秦小冷就等了一个星期。秦小冷每天像个门神守着偌大的工地，守着空荡荡的大楼。过了一周，秦小冷再次拨了周向阳的电话。周向阳支支吾吾地说，徐老板还没回来，还要过一段时间。等他回来了我再通知你。

秦小冷说，要等多久？

周向阳说，不知道，可能半个月，也可能一个月吧。

秦小冷气急败坏，说我不能等下去了，我只剩两三斤大米了。周向阳说了句抱歉，就挂了电话。

秦小冷看了看袋里的大米，心想熬粥喝吧，维持一天是一天。

催　款

那天一清早，天气就很闷热，空气很厚重，工棚里透不过气来。秦小冷站到十楼顶上，才有些凉意。居高眺远，秦小冷看到西苑变得越来越漂亮了,心生感慨。秦小冷忽然想到街上溜达溜达,看看西苑,也轻松一下沉重的心情。出了工地,秦小冷悠悠当当地走着,想去阜宁路转转。阜宁路是小市场一条街,路边全是摆地摊卖小商品的。秦小冷走在小市场上,不看商品,只看人。看到人,秦小冷的心才活过来,不再死气沉沉了。秦小冷对满街的地摊完全是视而不见,直到他的眼睛被一束寒光刺了一下。

这束寒光从一个雪亮的物体上折射过来。秦小冷好奇地望了一下,看不清楚,那物体在阳光下像个不明飞行物,发出奇异的光。秦小冷走了过去,避开强光,才看清是一把军刀。秦小冷抓起一看,不错,有力度。秦小冷把玩了一会,走了。

秦小冷在西苑焦头烂额的时候,林霜在家里也被民工们缠得焦头烂额。林霜说,这帮家伙像黄世仁逼债似的,每天堵在家门口。唉,麦子全烂在地里了。秦小冷担心林霜的安危,电话里忙问,他们没伤害你吧?林霜说,没有。天天都有三五个民工上门来要工钱,话说得越来越难听。秦小冷放了心,说你一定要好言相劝,不要把人家惹急了,我正在抓紧,钱肯定会要来。

下午,秦小冷躲在墙角撒尿时,徐老板的奥迪开进了工地。

徐老板一下车,就在周向阳的陪同下,从一楼走到十楼,视察工程质量。周向阳像条哈巴狗,猫着腰,小心翼翼地解说着。秦小冷远远地跟在后面,不敢靠近。到了楼顶,徐老板登高望远,举目四眺,脸上露出了非常满意的微笑。

下了楼,徐老板正要钻进车子,秦小冷像一条狗忽然窜了出来,扑通一声跪在了徐老板的面前。徐老板足足吓了一跳。你是谁?有什么事也不用跪我嘛,我又不是包青天,你跪我干吗?徐老板的态度很和蔼,说到最后,爽朗地大笑起来。一行人跟着大笑。秦小冷说,徐总,我是工头秦小冷,一直在这里等候您,大楼盖好了,民工们都回家了,可工钱到现在还没给,我代表着二百多号人等您发工钱呢。徐老板不笑了，脸色有些僵。周向阳挥着手，像赶苍蝇似的要把秦小冷挥走。秦小冷直凛凛地跪在车子前面，说徐老板，您要不答应，我就跪着不起来。徐老板皱了眉头，说这事你找项目经理，项目经理会打申请报告给我的。

秦小冷说，周经理说公司资金紧张，等您回来就有钱了。徐老板侧目而视周向阳，放屁！华江公司还付不起区区这点工钱？你回去后马上写申请，写了申请我签字，立即付款。

秦小冷整个身体伏了下去，趴到了地上，不住地磕头，嘴里念念有词，谢谢，谢谢徐总，您的恩德我永生不忘！

秦小冷听到车子发动声，缓缓抬起头。车子已出了工地的大门。秦小冷破涕为笑。喝稀饭的日子快要熬到头了。

过两天，秦小冷打周向阳的电话。打了十几次，周向阳才接听。周向阳很生气，说你个屁毛，敢在徐总面前告我的状！秦小冷说，我是迫不得已啊，我连稀饭都喝不上了。周向阳不想和秦小冷扯了，说付款申请我写了，压在财务经理那里，什么时候能批下来，我不知道。财务经理说了，账上没钱。秦小冷说，徐总不是说有钱吗？周向阳在电话那头唉了一声，说你跟华江公司打交道几年了？有些事你怎么就看不透呢？难道徐总会对你说他没钱？你去华江公司找财务经理吧，申请报告压在她那里。

去就去。是虎穴也要闯！秦小冷豁了出去。下午就去华江公司找财务经理。经理是个五十来岁的胖女人，戴着副眼镜。秦小冷的样子差点吓着了经理。你是干什么的？经理问。秦小冷说了。经理丢了个白眼，我问是谁让你擅闯财务部的？财务部是随便进的吗？经理拨了个电话，骂了两句，然后用手一指门，对秦小冷说，出去！找你的项目经理来和我谈！秦小冷说，求求经理，将周向阳的申请报告报给徐总。经理生气了，一拍桌子：我的工作要你来安排吗？土包子！秦小冷的火腾地蹿了上来，可还没等火发作，忽然就被人抓住了双手。秦小冷一回头,两个保安已一左一右将他擒拿。经理的声音马上高了八度,大骂起来。不是骂秦小冷,是骂保安的。谁让你们把这个土包子放进来的?!你们这大门是怎么把的?我要扣你们的工资!保安不吭声,手上一用力,秦小冷被拖了出去。

我日你妈……不,我日你……秦小冷在公司大门外撒野,骂将起来。你找死?保安拎着警棍冲过来,小心徐总听了打断你的腿!秦小冷紧跑了几步,保安没有追来。

周向阳在电话里笑,那个臭三八不好对付吧?对付那臭三八,要用钱。给她好处费,她才会付你工程款。这就是华江公司的财务制度。这个臭三八是前年调来的,就是你干第三个工程的时候。她来了,工程款就被她死死控制了。我们每次要工程款,不是给她红包,就是请她吃饭,还要看她的脸色。要不,她就说账上没钱,将你的报告压着。秦小冷说,她这么放肆,老板不管吗?周向阳在电话那头咯咯直笑,老板敢管吗?她是老板的第 N 个丈母娘。秦小冷吃了一惊,说真看不出来,她看上去还没有徐总年纪大呢。周向阳笑骂秦小冷,你真是十足的土包子,她的女儿只要满了十六岁,她就具备做丈母娘的资格了。她的女儿漂亮啊,五官清秀,身材特好,一身肉嫩得一掐就能出水。周老板说得有滋有味,似乎要淌口水了。

周向阳接着说,你快想办法弄点钱打点一下,否则你拿不到钱。

秦小冷说,你能不能先借给我?拿了工程款再还你。

周向阳打着哈哈,说你回羊寨借吧。我们之间是公事公办,不涉及私人之间的借贷关系。

秦小冷说,我现在有家难回了。周经理,你是我的经理,我只能找你要钱,这个星期你把工程款给我,否则我真的要沦为乞丐了。

周向阳说,我只是有责任帮你要钱,但不是我欠的钱,能不能要回来,我不敢保证。

秦小冷说，我真的不能再等了，这个星期你一定得给我解决。

晚上，秦小冷刚端起碗喝粥，接到了王大明的电话。王大明说，怎么样？秦小冷在电话里支吾着。王大明说，你不能再磨蹭下去了，赶快弄点钱回来吧。你家里现在跟赶集似的，这帮民工天天往你家跑，林霜都招架不了了。秦小冷有点慌，说大明，家里的事无论如何请你关照一下，帮帮林霜，我这边正在抓紧。王大明说，你放心，谁敢难为林霜，我王大明饶不了他。可你要不带钱回来，人家只怕要拆你小楼扒你祖坟了。

第二天，秦小冷在工棚里蜷缩了一天。一天只喝了两碗稀饭。秦小冷打了十八遍电话，周向阳就是不接。而且连续三天，周向阳都不接电话。周向阳没有关机，就是不接。

林霜来了电话，催问工程款的事。林霜说，工程款不到手，你千万别回来。他们现在狗急跳墙了，你要回来被他们逮着麻烦就大了。秦小冷一阵不寒而栗，沉声说，他们没把你怎么样吧？林霜说，有大明罩着呢，他们还不敢。大明放了话，怨有头，债有主，谁要是动了林霜，一斧子劈了他！他们就不来缠我了，每天不是放火烧草堆，就是弄一桶粪倒在我们家门口，就差拆小楼了。林霜，难为你了。秦小冷望着黑乎乎的大楼，默默地流出了泪。

我好想回家，林霜。秦小冷在心里说。

解　脱

秦小冷决定买一把军刀，是突然间的主意。准确地说，是偷，不是买。秦小冷去市场挑选时，还没想过要偷。只是到了手伸进口袋里的时候，才蓦然想起，自己没钱。

看着棱角分明的军刀，秦小冷很是喜欢。从工地上捡来一截绳子，手起刀落，炫光一现，绳子顿时断为两截。好刀！秦小冷在心里暗暗叫了一声。秦小冷将军刀在自己的胸口比划了一下，胸前顿时冷飕飕的。好刀！秦小冷又说了一句。

秦小冷正在玩刀，手机响了。林霜在电话里嘤嘤泣泣，说刚才几个民工把她围住，动手动脚，乱抓乱摸，多亏大明赶来，抄起一把铁锹，才把那帮家伙吓跑了。林霜边哭边问，小冷，到底什么时候拿到钱呀？

秦小冷的眼里露出了凶光，双手握得紧紧的，握得刀柄咯吱咯吱响。那些骚扰林霜的民工现在若是站在秦小冷的面前，必定会像那根草绳一样。秦小冷的眼前浮起一片刀光血影！谁敢动林霜一根毫发，我就杀了他！

杀了他！杀了他！秦小冷的声音在工棚的每个角落回响。

走出工棚，暮色降临。秦小冷沿着街往前走。秦小冷要去打一个公用电话。电话是打给周向阳的。周向阳不接秦小冷的手机，秦小冷只有换个号码试试。秦小冷看到一家小卖店亮着灯，踌躇了一阵，走了过去。秦小冷不开口，冷着脸拿起电话拨了出去。周向阳果然接了。秦小冷说，家里汇钱来了，憋得太久，想找个地方玩玩。周向阳高兴了，说你请客？秦小冷说，我在工棚等你。周向阳说，我吃了饭就到。

秦小冷撂下话筒就走，小卖店的老板是个老太婆，把他叫住：付钱。秦小冷伸手进怀里掏了半天，没掏出一个硬币，掏出一把军刀来。秦小冷说我断只手指给你吧？老太婆吓得哆嗦起来，笑得比哭还难看，连连摆手，说你走吧你走吧。

秦小冷的心底升起一丝快意。店老板很像一个人，像谁呢？秦小冷想起来了，像华江公司的财务经理。如果秦小冷断只手指给财务经理，她会吓成什么样子？至少没那天那么嚣张吧？

秦小冷回到了工棚，将袋里最后的一两米全部倒了出来，下了锅，熬了一顿稍稠点的稀饭，喝了下去。秦小冷很久没喝这么稠的稀饭了,每天稀饭能照得见人影。两碗稠稀饭喝了下去,虽然不饱,但秦小冷身上有了力气。

外面响起了摩托车,周向阳来了。周向阳特意打扮了一下,头发梳得油光发亮,白衬衫一尘不染,黑领带在胸前飘着。秦小冷用脚将碗筷踢到了一边。

周向阳见面就嚷上了,你个屌毛不是天天哭穷吗?现在怎么有钱了?

秦小冷没有接茬,说工程款什么时候付?

周向阳没看出灯光下秦小冷的脸阴冷苍白。周向阳说,家里不是汇钱来了吗?你花点小钱打发一下财务经理,大钱很快就来了。

秦小冷闭了一眼睛,眼前又闪现刀光血影的场景。秦小冷一惊,睁开了眼睛。

再最后问你一句,工钱什么时候给?

周向阳说,你是和我谈正经事的?那我明确告诉你,也是给你提个醒,这钱不好拿,华江公司现在是经济危机非常时期,并不像徐总说的那样有钱,你要不来点歪门邪道,肯定拿不到。你来点歪门邪道,都未必能拿到。你得装孙子,先孝敬财务经理,再孝敬质量员、监理,我就免了,你还要孝敬出纳、司机、保安……你必须一个一个关节打点过去,才可能拿到这笔钱。

周向阳说得唾沫飞扬,秦小冷的脸上绽出了笑容。笑容像一朵雕琢在玻璃板上的花,寂寞,冷艳,没有温度没有灿烂。这朵花刻在秦小冷脸上,迟迟没有从周向阳的眼里消失,黝黑的皮肤像铁块似的僵硬着。甚至秦小冷说话时,这些皮肤都不会动弹。周向阳奇怪地看着秦小冷。

手机嘀了一声,信息来了。信息上说,秦小冷,你个缩头乌龟,王大明早就上了林霜的床,你这个没卵用的屌毛!署名:一民工。

秦小冷的两道剑眉紧蹙,粗气如牛。

什么希望都没了,所有的希望都破灭了。

秦小冷甩了两下头,眨巴眨巴眼睛,然后对周向阳说,我还是先孝敬你吧。秦小冷的手伸向了怀里。

豆蔻年华

1

这个夜很长，很长。

豆蔻坐在自家的院子里。这个院子，她生活了十六年。院子里非常安静，能听见屋里阿萌细微的呼噜声。阿萌难得睡得这么香，这些天来她一直没有休息好。阿萌是豆蔻的同事，和她一起在深圳打工，比豆蔻大几岁，像大姐似的呵护着豆蔻。这不，豆蔻回来探亲，她也陪着来了。探亲这段日子，阿萌和豆蔻挤在一起睡，豆蔻经常翻身，偶尔还会哼哼，动不动就把阿萌弄醒了。

豆蔻一动不动地坐着。或许，这是她最后一次如此亲近家乡了。明天，她和阿萌要回深圳。豆蔻像掉进了一口井里，心格外地沉。家乡像一本泛黄的书在豆蔻的脑海里一页页地翻来揭去，从村东的灌溉渠到村西的电灌站，从村前的十支渠到村后的引河。秒针仍在嘀嗒，时间却凝固了。恍惚间，豆蔻看见自己光着小脚丫天真无邪地走在乡村小路上，从晨曦走到日上竿头，从初春走到初夏，从牙牙学语走到了十五岁。

十五岁那年，豆蔻无忧无虑的生活像发生了断层，突然起了变故。这一年的冬天，豆蔻正在读初三。那是个天气阴冷的傍晚，她像往常一样回到家，被母亲一把拽过去，紧紧搂在怀里。母亲号啕大哭，含混不清地说出了一句话，豆蔻，你爸爸……没了！透过母亲凌乱的头发，豆蔻看到桌上有一个包着黑纱的骨灰盒，当即晕倒在母亲的怀里。

父亲刚四十出头，是个瓦工，长年在外，跟着工程队转战大江南北。每隔三两个月，父亲的汇款单就会从大江南北飘然而至。父亲很忙，只在春节时才回来。每次见到父亲，豆蔻开心得像个长不大的孩子，偎在父亲的怀里问这问那。父亲用粗糙的大手拍着豆蔻的脸，说我的丫头长成大姑娘了。豆蔻推开父亲砂纸一样的手，坐在父亲的腿上撒娇，或在父亲胡子拉碴的脸上亲一口。父亲乐了。

豆蔻以为父亲是一座不可逾越的高山，伟岸、高大，没有人可以撼动他。却不料父亲竟是这般脆弱，像一只失去重心的鸟，从一栋十几层高的建筑物上摔了下来，用一个近乎完美的弧线画出了一生中最后的轨迹，也给豆蔻快乐的少年时光画上了句号。

母亲在遭遇这份沉重打击后精神几近到了崩溃的边缘，整整卧床三个月，眼泪干了，身体也大不如前了。豆蔻第一次领悟了生命的脆弱，生活的悲欢。父亲的去世无情地带走了豆蔻的一切，这个世界突然间铺展在了少女豆蔻的面前。

开春后，豆蔻想退学了。豆蔻想去赚钱，像父亲那样赚很多的钱，再按时将汇款单从大江南北寄回来。母亲坚决反对。母亲说，这年头不读书哪成啊？再有一学期你初中就毕业了。再困难，也要把初中读完。

到了夏天，豆蔻初中毕业了。按照母亲的意思，要豆蔻继续读高中。豆蔻也想读，但高中三年得花多少钱啊？豆蔻举棋不定的时候，暑假里又发生了一件事，让豆蔻下定了退学的决心。

这件事发生得有点蹊跷。那是一个凉爽的晚上，豆蔻早早地睡了。不知睡到什么时候，忽然被母亲轻轻的叫声惊醒。豆蔻以为母亲病了，一骨碌翻身下床，推开了母亲的房门。一件意想不到的事几乎吓坏了豆蔻，一个男人正在强暴母亲。豆蔻顾不上羞愧，顺手操起一根棍，向男人的后背狠狠地砸去。男人哎呀一声，从母亲的身上滚落下来，夺路而逃。男人从豆蔻的眼前迅速逃走时，豆蔻认出了他是淮叔！淮叔是本村一个快五十岁的单身男人。畜生！豆蔻怒不可遏，捡起木棍就要追出去，被母亲一把拽住了。月光从窗户照进来，照在母亲赤裸的身上。母亲顾不上穿衣服，死死抱住豆蔻。豆蔻知道母亲的心思。这事一旦传出去，母亲在村里就抬不起头了。

豆蔻后来才觉察出这事有点蹊跷。门是从里面拴上的，淮叔怎么进得来呢？淮叔强暴母亲时，母亲似乎没有反抗，除了轻叫声，连辱骂都没有。其实，豆蔻对淮叔的印象并不赖，这个人实在厚道，少言寡语的，他怎么会做出这种事来呢？

没多久，灌溉渠拓宽工程开始了。村里下了通知，每户都有河工任务。有人的出人，没人的出钱。河工都是挖沟推土的活，是男人干的。豆蔻家出不了男人，也出不了钱。村干部几次找母亲谈话，要母亲出500元，或者找别人替。母亲实在拿不出钱来，三番五次央求村干部开个绿灯。村干部说这个绿灯不能开，现在村里男劳力都出去打工了，给你家开了绿灯，别人家就攀比上了，这河工任务还怎么完成？豆蔻听不下去了，说，妈，我去吧，我能行。母亲搂过瘦弱的豆蔻，泪水滴在豆蔻的发梢上，说，还是请他帮帮咱娘俩吧。

母亲的话，豆蔻听懂了，心中的疑问也跟着解开了。豆蔻没有怪母亲，母亲也是出于无奈。一个家庭没有男人，就像没了顶梁柱，里里外外的大事小事重活累活怎么应付啊？

淮叔上了河工，帮豆蔻家的河工任务一并做了。对于淮叔，豆蔻说不清是感激，还是仇恨。豆蔻隐约感觉到，淮叔是在默默地帮着母亲。

开学了，豆蔻没去。豆蔻不想念书了。母亲开始不同意，讲了许多道理。豆蔻终于说出了心里的话，我不想依靠别人过日子，也不想被人家说三道四的，我要像父亲一样，挣钱养活这个家。

母亲一怔，不说话了，松开抓住豆蔻的手，默默地转过身，用衣袖擦拭着眼睛。

2

漆黑的夜，厚重得像一堵墙，把豆蔻镶嵌在无边的黑暗里。村庄睡了，田野睡了，连灌溉渠里的河水都睡了，除了豆蔻，整个世界似乎都睡了。

豆蔻仍记得三年前出去打工时的情景。好不容易说服了母亲后，豆蔻跟着村里的姐妹们坐了一天一夜的火车才到了深圳。三天后，豆蔻顺利地进了一家台资制衣厂。

新的生活扑面而来，一切是那么的新鲜。隆隆的机器声取代了琅琅书声，布料、剪刀、缝纫机，成了豆蔻的新伙伴。上班、下班、食堂、宿舍、车间，豆蔻有了新的生活轨迹。最令豆蔻开心的自然是每月出粮的时候。第一次出粮时，豆蔻领了600多元，数了又数，看了又看，父亲走后，豆蔻从没这么开心过。想到父亲，豆蔻又哗哗流出了眼泪。豆蔻向着北方默默地说，妈，女儿能挣钱了，以后的河工任务，咱就不用求村干部，也不用依靠淮叔了。

豆蔻开始不分昼夜地工作在流水线上，同事们也都是这样不分昼夜干活的，分分秒秒都是钱呢。同事都比豆蔻的年龄大，有的还是拖家带口的。豆蔻是车间里最小的。

豆蔻在裁剪部做裁剪工，是制衣厂的第一道工序。每次布料一到了车间，大家就抢着领布料。裁剪部实行计件工资，多劳多得。每个人的工作量天天公布，豆蔻的排名起初一直排在后面，几个月后，豆蔻的名次慢慢上飘，一直飘到了前几名。豆蔻每月给母亲的汇款也在慢慢上飘。车间主管多次在会议上表扬豆蔻，说豆蔻人小志气大，勤奋好学，追求进步，要员工们向豆蔻学习。说得豆蔻都不好意思了。阿蒴是豆蔻的组长，阿蒴却没有表扬豆蔻。阿蒴说，豆蔻，别太累了，你还小，身体正在发育，要多休息。暖暖的几句话，说得豆蔻鼻子发酸，又想到了千里之外的母亲，忍不住躲在被窝里偷偷哭了。

豆蔻仍是一如既往地干活，像挂在车间里那只时钟，一刻不停地奔跑，除了睡觉，就是上班。上班时是安静的，机器可以说话，布料可以呻吟，但豆蔻她们是不许讲话的，呻吟也不行。她们低头干活的姿态是凝固的，像坐着的兵马俑定格在车间里。

记不清啥时开始的，豆蔻的身上有了痛感。先是肩膀，后来手臂和手，继而是全身都在痛。豆蔻以为是工作太累引起的，没放在心上。再后来，疼痛像火苗一样悄然蔓延，长了腿似的在她的身上游走。越是夜深人静的时候，痛得越猖獗。手在痛，胳膊在痛，关节也在痛。痛得豆蔻有时连一块布料都举不起来。那天晚上上班时，阿蒴走过来收布料，对豆蔻说，今天布料不多，你10点就回去休息吧。豆蔻点点头。阿蒴说，你的手艺不错嘛，剪得这么直，哎呀，你的布料怎么红了？哎呀，是血。哎呀，豆蔻，你的手在流血呢。阿蒴惊慌地喊了三声哎呀，喊得豆蔻懵懵懂懂的。张开十指一看，左手的无名指果然在流血。阿蒴说，豆蔻，你的手指破了，怎么不吭声呢？豆蔻莫名其妙地看着手指，几道血渍爬在手背上。阿蒴说，痛吗？豆蔻说不痛。怎么会不痛呢？阿蒴奇怪地问。豆蔻也说不清。其实豆蔻的全身都在痛，比针扎得还痛。豆蔻捏了捏手指，手指才有了隐隐的疼痛。阿蒴收过豆蔻裁好的布料，说你现在就回去休息吧。豆蔻收拾好车位，回了宿舍。

冲了凉，豆蔻躺到了床上。最近，豆蔻的身上痛得厉害了，痛得豆蔻夜里捂着被单哭。豆蔻在深圳举目无亲，痛苦能和谁说呢？

痛得难受的时候，豆蔻就给母亲打电话，和母亲聊聊家常。豆蔻对自己的身体只字未提。母亲的声音亮了一些，在电话里一个劲嘱咐豆蔻要注意身体，不要往家里寄钱。豆蔻在电话这头捂着嘴巴，任眼泪涌出来。母亲身体康复了，声音像和煦的春风吹在豆蔻耳膜上。母亲说家里的几亩地都是淮叔帮着耕种的，给他钱他没要。母亲说今年的收成不错，还养了两头肥猪。母亲说你啥时回来，妈好想你。豆蔻的思绪一下飞到了母亲的身边，豆蔻好想扑在母亲的怀里撒个娇，哪怕是在母亲的肩膀上靠一靠。豆蔻一沉浸在亲情中，就忽略了全身的疼痛。

　　同事们陆续下班回来了，嘻嘻哈哈像刚从笼子里放出来的小鸟。豆蔻感到自己的左手被另一只手抓在手里，轻轻地握了握。豆蔻知道是阿蒴。豆蔻装着睡了，她不想让阿蒴看到自己红肿的眼睛。

　　疼痛一直在和豆蔻较着劲，在不同的时间不同的位置不同的场合向豆蔻发起攻击，豆蔻都咬着牙挺了过来。豆蔻身体瘦了下去，不想吃饭，还常常发烧。最近她的右肩那儿骨头鼓出了一块，胳膊变得软弱无力，干起活来不那么得心应手了，出活少，布料还剪不齐，效率品质都在下滑。主管不高兴了，先是批评，后是罚款，再后来也不拿正眼看豆蔻了，说话阴阳怪气的。好在阿蒴每次都帮豆蔻说话，有时坐在豆蔻的车位旁帮豆蔻干点活。阿蒴说，你是不是生病啦？豆蔻眼泪就出来了，说我身上痛。阿蒴的眼泪也一下涌到了眼眶里。阿蒴说，有病就要看，不要这么忍着。第二天阿蒴请假带着豆蔻去了医院。医生给豆蔻做了全身检查，检查结果出来了，医生说，你的病有点复杂，最好是接受长期治疗。长期治疗？豆蔻吓了一跳，说我得的是什么病？医生没有回答，问阿蒴，你是豆蔻什么人？阿蒴说，我是她姐姐。医生把阿蒴带到走廊说，你妹妹患了骨癌，必须接受长期治疗。怎么可能呢？阿蒴追着医生说，她才十九岁。医生说，骨癌的发病年龄一般都在十二至二十岁之间，正是你妹妹这个年龄。阿萌几乎要哭出声来，冲进卫生间，让眼泪流个尽，然后洗了一把脸，才回到豆蔻身边。阿萌问豆蔻，你家除了母亲，还有谁呢？豆蔻说，没了。豆蔻问，医生怎么说？阿萌说还不能确诊，医生建议你回家治疗。

豆蔻于是向厂里请了二十天的假。制衣厂不轻易批假，豆蔻打工三年了，一次假也请不到。这次主管看在阿萌的面上，批了豆蔻的假。阿萌也请了假，要陪豆蔻回家，说打工这么多年太累了，早想休息休息了。阿萌说豆蔻，听说你们那儿是水乡，我小时候就很向往水乡，特想去你们那儿看看，水乡究竟是什么样子。豆蔻说我家在乡下，乡下有啥好看的。阿萌说，就是乡下的风景才好呢。豆蔻以为阿萌在开玩笑，阿萌却是认真的。豆蔻开心了。第二天，阿萌陪着豆蔻回老家了。

3

到家的那天，母亲早早地站在村东头的灌溉渠上，翘着头往南远眺。一直望到天擦黑，豆蔻才突然出现在母亲的面前。豆蔻三年没回来了，母亲还是一眼就认了出来，抱着豆蔻一把鼻涕一把泪，把豆蔻哭得肠都断了。豆蔻，你长高了，变漂亮了，豆蔻……你瘦了。母亲像打量一件宝贝，把豆蔻翻来覆去地看了个仔细。豆蔻也打量母亲，母亲也瘦了，白发多了，皱纹像蚯蚓爬上了母亲的额头。母亲平静下来后，豆蔻才把含笑站在一边的阿萌介绍给了母亲。母亲抓着阿萌的手，感谢阿萌送豆蔻回来。

三年没见了，母女俩有唠不完的话。母亲说这几年你打工挣的钱，妈都给你收着呢，准备着将来给你结婚用。豆蔻埋怨说，妈，别省了，你看你才四十多，就老成这个样子了，连件像样的衣服都没有。母亲笑笑，乡下人不抛头露面的，穿什么不一样。豆蔻问，村里还有河工任务吗？母亲说，年年都有，每年都是你淮叔帮着干的，也不用我操心。豆蔻忽然就想起了那个月明之夜。三年过去了，她已不记恨淮叔了，不知淮叔是否还记恨自己？

豆蔻想帮母亲干点农活，母亲不让。母亲说，你陪阿蒴到处转转吧。豆蔻问阿蒴想去哪里玩？阿蒴说，哪儿也不用去，你的家乡很漂亮，就是我想象中的水乡。豆蔻说，这穷乡僻壤，有啥漂亮的。阿蒴说，要不明天咱俩去市里玩，顺便帮你再检查一下。豆蔻点了一下头，说千万别让我母亲知道，免得她瞎担心。

第二天，阿蒴陪豆蔻去了市医院。

市医院的诊断结果和深圳的一样：骨癌。阿蒴捧着化验单，心口像被什么锥了一下，剧烈地疼痛，全身禁不住地颤抖，站都站不住了。阿蒴问医生，能确诊么？医生看了阿蒴一眼，说，医生能拿病人的生命开玩笑么？赶快办住院手续吧。阿蒴红了一下脸，说，这病能治好吗？医生说，药费比较高，少说也得二十万。医生竖起了两个白白的手指。常人的血色素是十一二克，而豆蔻只有五克。医生的两个手指像两支强光灯，一直在阿蒴的眼前晃着。

阿蒴强迫自己平静下来，待脸色正常，心跳平稳了，才来到豆蔻的面前。什么病？豆蔻问。阿蒴说，风湿病引起的关节痛，没什么大碍。先住院几天，控制一下病情。关节痛？豆蔻说，咋这么痛呢？阿蒴说，你不要有心理压力，那样会更痛，多想些开心的事，疼痛就会慢慢减轻。阿蒴又说，你家的经济条件好不好？豆蔻说，不好，这三年我才挣了点钱，以前父亲挣的那点钱都给我妈看病了。阿蒴又问，你有条件好点的亲戚吗？豆蔻说没有，他们和我家一样，除了种地，就是打工挣点钱。

住院后，阿蒴背着豆蔻向医生了解了骨癌病人的相关情况。医生说，这种病不能过于安静，越静越痛，这叫安静疼痛，不同于一般的疼痛。阿蒴便买了几本故事类杂志，放在豆蔻的床头柜上，两人一起看,看到好笑的,就讲出来,逗得豆蔻天天乐呵呵的。

在医院里住了四天,药费贵得吓人。豆蔻实在躺不住了,要出院。医生给豆蔻开了许多中药和西药,阿蒴藏在包里拎了回来。

母亲并未觉察出什么。母亲问豆蔻怎么啦,咋喝中药呢?阿蒴说,风湿病,关节痛。豆蔻天天坐在车位上干活,坐久了就会有这类毛病。我也有肩周炎呢。

这天早上,豆蔻冲阿蒴神秘一笑,说我去见个朋友,你陪我去吗?阿蒴一听豆蔻那口气就明白了,是男朋友吧?我才不给你当灯泡呢。你们这儿凉粉很好吃,我要跟阿姨学做凉粉呢。两人又是一阵笑闹。豆蔻骑着单车走了。

豆蔻是在药品说明书中发现破绽的。每次吃药都是阿蒴亲自拿到她手上的,阿蒴说在她家白吃白住不好意思,愿意照顾一下病中的豆蔻。几天后,豆蔻留意到阿蒴总是把药瓶藏起来,怕被人发现似的。那天豆蔻趁阿蒴去洗澡,拿出她藏起的药,打开其中一瓶,发现说明书上说,该药用于治疗癌症。豆蔻一下明白了,阿蒴对自己隐瞒了真相,没把实情说出来。豆蔻的后背凉凉的,全身一阵剧痛。豆蔻悄悄带上那瓶药和化验单,去了镇医院。

镇医院的医生一点没怀疑豆蔻,对着药品和化验单,竹筒倒黄豆似的全说了。豆蔻的脑子里一片空白,脸色煞白。在墙上倚了很久,才缓缓走出了医院,伫立在大沙河堤上,哭了很长时间。豆蔻真想跳进大沙河,一了百了。可自己一了百了了,母亲呢?母亲失去了父亲,要是再失去女儿,如何承受得了?

回到家时,天已经黑了。豆蔻一头钻进了被窝里。阿蒴来叫她,一看她眼睛肿得高高的,问她怎么啦?是不是男朋友变心了?豆蔻闭着眼睛,一滴泪又滑了出来。他有女朋友了。豆蔻撒着谎说。阿蒴安慰豆蔻,别太难过了,凭咱豆蔻这么漂亮的姑娘,什么样的男孩找不着?以后姐帮你介绍个帅哥,介绍个有钱人家的公子,你就什么都不用愁了。阿蒴帮豆蔻弄了个热毛巾敷在眼上，说要不你这双眼睛明天就肿成葡萄了。

晚上，两人上了床又聊了会制衣厂的事。豆蔻说阿蒴姐，过两天咱就回去吧。阿蒴说还没到假呢，急什么，难得回来一趟，多住些日子，陪陪阿姨。豆蔻说，还是早点回去吧。阿蒴说，你是在生男朋友的气吧？豆蔻嗯了一声，打了个哈欠。阿蒴说睡吧，随手关了灯。

豆蔻犯困了，却怎么也睡不着，全身都在痛，像无数根银针插在身上。豆蔻咬住自己的手指，咬得比针扎得还痛，咬破了也不松口，唾液里混合着血腥味。最后实在忍不住了，痛得满头是汗，豆蔻轻轻翻了个身。阿蒴睡觉特清醒，豆蔻一翻身，阿蒴就醒了。阿蒴一摸豆蔻的头，汗湿湿的。阿蒴轻轻按豆蔻的背，说实在痛你就叫一声，别这么忍着。豆蔻说没事，一阵一阵的痛，忍一下就过去了。

4

天还没亮。夜空缀满了繁星，像无数只眼睛在看着豆蔻。偶尔传来一声犬吠，像一把利刃划破了寂静。豆蔻对自己说，多看一眼故乡的夜吧，也许以后想看都看不到了。

一件衣服轻轻披在了豆蔻的身上，一股暖流顿时布满全身。豆蔻一回头，母亲站在身边。

明天就要走了，睡不着吧？母亲平静地问。

嗯。豆蔻说，妈，把您吵醒了。

你要走了，妈也睡不着。母亲叹了一口气，以前你父亲每次离家时，我也睡不着。

妈，我长大了，以后别再牵挂我了。

你是妈的孩子，妈能不牵挂吗？豆蔻，你瘦了好多，在外打工一定不容易吧？

豆蔻努力地笑笑，说习惯了，也没什么。

母亲说，想你爸吗？

想。豆蔻的眼泪涌了出来，我常梦见爸爸。

在豆蔻的心中，父亲是一座坚忍不拔的大山。每次疼痛难耐的时候，豆蔻就会想到父亲，想到了父亲，豆蔻就有了承受痛苦的超强毅力。

如果他活着，咱们这个家该多幸福啊。母亲说。

别说爸爸了。豆蔻拉过母亲的手，其实，淮叔也挺好。

那天从镇医院回来，豆蔻没有马上回家，而是去见了淮叔。她也不清楚自己为什么会做出这样的决定。她觉得自己应该去见见淮叔。

淮叔见到豆蔻时，心里咯噔一下。他不明白豆蔻怎么会来找他。他知道豆蔻从深圳回来了，几次想过去看看豆蔻，几次都忍住了。他和豆蔻之间有一道看不见的鸿沟，他没有勇气跨过去。现在豆蔻来了，他有点紧张，马上就在心里做好了最坏的打算。如果豆蔻是来找麻烦的，他会主动把所有的责任揽过来。

淮叔端过凳子，又给豆蔻倒了杯茶。豆蔻坐下来，端起杯子喝茶。豆蔻的脸色很温和，不像是来兴师问罪的。淮叔稍稍宽了心，搬个凳子坐到了豆蔻的对面。豆蔻说话了，声音很温和。豆蔻说淮叔，您……您爱我妈吗？淮叔被吓了一大跳，脸一下红到了脖子根。淮叔，您说句真心话，您到底爱不爱她？豆蔻追问了一句。淮叔搓着双手，支支吾吾地说，你妈这人挺好，特善良。豆蔻就明白了，这么说，您对我妈是真心的了。既然都喜欢对方，为什么不结婚呢？哦，是担心我不同意是吗？豆蔻顿了顿，说，淮叔，您和我妈的事我并不反对，不过我有一个条件，淮叔您能答应我么？淮叔望着豆蔻，说孩子，有话你就直说吧，淮叔只要能做到，就一定答应你。豆蔻点点头，说淮叔，我是个女孩子，迟早要嫁出去的，如果您能答应我照顾我妈一辈子，你们就结婚吧，我也就放心了。

淮叔一个劲地点头，孩子，我们都这把年纪了，懂得啥叫珍惜。淮叔说，豆蔻，你出去长见识了，懂事多了。

豆蔻捧起杯子，把脸埋在杯子里，咕噜咕噜地往肚里灌水。水喝完了，仍把脸埋在杯子里。淮叔提来茶壶要给豆蔻续水，才发现豆蔻的脸上尽是泪水，一滴一滴落在杯子里。淮叔说，怎么啦豆蔻，你还有别的事？

豆蔻拼命压抑着自己，停了一会，擦干泪说，淮叔，还有一件事我只能跟您说，您必须答应我，一定不能告诉我妈。淮叔说，你说吧。豆蔻说，您先答应我。淮叔说，好吧，我答应你。

豆蔻咬了咬嘴唇，把刚从镇医院得到的情况给淮叔说了。末了，豆蔻说，过两天我就要回深圳了，只有工作起来，忙个不停了，我才能忘记疼痛。我可能不会再回来了，我把母亲交给您，请您照顾她一辈子，她不能再遭受任何的打击了。请您一定答应我，我的病您千万不能告诉她。豆蔻声泪俱下，扑通跪在了淮叔面前。

孩子，淮叔答应你。淮叔吸溜着鼻子，把豆蔻从地上拉起来。豆蔻一下扑进淮叔的怀里，放声恸哭。

孩子，别去打工了，你留在家里，我和你妈一起想办法，治好你的病。淮叔拍着豆蔻的头，心疼地说，淮叔虽然快50了，身体还不错，还可以出去做个瓦工，挣点钱回来给你治病。瓦工？豆蔻从淮叔的怀里挣脱出来，说淮叔，您不能再做瓦工了，我爸就是个瓦工，最后连命都搭上了。豆蔻就是让您去要饭，也不让您去做瓦工！淮叔眨着眼睛，说好好好，我不做瓦工，我去拾荒去看大门可以吧？实在不行，就捧着个钵子要饭要钱。只要你留下来，我和你妈想啥法子也要挣钱给你看病。

豆蔻摇摇头，淮叔，我的病就不劳您操心了，只要您好好照顾我妈，我就感激不尽了。豆蔻又要给淮叔下跪，被淮叔拉住了。

豆蔻一直想找机会，和母亲谈谈她和淮叔的事，表明自己的态度，打消母亲的顾虑。这些日子天天和阿蒴在一起，总没这个机会。

现在，机会来了，院子里就她们母女两人。趁着这黑茫茫的夜，豆蔻想和母亲谈谈。豆蔻拉着母亲的手说，妈，你和淮叔……结婚吧。

母亲一惊，像触了电，双眼如豆，在夜色中发出幽幽的光。母亲摸着豆蔻的头，说豆蔻，你真的能接受淮叔？豆蔻嗯了一声，淮叔是个好人，他对咱家有恩。母亲说豆蔻，你真的懂事了，你淮叔一直以为你不能接受他呢。

有他陪着你，将来我就可以放心嫁人了。豆蔻笑了。母亲也笑，说等你嫁人了，妈的心就彻底放下了。

夜色透了点光，看得见田野的轮廓了。天空有些灰蒙蒙，村庄笼罩在晨曦中。豆蔻看见了母亲的脸，倦怠而苍白，笑容里挂着未干的泪渍。

5

天终于亮了。太阳升了起来，阳光明媚地照在村庄和田野上。豆蔻和阿蒴要走了。淮叔特意穿了一身干净的衣服，胡子也理得干净，用一根扁担，将行囊挑在肩上，独自走在前面。阿蒴和豆蔻一左一右抱着母亲的胳膊，在后面边走边聊。母亲也换了身漂亮的绿裙子，像要出远门似的。豆蔻贴在母亲的耳朵上说，妈，你和淮叔今天穿得都这么漂亮，是不是要去镇上领结婚证呢？母亲脸一红，嗔怒道，死丫头，没大没小的。阿蒴被这对母女逗笑了。

上了灌溉渠，淮叔放下担子，站在树阴下等她们。灌溉渠的坡上长满了水杉、杨槐、楝树，密密麻麻的。渠水正值汛期，一路东流，汹涌而去。灌溉渠的公路上，汽车川流不息，载着南来北往的客，载着许多的梦想和追求，奔波四方，来去匆匆。

豆蔻她们也上了灌溉渠。阳光从树隙中照下来，斑驳地洒在地上。开往广州的汽车一天只有一班，还没到。豆蔻回过头，望着生活了十六年的家乡。再见了我的家乡。豆蔻又想哭，忍住了。豆蔻转身走到淮叔面前，说淮叔，辛苦你了！淮叔说，孩子，别那么客气，以后就是一家人了。豆蔻笑了笑，说淮叔，您这身衣服挺合身的，到了那天，我给您买身西服，让您更年轻。淮叔不好意思了，说不要破费，这身衣服也是你妈买的，挺好。我妈买的？豆蔻笑了，原来我妈早把心思放在您身上了。

阿蒴走过来，说豆蔻笑啥呢？豆蔻说，笑淮叔呢。豆蔻又小声说，阿蒴姐，你觉得淮叔咋样？他很快就是我继父了，你帮我妈参谋一下。阿蒴笑了，说你管得真宽，你妈的事你也管？淮叔这人不错，实在，忠厚，是个称职的慈父。豆蔻开心了，说阿蒴姐，有你这句话，我就把我妈交给他了。阿蒴说你还是操心你自己吧，你那个男朋友也太绝情了，相爱一场，连送都不来送送你呀？豆蔻笑了，说我哪来的男朋友，骗你的。阿蒴一愣，说好你个豆蔻，竟然骗我。阿蒴两手揪住豆蔻的腮帮子，使劲地掐。豆蔻说，是你先骗了我，我才骗你的嘛。阿蒴莫名其妙地说，我咋骗你了？豆蔻翻了翻眼睛，撇着嘴说，问你自己呀。又向母亲那边望了望，小声说，阿蒴姐，那天我去镇医院了。阿蒴怔住了，说你都知道了？嗯。豆蔻抿紧了嘴唇。

车子来了。豆蔻紧紧抱住母亲，想哭。豆蔻说，妈，你和淮叔回去吧。母亲说，快上车吧。豆蔻回过头，见淮叔挑着担子上了车。司机在催，快点，快点上车！豆蔻松开母亲，上了车。阿蒴跟在后面上来了，将母亲也拉了上来。

豆蔻急了，说车子就要走了，妈，你和淮叔快下去吧。

阿蒴说，就让阿姨和淮叔再送送我们嘛。

阿蒴和母亲相视一笑。

母亲说，豆蔻，妈和淮叔想陪你一起去深圳打工，好吗？

豆蔻一下明白了，气呼呼地拿眼睛剜淮叔。

淮叔惊慌地说，不是我。

是我。阿蒴说，豆蔻，是我将你的病情告诉了阿姨，也是我和阿姨一起商量，让他们陪你一起去打工的。

豆蔻扭头看母亲，母亲的泪终于流了下来。母亲搂过豆蔻的肩，说孩子，不管多大的困难，我们一家人扛，总比你一人扛着容易啊。你心疼妈妈，妈妈知道，可妈妈更心疼你啊。豆蔻说不出话来，捂着脸轻轻抽噎。

你应该感谢阿蒴。母亲说，阿蒴是个好姑娘，她在深圳就知道你的病了，一直瞒着你，又不放心你一人回来，专门请了假陪你。

阿姨，千万别说感谢。阿蒴接过了话，这年头谁都不容易，有个什么事，相互帮一把，困难就过去了。我也得到过别人的帮助。那次我在深圳病了，没钱做手术，不做又不行，后来遇上了一个好心的大姐，帮我付了几千块钱，连个电话都没留。一年过去了，我一直在找她，一直没找到。我想，既然好心人把爱心传给了我，我就要把爱心传递下去。豆蔻，你明白了吗？

阿蒴姐，谢谢你！豆蔻哽咽着说，我会像你一样，把这份爱心传下去。

母亲说，豆蔻，我和你淮叔商量过了，我们一家出去打工，没有过不去的沟沟坎坎。他找个看大门的事做做，我去拾荒。我们一起挣钱，给你治病，你的病一定会好起来的。

阿姨这个想法不错。阿蒴说，不过呢，阿姨你根本不用去拾荒，淮叔也不用去看大门，就凭你那做一手凉粉的绝活，二老开个风味小吃店，专卖凉粉，就比打工强多了。

对呀，这个主意不错，我咋没想到呢，还是阿蒴有主见。母亲笑了，好吧，我和你淮叔开店卖凉粉，说不定一年也能挣上三两万呢。淮叔,你说呢?

一直默不作声的淮叔嘿嘿地笑了笑,说,好好好,你管做,我管卖。

阿蒴朝豆蔻挤了挤眼,豆蔻破涕而笑了。

三棵树

我记得是下第一场秋雨的时候,我接到了小彤的电话。当时我站在阳台上,看着外面的秋雨在沙沙沙下着。小彤也给我下了一场秋雨,打湿了我的眼帘。

小彤在电话里说,她受不了他了,要来找我。小彤嘤嘤泣泣,像个委屈的孩子。小彤不是第一次说要来找我,但这次小彤说得坚决。小彤说,我和他手续办了,现在我自由了。我说你自由了,可我不自由。你来了,我不能时时陪你。小彤说,我只想在你身边。我相信总有一天,你会自由的。

我能说什么呢,要来就让她来吧。如何安顿小彤,这是个迫切的问题。小彤不能住我家,虽然我住三室一厅,安置小彤绰绰有余,可我老婆竞莹怎会容忍?那就租房吧,小彤说。我说,我看行。

可是,租房也不行。在凌州租个一室一厅,月租至少八百。我的工资是透明的,基本工资加岗位津贴加工龄工资等于多少,竞莹了然于胸。我的所有支出竞莹也了然于胸,我不抽烟不喝酒不买衣服不用化妆品。显然,从我工资里支出房租不可能。那么,从我稿费中支出房租吧。我是写小说的,偶尔有稿费。但,这也不合适。房租是固定支出,像女人的大姨妈,月月要来。稿费是走亲戚,偶尔来一次,何以承担房租。让小彤承担房租不现实,她离婚时净身出户，连生活费都成问题。

在小彤快要启程的时候，我想到了小阎。小阎是我朋友，离异，一人住着三室一厅，太奢侈了。我给小阎打电话，说小彤要来，住你家行不？小阎说你说行就行。我说行不行先住下再说吧。小阎说好，只要你放心就行。我说我对你有啥不放心的。小阎戏谑地笑，说是，咱俩从来都有福共享。

我和小彤的事，小阎是唯一知情人。一年前我去绥城看望小彤，小阎为我送的行。绥城很远，和凌州相距两千里。我是第一次去见小彤，小阎担心我。小阎问你很爱她，我说当然。小阎说好个梁祝情深！我说第一次见面，带啥见面礼？小阎想了想，说她是手机上网，大概没电脑吧？或者不便携带。你送她个上网本电脑吧，以后聊天方便。我说这主意不错！

去绥城前，我和小彤在网上认识一年了。认识小彤时，小彤刚离婚几个月，结束了痛苦的婚姻，小彤心无所依，情无所托，便整天将手机挂在网上，把日子也挂网上。我那时和竞莹也陷入了冷战。当我总不能摆正写作和工作的关系时，我曾一度选择写作，荒芜了工作。这是不明智的，写作怎能代替工作，稿费怎能拯救生存？竞莹对我很不满，对小说也不满了，声称自从我写小说，她就不看小说了。她为自己不看小说找到了借口，将中国文学失去了一位忠实读者的责任推给了我。事实上我和她结婚后，就没见她看过小说。我们开始了喋喋不休的争吵。我是文化人，文化人应当清风高雅不入世俗，于是我以沉默来对抗，以无声胜有声，不吵，不骂，不打，不闹，我们出现了冷战思维。

她咋能不看小说呢？小彤说，你能写小说，她多光荣啊。我要是你老婆，一定很自豪。我和小彤就是从这句话开始，惺惺相惜了。我的彷徨与郁闷，失落与苦楚，被小彤照得无影无踪。我说你看小说吗？小彤说不看，看不懂，所以我特钦佩写小说的人。我们就这么聊着,聊了半年,难舍难分了。我们网恋了,且执着。后来,我们想见面了。

绥城对我来说,不只是陌生的地方,还是个陌生的名字。我和小阎在地图上找到绥城,计算凌州到绥城的距离。小阎是学理工的,喜欢研究各式图纸,弄了根直尺,测算两地距离。小阎说,两千多里啊,你真去啊?我说坐火车要几天?小阎迅速在网上查了,又是一惊,说,二十四小时!我说才二十四小时?我以为要三天三夜呢。

我在绥城呆了一周。因了小彤,绥城让我备觉温暖。小彤慵懒地趴在我怀里,听我唱歌。我的歌和小彤隔了年代,小彤仍听得津津有味。小彤说我的歌有费玉清的悠扬和深情,听了让人想爱想哭想往事。我笑笑,一周便过去了。

我以为这是一趟暖春之旅,却不想竟是冰雪之旅。我回到凌州,半年后,小彤变了。小彤委婉地说,我们有代沟,你60后的不懂我们80后,比如唱歌,虽然你唱得不错,但歌太老,唱起来,满屋落尘埃。比如恋爱,你不懂得浪漫也就算了,还成天说什么淑女乖乖女的,你就差没让我裹小脚了。

这是小彤的理由,但不是事实。事实是我离开绥城后,小彤去了趟伊城。小彤的好友小薇在伊城。小彤在伊城见到了小薇和小薇男友。小薇男友很帅,很阳光,青春绚丽活力洋溢,举止投足都很华丽。小彤暗暗将我和小薇男友比了。我长得不帅,我不够年轻,我还不是自由人。要说有什么优势,就是小薇男友不会写小说。可写小说有用么?小彤真的以会写小说为自豪么?显然不是。

从伊城回来后,小彤上网少了。头像昏沉了一段时间后,有个晚上跳动得厉害。小彤给我留言了,说虚拟的爱毕竟不现实,我们分手吧,我有男友了。三个月后,小彤从网上传来喜讯,她结婚了。

小彤消失了,我的空间里从此寒星冷月,冰天雪地。小彤偶尔上网劝我，回你的围城吧，守一座旧城，远比建一座新城容易。

小彤说得没错，我没有选择。我于是结束了和竞莹三年的冷战，恢复夫妻对话，建立和谐家庭。我亦调整了生活重心，重工作轻写作，从根本上消除了我和竞莹对立的根源。竞莹对我结束冷战表示欢迎，与我重修旧好，共捐前嫌，夫妻进入常态化。至于我心里想什么，竞莹不知道。我还是想小彤，我知道小彤正坐享着另一座城池，我仍是隔城而望，望城兴叹。

我就这样，过了半年无牵无挂的生活。没有小彤，我的日子纯净如镜，除了安心工作，偶尔有小说从时光里穿过。竞莹对我的小说依然不屑，只是不闻不问了，家里的大事小事她都操心去了。我们的对话其实也不多，她忙她的，我忙我的。对话只限于日常的话语互动，而非心情交流。但毕竟夫妻关系由寒转暖，和谐了。

要不是半年后，小彤来搅局，我的生活会像冬天的湖水，无波无澜。小彤消失后，我曾为她痴情了一段时光，她的头像灰暗着，我便偷菜。那天我上来偷菜，小彤的头像跳了出来，只是一句问候。我啥也没说。再后来她频繁留言，我才知道，她的城狼烟四起，烽火连天。她过得非常不好。她说她现在懂了，真正爱她的人就是我。我说我老了，和你有代沟。小彤说，别再提代沟，我后悔了。

我对小彤的话将信将疑，我对小彤的爱毋庸置疑。小彤单薄的几句话，扯痛了我。我以为我不在乎她，却原来，我一直在她身旁从未走远。她一招手，我已是千年等一回。她说她很想我，我说我也想她。她说她是身在曹营心在汉，我说我的心落在她那里了。她说她想离婚，我说我……我刚和竞莹修复关系，提离婚说不出口。小彤说你们60后的人就这样，做事黏糊，一点不爽快。小彤说你自己看着办吧。反正我要离了，我们80后的办事利索。

小彤真的利索，几天后就办了离婚手续。我觉得不可思议，小彤说有啥呢，没财产纠葛，也没丰厚存款，拎一箱衣服走人，就当在他们家住了大半年宾馆。嗯，还有那台上网本电脑，你送我的，我得带走。

正是夏天，凌州下着热浪，热流在大地上四处逃窜，见人就追。我坐在电脑跟前，大汗淋漓。80后对待婚姻的态度，让我全身燥热。60后总是想方设法把家留住，80后却想守就守，想走就走，把家当成了宾馆。

我和小彤的关系又回暖了。差不多火候时，小彤说要来找我，说就想在你身边，却没说要和我缔造一段姻缘。我没有拦她，我没那个勇气拦她。一周后，小彤说来就来了。我悄悄去车站接了小彤，然后安排在小阆那儿。

小阆和我是二十年的朋友，而且我们同年同月同日生，天赐良缘啊。可惜是两男，非一男一女。也不遗憾，能在芸芸众生中，遇上如此巧缘的人，当是罕事。而且我们从相识至今，将对方引为知己，从无怨隙。即使分别成了家，有了妻，除了床上那点事，我们依然是无话不谈。

小阆的前妻小孙是外地人，小阆在外地打工时领回来的。小孙是70后，比小阆小了一轮。关于小阆的婚姻，我不发表意见。我不知道相差一轮的夫妻会怎么样。我只羡慕小阆娶了个年轻老婆，老牛吃嫩草，夕阳无限好。但结婚没几年，小阆和小孙的口角多了，两人分了手，小孙将房子留给小阆，自己回老家了。

离婚几年了，小阆一直独守空房，直到小彤来，屋里才总算有了个女人。

小彤来了，我天天和小彤泡在一起，吃喝玩乐。很多时候，也带上小阆，三人一起去K歌，去爬山，去看海。晚上，我们把小阆关在房门外，在二人世界里探索性情的奇特与美妙。我们尽可能做到于无声处，每当小彤水波荡漾时，就狠狠地咬我的肩，压制呐喊的欲望。但不管我们怎么无声，也会惊醒小阆的本能，煎熬着他的墨夜。

我做不到总是陪着小彤。持续一个月早出晚归，已引起了竞莹的猜疑。竞莹一边盯着电视，一边漫不经心地问我，以前天天写东西，现在咋不写了？不写也罢，整天闭门造车，纸上谈兵，谁看你那破玩意儿。我说，没空写。竞莹说忙啥呢，早出晚归的，下月能拿不少加班费啊？我搪塞，哪来加班费啊，都是赶材料，上面要来检查呢。竞莹哼了一声，说那就别干了，光加班不给钱，不是剥削人嘛。我附和着埋怨几句，敷衍了事。

我和小彤说了。小彤说那就少见面吧，等你出了围城再说。小彤在凌州人生地不熟，我委托小阎照顾点。小阎说还用说吗，我和她生活在一个屋檐下。

之后我去小彤那里少了，开始一周三次，后来变成两次。待的时间也短，最迟十点半回家。小彤说，你啥时能自由呀？我说难说，我和她关系刚修复，开不了口。小彤咂着嘴，说你俩不是没感情吗，有啥开不了口的！我说那也不能说打雷就下雨嘛。小彤说你咋这么酸呢，还不如人家小阎呢，一点不含糊地把婚离了。我说这个没有可比性。小彤说你还想离不？我说想，但要时间。小彤说唉，抓紧呗。

这个话题被小彤反复提起，争来争去都是无果而终。我猜想小彤住在小阎家，不是个事儿，和我在一起，她才踏实吧。可我和竞莹冷战好几年，也没提离婚，现在对上话了，反而没头没脑提出离婚来，情理上讲不通。小彤说，离婚不需要理由，不想过了就散伙呗！我隐隐有了担忧，小彤哪天不想和我过了，不是说散也散了？

有一点小彤说得对，我和竞莹确实没感情。尽管我们恢复对话了，睡在一张床上了，偶尔会有语言和肢体交流，但这种交流很肤浅，仅限于行为本身，就事论事，没有目的，没有思想，更没有内涵。

我开始努力寻找和竞莹间的裂隙。小彤来了，我不能吃着碗里看锅里，我必须有所抉择。失望的是，我没找到裂隙。我不得不创造裂隙，在我和竞莹间制造矛盾。菜不买了，饭不做了，不洗衣不洗澡了，一下班就坐到电脑前，拼命写小说。竞莹如果和我争吵，就中计了。争吵后回到冷战，冷战后冲出围城，出围城去小彤身边。竞莹却不肯中计，对我写小说似乎习以为常了，对我松弛懒散也无动于衷了。我像只苍蝇，找不到鸡蛋的缝。我本是优柔寡断之人，不喜冒进，现在更束手无策了。小彤对我的做法不以为然，每次都驳斥我。我不敢面对小彤了，为了避免争执，为了不伤她的心，我只好一周一次去小彤那里。

小阎对我的表现也不满。小阎说她是奔你来的，你不来看她，啥意思？我说我也不想这样，我只时暂时避避。小阎无语。我问小阎，你现在有目标了吗？小阎摇摇头，再婚不容易，要考虑很多。我说慢慢来吧，总有一款适合你。

春节前，我和小彤说，我要去竞莹老家一趟。三年没回去了，从我们冷战开始，一直没回去。竞莹母亲的电话一个接一个。我说我不回去行么？竞莹说，这话你也说得出口？我真是说不出口，这话在我嘴里滚了几十次，我才说出来。我想到了小彤。让小彤一人在凌州过年，我于心不忍。小彤果然不高兴了，冷冷地说，随便。我不知所措。小阎说那，我留下陪小彤吧。小阎本想回乡下老家过年的。

我在竞莹老家呆了二十来天，回来时，凌州是春天，花红柳绿，莺飞草长。我去了两次小阎家，都吃了闭门羹。小彤在电话里说，在外面有事了。一周后，我经过月芽路，看新开了家茶叶店。我喜欢喝茶叶，便多看了一眼，就看到小彤在店里。我进了茶叶店，问小彤，找到工作了？小彤看到我，似喜非喜的，迟疑了一下说，小阎投资的。哦？我吃惊。小阎开了茶叶店，咋没对我说呢？我看了看，店铺二十来平米，八节立柜，四节柜台，有碧螺春、铁观音、茉莉花等二十来个品种。我说投资多少？小彤说，八九万吧。我说生意好吧？小彤说，才开业，说不好。我说，咋没告诉我呢？小彤说，我以为他对你说了。小彤提到小阎时，说的是他。我说，他没对我说。小彤说，想说就说，不想说就不说了，没啥奇怪的。

几天后去找小阎，小彤房间开着门，人没在。想必在店里，还没回来。我谢小阎对小彤的照顾，我夸他是雷锋，为小彤开了店，却做好事不留名。小阎搓着手，想说什么，又不知道说什么。我说有话直说，别吞吞吐吐的。小阎说你和竞莹的事咋样了？我说还那样。小阎说，还会分么？听他那口气，似乎不希望。我说，暂时分不了。小阎不搓手了，望窗外，淡淡地说，你一天不离婚，就要小彤为你等着么？我说我没这么说，她可以选择离开我，我不会怪她。

这时小阎的房门开了，小彤走出来。小阎看看我，起身回房，说你们聊吧。

小彤和我隔着茶几坐下。小彤翘了翘嘴角，说如果我倦了，你会放手吗？我愣愣地点头，我会尊重你的选择。小彤也点头，谢谢你的尊重。我等得太久了，而且遥遥无期，所以我……要重新选择。

小彤这么说了，我失落无比。我的谦谦君子，全是伪装的。我忍着心痛，说，你真的决定了？小彤认真地说，是。我说好吧，尊重你。那么请告诉我，几时萌发了这念头？小彤说，春节的时候。小彤抿着嘴，泪水就迸出来了，说春节的时候，要不是小阎，你就见不到我了……小彤说不出话了。

这时，房门开了，小阎出来，坐我边上，讲述了春节发生的事。小彤抹着泪，又进了小阎房间。客厅成了戏台，小阎和小彤穿梭着，他方唱罢她登场，弄得我心里怪怪的。

大年初三晚上，我在竞莹老家。我没想到小彤会发生什么事，更不会想到小彤与死神擦肩而过。小阎说，幸亏我没回乡下。那晚上小阎在房间看电视，小彤去卫生间洗澡，洗了半个多小时没出来。小阎又看了十来分钟电视,小彤还没出来。小阎迟疑着,敲卫生间的门,里面没动静,连水声都没有。小阎再敲,还是没动静。小阎拧了拧卫生间的门,反锁了。门关得死死的。小阎大骇,想小彤是煤气中毒了。卫生间的热水器是用煤气的。小阎猛地用身体撞门,撞了三下,撞开了。小彤一丝不挂地仰躺地上,白花花的一片。小阎顾不得别的,急忙打120,再帮小彤套上衣服。

小彤直到凌晨四点才醒来,小阎悲喜交集,紧紧抱住小彤。医生对小彤说,幸亏你老公抢救及时,再晚十分钟,你就没了。小彤百感交集,想到自己命运多舛,差点花落他乡,忍不住抱住小阎的头,吻小阎的脸。泪水哗哗的,流进两人口中。小阎说,你要有什么事,我就没法交待了。小彤闪着大眼睛,睫毛上挂着泪珠,说,除了没法向他交待,就没别的担心吗?小阎明白小彤的意思,没有说话,只是把小彤搂得更紧了。

出院后,小彤直接住到了小阎房间里。小彤的理由是,我的命都是他捡回来的,还有什么不能给他的?小阎觉得不妥。小彤每天睡在小阎床上,小阎就按捺不住了。小彤为小阎辩解,你有老婆有情人,小阎啥都没有,这公平吗?我说不公平,就是到了共产主义,也做不到公平。小彤说,可我是女人,我能给他公平。你不要怪他,是我主动的。我说我不怪小阎,我谁也不怪,我也不知道该怪谁。可我明显觉得,有疼痛在内心搅动。我起身,走到阳台上,做了几个深呼吸。蔚蓝的天空中有只孤雁,惨叫着从我眼前掠过,缓缓地飞向前方。

我受伤了,只能在深夜里舔着伤口。我写不下任何文字,暂且中止了写作。我包揽了所有家务,忙成了机器人,让忧伤于我的日子里无处藏身。竞莹对我的反常举动很不解,但依然是无动于衷。

一月后,伤口不那么痛了,我去了小阎家。去之前,我喝了点白酒,不多,二两。我不喝酒,一喝就醉。我打着晃儿,站在他们面前。我说我来祝贺你们，在这个游戏里，你们是赢家，我是输家，输了女人，输了朋友。我看得出来，你们过得幸福。我打了个酒嗝，跌坐在沙发上。我说小阎你听着，你要好好照顾小彤，否则老哥对你不客气！小阎和小彤默默听着，一言不发。我的舌头打着卷儿，不时打个酒嗝，嘴巴丁点儿不利索，话儿连滚带爬地吐出来。说完了我就往回走，小阎过来扶我，被我反手抽了记很响的耳光。小彤拉过小阎，冷峻地说，让他走吧。

我那天醉熏熏地回了家，就再没找过他们。没必要了，也没理由。尽管我还是牵挂着小彤，可是，小彤和我还有什么关系呢？

没关系了，不意味着我不想小彤了。相反，我更想小彤。强烈思念的时候，我把责任归给了竞莹。若不是她剥夺了我的自由，我怎么会失去小彤？若不是陪她去老家，小阎怎么会有机可乘？我的强烈的不满情绪，直接影响了我和竞莹的关系，虽未陷入冷战，但也是同床异梦，不想说的话，尽量不说，必须说的话，尽量少说。

我又开始写作了。其实我写不出东西来，我是故意的，我就想惹竞莹不高兴。然而竞莹已经见怪不怪了，没有不高兴的样子。她回家越来越晚了，回来了洗漱完，和我说两句不痛不痒的话，便回房睡觉了。

我的书房对着小区的大门，站起来能看到进进出出的人。我对这些人不感兴趣，我只想小彤。小彤和小阎过得幸福么？小阎和70后分手了，换了80后，合得来么？我希望他们幸福，又不希望他们幸福。我想知道这一切，我不只一次想去小阎那儿，但只是想想。我去不合适了，会让他们不安，特别是小阎，何止是不安，还有尴尬，窘迫，担心，厌恶。我太了解小阎，善良而怯弱，固执而古怪，一有了心事，会坐卧不安前思后虑，哪怕这心事是多余的，他也放不下。他知道，我不会忘了小彤。他也知道，小彤和他走到一起，是出于感激。所以我去了，他恐慌。

我去了小彤的茶叶店，没进去，只在店外徘徊了几回。后来我还是进去了，我以买茶叶的名义。小彤知道我没别的嗜好，不抽烟，不喝酒，不嫖不赌，只爱茶。我来了，小彤很惊喜，立即给我泡茶。店里没客，小彤坐下陪我，问长问短，很是关切，嘱咐我多保重。我只喝茶，多话没说，说了也白说。小彤说，中午我请你吃饭吧。我摇摇头，丢下钱，拎了茶叶就走。小彤追上来，把钱塞给我，说你可以恨我，但别拿钱来侮辱我。然后温和地说，喝完了再来拿，生意还可以。我摸了一把小彤的脸，摸到了泪，急忙缩了手，匆匆走了。过了个把月，小彤来电话，让我再去拿茶叶。之后，每来新茶了，小彤都给我留着。小彤不要钱，我就带些朋友去买茶。这样，我就有了见小彤的理由，每月见上一两面。我们只喝茶，问些生意上的事，不涉及个人问题。小阎也常来茶叶店，但我从没碰上，碰不上好，碰上了就不好了。

那个晚上我在书房里，没写作，也没开灯，站在漆黑的窗前，看片片叶子黯然飘逝。深秋了，一地的落叶，沙沙飘忽着，像是无家可归的人，乱了脚步，在焦虑地寻找。我也在寻找，我也乱了脚步。我知道，小彤就站在那个山顶上，像一盏灯，明亮而瑰丽，可我怎么也找不到上山的路了。

许多的落叶在地上突然惊慌四窜，也惊跑了我的思绪。一辆黑色车子卷起一股劲风，撵跑了落叶，停在了离大门稍远的地方。我在墨夜中望着，看是何人惊扰了落叶。车灯灭了，车门久未开。我耐心地等着，等了二十分钟，车门开了，一男一女从两侧下来，高大的男人绕过车头，亲昵地将穿着银灰色风衣的女人揽在怀里，在女人额头上亲了亲。越过黑夜，那个清脆的响吻直抵我耳际，久久回旋。不大一会，声音强烈且急促。我一惊，原来有人敲门。开了门，竞莹回来了，身着银灰色风衣。我的脸色旋即银灰了。我没说什么，只是在本上记下了这个夜晚。后来，我又记了几次这样的夜晚，记了黑车的车牌号。

记到了第十次，我和竞莹交涉了。我翻了记录给她看，某月某日某时刻，某车某人某牌照。竞莹居然笑了，说不愧是写小说的，我的日记你都帮我写了。我也笑了笑，就不笑了。竞莹说我们本来就是维系着，没必要认真。我承认是维系着，我说是的，与其维系，不如散了吧。竞莹说，考虑考虑吧。我说，不用了。竞莹说，既然你了如指掌，那好，散吧。散吧。我也这么说。

我和竞莹就散了，我没啥惋惜的。我卷了衣物和书籍，在纽约城租了房子。现在我自由了，什么烦心事都没了，我能安静写作了。我迅速换了工作，换了手机号，过上了世外桃源的生活。没人知道我住哪，没人知道我号码。大半年内，我写了十来个中短篇小说，在省内外的文学杂志上陆续发表了。

转眼又入夏，我在灯下写作。我把夏天关在门外，任浮躁和狂热涌来涌去。房间很静，只闻打字声。我的指法越来越熟练了，键盘发出清脆悦耳的声音，得得得，很有节奏感，听了很享受。往往这是我写作最顺畅的时候，我不喜欢这个时候被人打扰，哪怕蚊子也不行。我提前赶走了蚊子，紧闭门窗，关了手机，关了电视，关了任何声响，让自己在文字深处畅翔。

偏偏这时，响起了敲门声，我很愤怒，我没予理睬。住在这儿，没人会敲我的门。但敲门声真真切切地落在我门上，先是敲，后是捶。我料定是哪个冒失鬼敲错门了。那敲门声迟迟没有消失，只是渐渐弱了，一下，一下，像什么东西在门上荡来荡去，荡得我莫名其妙，荡得我心烦意躁。我决定轰走这个冒失鬼，找回我的写作状态。

开了门，一个身影软软地倒了进来，倒在我腿上。我正诧异，那身影突然弹了起来，抱住我，哇哇哭了。为什么不开门？为什么？我敲得手都累了。你不开门，我就赖着不走。是小彤！我使劲掰开她的手。你怎么来了？我用疑惑的眼光打量小彤。小彤抹着泪，说我找你找得好苦，呜呜呜。我说你过得好好的，找我干嘛？小彤说我说过，我只要在你身旁，没有了你，我怎么过得好？我说小阎对你不好？小彤摇头，是你突然消失了，我就没法活了。又说，我和小阎分手了。

小彤发现我消失了，是在我和竞莹散了一个月后。那之后，我再没去茶叶店，引起小彤猜疑。小彤打我手机，打不通。去了我原单位，保安说离职了。小彤就让小阎找我。小阎找到竞莹，才知道我离婚了，下落不明。小彤听小阎说我离婚了，顿时失态了，说，他自由了，他终于自由了！眉眼之间，闪出光来。小彤要小阎找我，无论如何要找到我。小阎找了，努力地找了，没找到。小彤以为小阎不想找我，指责他不够朋友义气。小阎反唇相讥，说小彤是旧情未了。两人吵了若干次，最后小彤搬回自己房间，两人的关系结束了。

现在我和你一样，是自由人了。小彤伏在我肩上，说。我说那又怎样？一切都过去了。小彤很吃惊。我说小彤，你不是小鸟，我和小阎也不是寒枝，让你随意择栖。小彤说，我随意了吗？我和小阎结束了，回到你身边，有什么不可以？我说，你可以，我不可以，那样我对不住朋友。小彤说，朋友重要，还是爱人重要？我说，一样地重要，一样地不舍。小彤呜咽了，狠狠地骂我。

几天后，小彤带小阎来找我，要我搬他那儿住。咱们三个，一人一间。小阎很坦诚，没半点儿虚情。看来他和小彤真的结束了。小彤调皮地眨眨眼，说朋友很重要哦，你不会拒绝朋友的盛情吧？我说，我要写作……小阎说，你在你房间里写小说，她在她房间里玩电脑，我在我房间里看电视，各忙各的，相安无事。累了闷了，聚到客厅里，泡壶茶，聊聊天，多好？

我点头，算是应允。我问小彤，你咋找到我的？小彤说，世上无难事,只怕有心人,其实找你很容易。我和小阎都很莫名。小彤说,你不是在杂志上发表小说了吗?我就给杂志社打电话,说我是热心读者,想联系作者,这不就弄来了?!

紫砂壶

"我走了后,啥也不带,这把壶,给我带走啊。"爷爷的声音很孱弱,眼睛一直瞄着他床内的条台。条台有些年头了,陈旧的木板裂了许多细缝,如爷爷脸上的皱纹。条台上有一把紫砂壶,黑乎乎的,蒙了一层薄灰。紫砂壶像长在条台上,几十年了,一直伏在那儿,从未动过。

我"嗯"了一声,算是答应了。爷爷已是弥留之际,眼眶凹了进去,脸瘦得变了形。最近这几天,爷爷每天只能喝一小口糯米糕茶了。

"你不能让你爷爷带着遗憾去那边啊。"后河边的九爷常来看爷爷,沙哑着嗓子,反复叮嘱我。"这把壶他看了大半辈子,比看你这孙子还宝贝呢。"

一把壶,有什么好看的呢?我从没仔细看过壶。爷爷不让我靠近条台,我只能站在他的床外看,就像在动物园里远远地看老虎。可能是因为年头太久的缘故,壶身黑红黑红的,像爷爷那张脸。壶盖上雕了一只小鸟,呆头呆脑的。壶身上雕琢着暗色的竹叶,像遭了霜打,没一点儿生气。整个壶死气沉沉,像个缩头夹颈的大乌龟。

三天后,爷爷猛吐了几口鲜血,走了。临走时,爷爷没看我,失神的眼睛久久盯着九爷。九爷明白了,在他耳边大声说:"你放心去吧，那把壶，我会让小把戏给你带走的。"爷爷一直叫我小把戏，九爷也跟着这么叫。爷爷缓缓地合了眼。

父亲和奶奶从羊寨回吴杨奔丧。十年前，我们就举家搬到了羊寨。羊寨是小镇，条件比吴杨好。可爷爷死活不搬，说贱土难离，他不去羊寨。说他不能丢下祖宗们不管。奶奶骂他老东西，父亲骂他老顽固。九爷出面做了和事佬："让他留下吧，我这老东西也好有个伴儿。"九爷老伴死得早，儿子一家在县城，儿子几次要他去县城住，他不肯，和爷爷一样，老顽固，死也要死在吴杨。我那时才七岁，刚上一年级，父亲让我留下来陪爷爷，奶奶则跟着去了镇上。奶奶和爷爷合不来，在我的记忆里，他们经常吵嘴。

爷爷的坟址是九爷选的。九爷在村里很有威信，村里的红白喜事，他说了，便定了。九爷的儿子在县水利局当股长，村里的桥和路都是九爷儿子派人修的。所以大家尊重九爷。父亲和奶奶也尊重九爷，爷爷的后事全交九爷操办了。爷爷活着时，和九爷最玩得来。九爷对我们爷俩照顾也多，他儿子每次从县城捎回好烟好酒，他都要喊爷爷过去喝两盅。我也沾了不少的光，还喝过洋河大曲呢。

九爷给爷爷选的坟址在坟场的北面，靠河边。九爷抖着花白胡子说："靠河边好，风水好。风水风水，有风有水。"奶奶提前去坟场看了。在爷爷的东边还有一个坟，又低又矮，像个小土包。奶奶有点不乐意，说："那是个孤坟野鬼，占了上风，怕是不好。"父亲也说："东面是孤坟，北面是河，我爹会不会太孤单了？"九爷说："没事，过两年我就过去陪他了。"奶奶说："不知为啥，我看着就是不舒服。九爷，能换个地方么？"九爷摆着手说："不能换！我选的地方，风水特别好，旺子旺孙。"父亲就劝奶奶："听九爷的吧，姆妈。"奶奶不说话了。

给爷爷入殓时，九爷几次提醒我："快把紫砂壶放进去。"我点点头，小心地将壶放了进去。我这是第一次碰壶。壶不漂亮，像个笨重的棉帽子，脏兮兮的，满是污浊油垢，没一点光洁度。

半月后，九爷来找我。九爷苍老了许多。九爷心神不宁地说："小把戏，昨晚我梦见你爷爷了。""咋啦？""你爷爷说那把壶没给他带走。我骂他老糊涂，我说我看着小把戏将壶放进去的，还能长翅膀飞了？"我说是啊，"我放进去的时候，您老不是瞧见了吗？"九爷点点头，花白胡子颤动着，像蒜根的须。

九爷走后，我按了按胸口。胸口跳得厉害。关上门，我从床肚下拿出一只鞋盒来。打开鞋盒，里面是爷爷的旧褂子。给爷爷烧衣服时，我特意留了一件。打开旧褂子，紫砂壶现了身。我在心里祷告："对不起了爷爷，壶没给您带走。您别再找九爷了。您在那边也用不上，不如留给孙子卖几个钱吧。您这一生，除了这三间土坯屋，啥也没留给孙子。"

那天九爷是看着我将紫砂壶放进棺材的，却没看见我将壶又拿了出来。那天人很多，像逢节似的。九爷像个指挥官，指挥着里里外外的人，你干这个，他干那个。父亲被他指挥得像个陀螺，团团转。趁那乱哄哄的当儿，我以擦干净为名，将紫砂壶拿了出来。

我早有预谋。我一直怀疑这壶是祖上传下来的，准是个古董。要不爷爷何以那般珍惜呢？而且爷爷喝茶时，从不用紫砂壶泡茶，一次也没用过。爷爷喝茶用的是洋瓷缸，外面的白漆都脱落了，锈迹斑斑的。这更加证实了我的猜想。

这把壶到底有多久的历史了？我问过父亲，问过奶奶，他们都说不知道。奶奶说："它比我来得早，我进你们潘家的门，就有这把破壶了。"父亲五十多了，奶奶进潘家也有五十多年了。"这把壶跟他命似的，老鬼从不让我碰。"奶奶说得不假，打我记事起，这把壶就在条台上了，谁也不让碰。爷爷自己也舍不得碰，只是盯着它出神。

我用洗洁精给紫砂壶里里外外洗个遍。费了好大劲，反复擦洗，洗下一盆黑水来，才把油垢灰斑洗了。褐红色的壶身像搓红了的皮肤，比原先光亮点，但也不够亮。

我去找社教。社教和我从小玩到大，一起割草，一起拾粪，初中毕业后两人又一起下了学。社教正在喂猪，我喊他。他连猪都不喂了，马上跟我来。我把门关好，拴上，钻进房里，从床肚下把紫砂壶拿出来。社教眼睛亮了，说："好壶！你爷爷咋又送回来了？"我笑："大概疼孙子吧。我陪了他十年，他总得给我留点纪念吧。"我们俩都笑。社教说："这壶像生铁似的，一点不鲜亮。我外公也有一把紫砂壶，漂亮，黑得发亮。我外公爱不释手，一天到晚抱在手里，摸来摸去的。""又不是女人，有什么好摸的？"我说："你外公那壶用旧了，磨亮了。我爷爷到死都舍不得用，当然不亮。你看剃头匠方二爹的那块磨刀布，天天往上面荡剃头刀，更亮呢。想亮容易，拿砂纸一打，比皮鞋都亮。"社教说："你爷爷舍不得用，说明这壶是个古董。"我说："我也这么猜想的。我想把它卖了，你给估个价？"社教笑了，说："我懂个蛋！"我说："咱把它往古董上想，能值几个钱？"社教说："古董是要看年代的，越早越值钱。唐宋那会要贵点，能卖好几万。到了明清，也就上万吧。你爷爷这把壶，是哪个年代的？"我眼睛往上翻，推算了一下。唐宋不大可能，明清有点可能，最有可能是民国。墓碑上刻着，爷爷生于一九〇九年，卒于一九八九年。就算爷爷二十岁那年有了这把壶，到现在也有六十年了。社教说："要不去问问九爷，他肯定知道。"我眼睁得比牛卵大："找九爷？往枪口上撞啊？爷爷派九爷正在调查此事呢，千万不能让九爷知道！"社教想了想，摸着脑袋说："卖一千块估计没问题。"我说："一千就一千，少一个子儿也不卖。"

九爷又来问我："那把壶当时你是放他手边的，还是放他脚跟的？他再托梦来，我好告诉他。老东西总托梦给我，硬说没收到那把壶。真是见鬼了。"我胡诌着："脚跟嘛，您当时不是瞧见了吗？

当时应该弄个信封，贴张邮票，写上地址和爷爷的名字，他就能收到了。"九爷怔了一下，说："不用吧？这又不是托运，是他随身带走的。"我忍住笑，说："那怎么收不到呢？"九爷也一脸的蹊跷，讷讷地说："是啊，是不是过鬼门关时，让小鬼搜身掳了去？"

我和社教协商："要尽快出手，免得夜长梦多。九爷一直怀疑我呢。"社教说："镇上不是有家紫砂精品店嘛，卖给他不就得了？"我说放屁，"他家的紫砂壶，块把钱一只。我这是古董，不是普通茶壶，没有一千块我不会出手的。"社教点点头，又说："听说卖古董是犯法的，行吗？"我说放屁，"这壶是我爷爷的，又不是国家的！"不过我也有点心虚了，电视上看过，文物古董贩子抓获了要判刑的。社教说："要不去博物馆问问，不就放心了？"我说放屁，"那还不给博物馆没收了？"社教说："咱不偷不抢，凭啥没收？就是没收，国家也会给点补贴，也比给你爷爷带走强。"

第二天清晨，太阳还没出来，我和社教骑上单车，出发了。走到学校前面的第四生产桥，看到九爷单枪匹马地站在桥上。我有点紧张，紧紧抓住单车后座上的蛇皮袋。我说："九爷，起这么早？"九爷唉了一声，说："四点我就醒了，睡不着。刚才去看你爷爷了，和他唠了几句。"九爷向坟场望了望，坟场就在学校西面。"我和他玩了一辈子，突然分开了，挺想的。你爷爷大概也很想我，夜夜托梦给我。"

我满面堆着笑容，从九爷身边绕过去。九爷忽然问我："咦小把戏，你那蛇皮袋里装的啥玩意儿？"我吸了口冷气，正不知如何回答呢，社教在蛇皮袋上拍了拍，说："他前天买了双皮鞋，刚穿一天，就开胶了，到街上去换鞋。"我赶紧说："九爷，您买鞋可要注意啊，温州鞋子，质量忒差，千万不能买。"九爷踢踢脚，愤怒地说："我才不上他们的当呢，我就穿方口布鞋。"

趁九爷愤怒的工夫，我和社教跨上车走了。路过坟场时，我朝爷爷的坟望了望。爷爷的新坟很高，鲜土都干了，有几棵茅草冒了出来，在坟头上招展着。东面那个小土包，几乎快成平地了。我有些奇怪，这家的后人咋不上坟培土呢？每年清明和大年三十，吴杨人都要给先人扫墓培土。如果坟平了，就说明这家绝后了。我问社教："这是谁家的祖坟？"社教说："不知道，从没见人来培土。"正说着，咚的一声，把我吓了一跳。一回头，蛇皮袋从后座上掉了下来。社教哈哈大笑，说："你爷爷要抢壶了。"我脸变了色，赶紧捡起蛇皮袋，脚下使劲一蹬，离开了坟地。

八点还没到，我们就到县博物馆了。还没上班呢，大门锁着。我和社教就站在门口，欣赏博物馆的建筑。博物馆是古建筑，红墙青瓦，飞檐黑脊，像一座大寺庙。门口立着两座石狮，张着盆大的嘴。

有人来上班了。那人大眼睛，双眼皮，五官很生硬，留着山羊胡子，一副不修边幅的样子。乍看不像干部，像个土匪。社教说："考古的人成天和破铜烂铁打交道，都这副模样，我在电视上见过。"

我从口袋里掏出烟。烟是在县城刚买的，还没开包。我不会抽烟，动作很笨拙，拆了半天，才把烟盒撕开个口子，抽出一支递过去。那人接了，夹在手指间。"是这样的，"社教清了清嗓子，"我们有一个祖传的壶，想请你们专家看看，能不能卖给国家？"我跑过去拎来蛇皮袋。那人机警地四周看了看，说："跟我来。"

我们拎着蛇皮袋，跟在那人后面。这回看大门的没拦我们。博物馆的走廊跟大肠似的，曲里拐弯，忽东忽西。我们跟着那人走到走廊的尽头。那人开了门，一股潮湿霉变的气味扑面而来。房间很乱，顶篷上还结了蜘蛛网。桌子上地上都是皱巴巴的报纸，稻草，麻绳。靠墙有两排壁橱，隔出各种小窗口，每个小窗口都放着瓷器石头之类的东西。

"拿出来瞧瞧。"那人掩上门，说。

我打开蛇皮袋，取出鞋盒，再一层层打开爷爷的旧褂子，最后小心翼翼地取出了紫砂壶。

那人娴熟地用四指按着壶盖,抓起壶身,翻来覆去地看了个遍,又揭开壶盖,看壶的内侧,看了一会后对我说:"你家祖传的?传儿代了?"我说到我这儿是第三代。"回去再传三代,传给你的重孙吧。"我不明白他的意思。他嘴角一弯:"你被你祖宗当猴耍了,一破茶壶,居然说是古董!"我和社教愣住了。我有点不服气,说:"这壶我爷爷用了一辈子,至少也有六十年的历史了,不是古董是什么?"那人鼻子"嗤"了一下,说:"有历史就是古董啊?在你家门口随便抓把土来,都有几十几百年的历史。我们博物馆清朝时是县衙门,那两头石狮有近百年了,能算古董吗?"我傻了眼。我说:"那您说,这壶能值几个钱?""一钱不值!地摊上的大路货!"那人不屑地说,"我玩古董几十年了,这点鉴赏力还没有?你看你这破壶,用的是低档的沙锅泥,颜色十分呆板,而且壶内外的颜色都不相同,你自己看看。壶上也没个印章,根本不是出自名家之手。"

社教向我丢了个眼色。我小心翼翼地将壶包好,装进蛇皮袋,两人出了博物馆。社教说:"别听他的,他要手段,看我们乡下来的,想让我们白送给他,想得美!"我抬头看看天,太阳才升了一竿高。我说:"咋办?难道再背回去?"社教也抬头看天。我们站在博物馆大门前,面面相觑。站了一会,两人头上都晒出了汗。我说:"实在不想带回去了,找个地方出手算了。"社教立即跑去传达室,和看门老头聊了两句,返回来说:"走,去羊桥巷!"

羊桥巷是县城东面一条僻静的小巷。去了才知道,这里是旧货市场,有卖旧钱币的,有卖瓷器的,也有卖花草鱼鸟的。我们在一个卖古玩的地摊前停下。摊主是个老头,戴副老花镜。我把紫砂壶递给他,他看了后,摆摆手。我说:"你开个价。"老头仍摇头,说:"我收古玩,不收紫砂壶。"社教赔着笑,说:"您老是行家,难道看不出这壶有点来历么?不瞒您说,这壶六七十年了,您仔细看看，是不是古董？"老头扫了社教一眼："知道我是行家，还想诳我？紫砂壶要是用了六七十年，早就磨得滑溜溜的了，你这壶呢，颜色那么呆板，一点光洁度都没有，还六七十年呢，我看也就六七年吧。"社教不耐烦地说："六七年就六七年，您说多少钱能收吧？"老头说："我要它干嘛？当茶壶嫌贱，当尿壶嫌小。走吧走吧，别影响我做生意。"

我和社教垂头丧气地回了家。社教说："别做古董梦了，你潘家除出了潘安潘金莲，啥时出过古董？"我说："要不是古董，爷爷为什么生不离身，死要带走呢？"我把蛇皮袋塞进床肚里，又被社教拽了出来，"你就别藏东藏西了，除了你爷爷，谁要这破玩意儿？扔马路上都没人捡。"我才不扔呢。我扔了对不起爷爷。我把盖子拿了，注满水，去屋后弄了几颗绣球花的花包放里面。几天后，花开了。红红的花，很是鲜艳。只是插在黑不溜秋的紫砂壶里，像鲜花插在了牛粪上。

那天早上，我去地里挖垄，远远看见九爷又站在第四生产桥上。九爷病恹恹的。我走过去问九爷咋啦？九爷没精打采地说："我又梦见你爷爷。"我说："又找你要壶了？"九爷叹息："是啊，那把壶肯定让小鬼掳去了，我上哪儿去找啊？"九爷摇着头，走了。

我担心九爷闹起病来。既然这壶卖不了钱，还不如送给九爷呢。社教不同意："为了这把壶，咱俩累了一天，愁了多少天，现在哪能白送九爷呢。"我说："那能咋样？连摆地摊的都不要，还有什么指望？"社教忽然一拍大腿，说："有办法了。"

我去找九爷，客气地把他请到家里。然后又从床肚里拿出壶，壶身上都是湿漉漉的土。九爷的眼睛顿时亮了，把壶抓在手里，看了半天，问："小把戏，在哪儿找来的？"我和社教早商量好了，开始编谎："爷爷托梦给我，说那壶被小鬼掳了去，埋在南羊的坟地里。我和社教昨天骑车去了，在南羊的蔡家坟地里果真挖了出来。

刚准备拿走，蔡家来人了，不让走，硬要我们给他三百块。我和社教哪来的钱呀？只好把两辆单车押在那儿，说好明天拿钱去赎单车的。"社教说："是啊，那人好不讲理，硬说我们挖了他家的祖坟，差点没揍我们一顿。"我说："我去镇上找我爹要钱，我爹不给，说一把破壶，要它干嘛？"九爷说："别指望你爹了，他才不会问你爷爷的事呢，否则他就不会把家安到镇上了。"社教着急地说："九爷，我们的车子还在人家手里呢。唉！实在不行，我们就把壶送回去，把车子赎回来。"九爷捋了一把胡须，说："三百吧？九爷给。过年时儿子给我的，还没舍得花呢，正好用上。"

九爷回去拿钱了，我有点于心不忍。九爷那钱可是省下来的呀。社教笑笑："他儿子在县里当干部，一月工资好几百，还有人送礼，哪在乎这点钱？"

九爷给了我们三百，然后像抱着心肝宝贝似的走了。我和社教尾在九爷的后面。九爷过了第四生产桥，过了学校，往西去了坟场，到我爷爷的坟前。找来一块瓦片，挖了一个洞，把壶放进去试试。浅了。又挖了一会儿，再将壶埋了进去，掩上土，用脚轻轻踩了实。嘴里咕哝着什么，花白胡子在风中抖动。

九爷往回走了。走了几步，停下，回头望。迟疑了几分钟，又返回，将紫砂壶刨了出来，猛地摔在地上。紫砂壶摔成了八瓣。九爷拾起碎片，放进洞里，再次填好土，踩了实，然后走到第四生产桥，气喘吁吁地坐那儿休息。

天色暗了。我和社教走过去，围坐在九爷身边。我说："九爷，您咋把壶摔碎了？"九爷拍拍手上的土，说："我怕让人刨走了，怕再让小鬼掳了去。摔碎了，就人不沾鬼不靠了。""可摔碎了，爷爷怎么用啊？""用个蛋！"九爷看着我："小把戏，你啥时看你爷爷用过壶？他宁愿用手捧口水喝，都不舍得用壶。他摆那儿，就是为了过眼瘾！"

"过眼瘾？一把破壶，有什么好看的？"我和社教奇怪了。我们一再追问，九爷才说了独家新闻来。"反正你爷爷作古了，说了也无妨。"

九爷讲，我爷爷年轻时，长得一表人才，且生性浪漫。年轻时，我爷爷看上了一个姑娘，叫碧玉。碧玉的家就是羊寨的。碧玉常来吴杨走亲戚，她姑姑家在吴杨。碧玉与我爷爷认识了。碧玉是个美人，唇红齿白，皮嫩肤腻。吴杨姑娘都土气，没碧玉那么洋气的。我爷爷和碧玉相爱了。他们是怎么爱上的，九爷说他也不清楚。碧玉送了我爷爷一个紫砂壶。紫砂壶里装了什么，我爷爷不让任何人看。过了好久，里面的东西烂了，九爷才知道，是一壶花椒。这是我们这儿旧时的风俗，现在不兴这个了。男女私底下送花椒，就表示两人谈对象了，花椒是定情物。

这天夜里，我爷爷领着碧玉，偷偷钻进了我爷爷的房间。黑灯瞎火的，没有掌灯。两人坐在床沿上亲热了一会儿，解衣上了床。正在难解难分之际，忽听得床下有动静。两人慌忙套上衣服，我爷爷点了灯，从床底下揪出小偷，一顿好揍。

"那时的妇道人家，思想封建啊。"九爷声音哽咽了，"碧玉夺门而去，你爷爷和小偷一起追了出去。可惜没追上，碧玉投河自尽了。你爷爷和小偷顺着后河找，找了四五里，才找到碧玉的尸体。两人又悄悄找了碧玉的姑姑，悄悄把碧玉埋了。这事做得很隐秘，没别人知道。碧玉娘家嫌碧玉做出这种丑事，也没闹上门来。"

我说："我爷爷坟东面的那个小土包，莫非就是碧玉的坟？"九爷点头。社教说："难怪您要把他爷爷的坟址选在那儿呢。"九爷又是点头。"难怪爷爷死也不肯搬到镇上住呢。"我说。九爷还是点头。社教说："那，那个小偷呢？"

"小偷后悔了一辈子，肠子都悔烂了。小偷也是没办法啊。那年，废黄河被蒋介石炸了，河水泛滥，羊寨闹了饥荒，几乎颗粒不收，家家都揭不开锅了。小偷看你爷爷屋里挂几个玉米棒子，想偷。

谁知刚进屋,还没来得及下手,你爷爷和碧玉就进屋了。小偷只好钻到了床肚底下。"一行浊泪在九爷的脸上游走,游到了九爷的花白胡子上。"……碧玉走了,你爷爷哭了不少日子,哭得不行了,就抓过小偷来揍一顿。小偷有愧呀,从不还手。慢慢地,两人就打成了好朋友。那小偷就成了你爷爷到死都相信和托付的一个人……"

捍 卫

老横这个人，认死理儿。他认定的事儿，谁劝也不听。多少年了都这样，村里人送他个绰号：老横。是说他这个人横着呢，死脑筋。村里人都说老横脾气怪。老横笑笑，老横就老横吧，这脾气横了几十年了，还是年轻时当兵那会儿养成的，现在半截身都下土了，改不了。

就是半个月前，老横决定去瓢洲看看。到了瓢洲，老横又突然决定留下来。不用和谁商量，就这么定了。

留在瓢洲干什么？老横想到了一个词："捍卫"。这两个字像两根火柴，从老横脑际里轻轻一划，马上就燃烧了。这两个字在老横的日子里，抹去多年了，不想现在又回来了。

三十五年前，老横在瓢洲，捍卫国家领土。三十五年后，老横要在瓢洲捍卫什么呢？

其实，老横来瓢洲的初衷，并不是为了捍卫。就像电视上说的，那些知青们返城后，总也忍不住要再去下放过的地方，作故地重游。老横也是。老横不是下放在瓢洲，老横是在瓢洲当兵。老横当兵那会儿，才二十郎当岁，正是风华正茂的时候。但这仍不是老横来瓢洲的主要理由。故地重游，那都是城里人给钱烧的。老横是个地地道道的老农，养家糊口尚且不易，哪有那份心思？老横来瓢洲，是因为老横心有疑窦。老横听了太多关于瓢洲的传闻，都传得有模有样的。老横不相信瓢洲有那么神奇。一片荒地里，能长出一座城市来？莫非是吃了发酵粉？老横的脑子也像进了发酵粉，疑窦一天天在膨胀。如果只是那帮后生们说说也就罢了，电视报纸上也这么说，像一场絮絮叨叨的春雨，弄得老横心里痒痒的。眼见为实。老横想，得去瓢洲看看。

三十五年前，老横在瓢洲整整当了四年兵。那时瓢洲不叫瓢洲，开放后才改的名。那时的瓢洲，和老横的西北老家差不多。不过瓢洲的天气可不如西北，总是那么热，晒得人不敢出门，只能躲在家里喝茶。地里的茅草芦柴如获大赦，疯狂地占据了田野山川。山上长满了枯藤老树，水田里的蒿草和秧苗平分秋色。

老横站岗的地方，荒无人烟。除了营房，就是大片的荒地。那时的天总是很蓝，蓝得像一幕巨大的背景墙，浮着懒洋洋的几朵白云。蓝天下傲立着高高的岗哨，傍着一条宽阔的河。河堆上长满了芦苇和水草，青蛇在平净的水面上自由滑行，不知名的红嘴鸟儿怡然自得地在水中游戈。老横用脚勾起一小块坷垃，踢入河里，咚的一声，几只野鸭仓惶而逃，红嘴鸟儿扑棱着翅膀，冲天而起。

河的对面，是一座不夜城，太阳和霓虹昼夜不息。老横能望见对岸高楼林立，灯光似海。尽管看着眼热，却从不为灯红酒绿所动。老横是军人，铁一般的中国军人。

并非所有人都像老横这样地坚定。一些守不住贫穷的人，不惜抛妻别女，偷渡去河对岸捞世界，与老横他们捉迷藏。提起这些家伙，老横现在仍恨得咬牙切齿。子不嫌母丑，狗不嫌家贫，这些个家伙，咋就这么没骨气呢？软骨头！对付偷渡者，老横从不手软，眼睛亮得跟猫头鹰似的，像两束探照灯，扫射在静静的河面上，潜入芦苇深处。偷渡者在老横的火眼金睛中一个个浮出了水面。

还有一件事，老横仍记忆犹新。是在老横退伍的那一年，一个艳阳高照的上午。老横正在站岗，一艘挂着星条旗的船，进了老横的视线。美国佬！老横顿时警觉起来。美国船慢慢靠了岸。老横屏住呼吸，紧握着枪。船上下来两个又高又大蓝眼睛黄头发的美国佬。老横的手心沁出了汗，头发根根直立。不许动！举起手来！老横哗地拉响了枪栓，瞄准了一个美国佬的脑壳。一个美国佬急忙举起手，停下步，打着手语，指着另一个，叽哩哇啦的，老横一句听不懂。另一个捂着肚子，痛苦不堪地哼着，脸烧红红的。老横知道，敌人都是狡猾的，但这两个美国佬看上去不像是在耍什么阴谋。老横也知道，一切反动派都是纸老虎。老横胆大了点，端着枪就走过去，摸了一下美国佬的额头，摸了一手的汗。果然是发高烧了。老横不知道该咋办，接受还是拒绝，这是立场问题。老横做不了主，马上请示首长。首长当即派了几个当兵的，扛着枪开着车过来了，两个美国佬在中国军人的严密监视下，去了部队医院。后来老横听说，有个美国佬阑尾炎发作了，如果不做手术，阑尾一旦穿孔，就没命了。美国佬船上的条件简陋，做不了手术，只好求助中国医生。两个美国佬临离开时，拿老横当救命恩人，一个劲地握老横的手，吓得老横直往后缩。美国佬掏出一叠洋钱给老横，上面印的是洋文。老横看不懂。可能是美元，或者是英镑，反正不是人民币。老横坚辞不收。那个美国佬又从手腕上抹下金表，亮花花的诱人。老横也挡了回去。老横是中国军人，代表中国人的尊严，岂能让美国佬小觑了？！

老横讲偷渡者的故事，老横讲美国佬的故事，老横讲的所有关于瓢洲的故事，听上去都是灰蒙蒙的，像是在翻一本落满尘埃的旧皇历。在瓢洲打过工的二发说，叔，你别给我编故事了，太玄乎了吧？给美元不要，金表也不要，你要什么？你要是要了，你早就不是农民了！二发还说，偷渡咋啦？我打工那间厂的老板，当年就是个偷渡者，现在人家成大老板了。大叔你说你当初都干了些啥啊，要是让他们都偷渡出去了，现在不都成老板了？说不定人家还回来感谢你呢。

放你娘的屁！扯啥淡呢？老横又横上了。老子不为金钱所动，老子收拾那些偷渡者，咋还错了？老横很想抽二发一记耳光，咬紧了牙，拼命地忍住了。

然而瓢洲，确实不是老横记忆中的那样了。电视上，报纸上，关于瓢洲的描述，变化之大，发展之快，令老横咋舌。瓢洲就像一个旧瓶，以前一直是二锅头，现在忽然倒出了琼浆玉液，老横品不出味了，心里空荡荡的。

从瓢洲打工回来的人，个个都腰缠万贯了。腰缠万贯的人，都不甘于留在黄土地上，一个个去镇上县城买了商品房。他们给老横留下个谜，怎么也解不开。老横憋不住了，屁股上像着了火，他要去瓢洲看个究竟，心里才踏实。算算自己再过三年就满六十了，想跑也跑不动了。趁着现在腿脚灵便，老横说去就去，跟着火车划拉一下，跑了几千里，到了瓢洲。

瓢洲扑面而来，像一个时髦女郎，猝不及防地立在老横面前。老横傻了眼，认了半天，才勉强认出这个时髦女郎，便是当年土头灰脸的瓢洲。好家伙！这么高，这么漂亮，吃化肥长的！老横当年离开时，这丫头还不会走路呢。现在瓢洲完全变了，老横认得高楼上的字，写着瓢洲呢，还有一些老地名，也是老横熟悉的。但大多数老横是陌生的。老横当年站岗的地方，如今改成了口岸，一座雄伟的双层大桥，横跨在宽阔的河面上。河的变化更大，像是护城河。芦苇水草不见了，河清水碧，连老鳖都无处藏身。河堤全是用大石头垒成的，牢不可破。还有那片红树林，以前长满了红树，老横他们每天都去那里跑步，做操，军训。现在还叫红树林，可完全不一样了，像城市公园。以前老横熟悉的那些地方，现在陌生得像做了一场梦。

老横对瓢洲完全没了感觉。老横看到的仿佛不是瓢洲，而是一座与老横毫不相干的城市。这个用玻璃和水泥包装起来的现代都市，处处晶莹剔透，处处峰回路转。老横如同闯进了一个魔幻世界里，找不到部队，找不到首长，找不到河流与岗哨，找不到记忆中的一切。老横看瓢洲，怎么都不像是这儿土生土长的，似乎是从河对岸搬过来的。冷不丁老横又会以为自己偷渡到了河对岸。这就难怪二发和他说起瓢洲来，总说不到一块了。要不是三十多年来，老横一直在念叨瓢洲，老横几乎要怀疑自己，是否真的在瓢洲生活过。

一丝落寞涌泛上来。说不清是对瓢洲无奈，还是对自己无奈。昨天的瓢洲如同个地球仪，任老横转悠，现在的瓢洲成了实实在在的地球，老横转不动了。一根维系了老横和瓢洲三十五年的红线，咔嚓断了。

几天之后，老横和瓢洲的陌生感消除了。女大十八变，老横越看越喜欢了。每天都四处走走，把瓢洲从里到外打量一番。瓢洲天天见长，不是今儿个冒了座大厦，就是明儿个长出片绿地，看得老横眼花缭乱。巨大的幕玻贴在高楼上，太阳一照亮忽忽的，像进了水晶宫。马路黑得发亮，老横总不敢插脚。

一周后，老横想离开了。瓢洲不是老横这个乡巴佬能呆的地方。瓢洲物价贵得吓人，盒饭要八块，说是两荤一素，就那么几片肉几滴油花。老横住的是十元店，挤着一大帮流浪汉，还挤着流浪的蚊子、饿疯的老鼠，和眩晕的蟑螂。

离开之前，老横想再最后看一眼口岸。那是老横当年站岗的地方，梦里不知回来多少次了。却不料就是这最后一眼，竟改变了老横的主意。老横不走了，老横要留下来。

老横是晚上去口岸的。过去那儿只有营房和岗哨，几盏路灯像鬼火似的，其余是一片漆黑。现在不同了，太阳一落下，灯火就接了上来，长长的像火龙，高高地擎在夜空中。从双层大桥下来，过了关口，就是口岸广场了。广场不算小，有中学广场那么大，或者更大点，老横估摸不出来。好多的人，挤在广场上，像赶集似的，广场便显得小了。还有数不清的车辆窜来窜去，杂乱无章地停放着。路灯在每个人的脸上涮了一把褐黄色的漆，一个个看上去像大病初愈。

口岸广场像是个冲积扇，从双城大桥过来的客人，从这儿，向全国各地扩散。广场上人满为患，接人的，做生意的，纳凉的，看闲的，形形色色。老横也混在这形形色色中，真担心把自己弄丢了。突然，一只黑乎乎的手，伸到了老横面前。顺着这只手，老横看到了一张十七八岁的黑脸，以及健全的四肢。老横正想说点什么，黑脸忽然撇下老横，向一辆豪华大巴奔了过去。这辆豪华大巴刚从双层大桥上过来，停在了广场上，一拨一拨的人从车上下来。人群骚动起来，许多人涌了过去。老横像卷进了漩涡里，被人流挟持着吸了过去。老横看清了从车上下来的乘客，有黄皮肤，还有白皮肤黑皮肤棕色皮肤。那些人下了车，便被人流包围了，拉车的，住店的，叫卖的，吃饭的，把乘客当成了钱袋子，围了个水泄不通。

过了十几分钟，人群才渐渐散去。老横兀自晃悠着，忽听得身后一声惊叫。一回头，老横看到了一位蓝眼珠的金发女郎。金发女郎显然是受了惊吓，才发出尖叫的。她的面前，戳着四张肮脏不堪的黑脸，一起将老鸹般的黑爪，伸到金发女郎的面前。金发女郎很窘迫，手足无措地往后退去。四只黑爪便一直往前伸。

四只黑爪忽然遇到了阻力。老横的胸膛横插了进来。老横看不下去了，血在咆哮，突突上涌，身体绷得紧紧的。

四只黑爪没有缩回去，他们看见的是一张沧桑密布的，有着黑铁般光泽的脸膛。四只黑爪明白了：原来是个爱管闲事的乡巴佬！

黑爪 A 说，乡巴佬，闪开，别挡着我们给国家挣外汇！

黑爪 B 说，你插这儿算哪根葱？我们要美元，不要人民币，你给得了么？

四只黑爪一起过来推老横。老横捺住性子，往后退了一步。老横不怕他们，老横是不想坏了心情。这几天看瓢洲变化这么大，老横心情不错，明天就要回去了，老横要保持这份好心情。

老横想给黑爪们说些简单道理，说自己当年是如何拒绝美元的，说丢什么别丢尊严，说中国人不能向外国人乞讨，丢的是国家的尊严……还是拣紧要的说吧，这帮家伙是没有耐心的。老横站定下来，说，伙什，知道这是哪儿吗？是口岸，是国门啊！在这儿向外国人要饭，俺丢不起这脸啊。人要脸，树要皮，电灯泡子要玻璃嘛！

老横说得激动，话儿像子弹一样，源源不断地向外扫射。四个黑爪没有中弹，反而像皮球一样弹跳起来。

黑爪 A 说，你脑子进水了吧？还是大脑缺氧？国家尊严是国家的事，关你鸟事？

黑爪 B 说，要是眼红我们赚外汇，就加盟进来，看你这熊样，还不如我们口袋鼓呢。

黑爪 C 说，老东西快闪吧你，别耽搁我们要外汇了，把老子几个惹急了，灌你一顿棍汤。

老横那横劲又上来了，朝手心啐了口唾沫，两手一搓，说，俺活了快六十岁了，够本了，还怕你们几个牛犊子？今天这事，老子管定了！

箭在弦上了。黑爪 D 忽然拦住了黑爪 ABC，说算了算了，走吧，一原始人，脑子还没进化呢，惹他干嘛？走！又朝老横一摆手，明儿见！四个黑爪骂骂咧咧地走了。

回到十元店，躺在铁硬的床板上，那些丑陋不堪的景象，一直在老横的眼前晃荡。那黑黑的手脏脏的脸，那低三下四的哀求，那高高的鼻子蓝蓝的眼，那带着鄙夷和耻笑的表情，在老横的心里交织。老横的眼皮怎么也合不上，被心思撑住了。心思像一只苍蝇，在老横的脑子里嗡嗡地叫。苍蝇一直嗡到天亮，老横也有了主意。

老横要留下来，管管这些个乞丐。老横认为，他们在哪儿乞讨都可以，就是不能在口岸这儿。口岸那是俺的国门哪。

决定留下来，老横必须面对一些事情。住哪里？吃啥？做啥？……对于一个老农来说，吃住没太多的讲究，这些不是什么大问题，但也绝对是个问题。老横捋了半天，渐渐有了办法。

认识老黄容易。老黄是废品收购站的老板。老横走在街上，随便问个拾荒的，然后沿着滨河路，就找到老黄了。见到老黄时，老黄正叼一根牙签，一边喝功夫茶，一边咬牙签，像狗啃骨头似的。老横一看就知老黄是土著了。老横在瓢洲当兵时，军民一家亲，胜似鱼水情，老横和当地老百姓没少打交道。老横给老黄递了支烟。老横不抽烟，特地买了包黄山烟，五块钱。老黄接了，随手丢在茶几上，然后继续抽自己的小熊猫。

老横说想在瓢洲拾荒，问老黄有什么好的经验，想少走些弯路。老黄笑了，说拾荒有什么窍门？不嫌脏不怕苦就行啦。老黄又说，看你不像干这行的，你这身板，笔直的，做不了这个啦。老横卑恭地笑着，说我是乡下人，没什么做不了的。

老横顿了顿，又说我初来瓢洲，还没有住的地方，老板这儿有没有草棚什么的，能凑合就成。老黄朝老横瞄了两眼，说以前有个拾垃圾的，住红树林那边，搭了个破棚子，现在刚好回老家了，你去凑合吧。

红树林？老横乐了。前几天老横还摸到红树林了呢。红树林那儿至今还保留了一大片农田，绿油油的，老横看着舒服。过去老横对那儿特熟，闭上眼睛都能找到。现在不行了，摩天高楼就像水稻麦子，总是挡老横的路，老横就迷失了。后来老横干脆不看楼，不看路，跟着感觉走。感觉像个指南针，就把老横带到了红树林。

老黄提供给老横的是个小木屋，像一个巨大的箱子，拉在几棵树上，四周围上编织带，再围上油毛毡，能遮风挡雨而已。棚子很矮，进进出出都要猫腰，非常的破落，后来老横不断"装修"，捡到大帆布塑料薄膜就往棚上补补丁。若是遇上大风大雨，老横还得躲到高楼大厦的廊檐下凑合。

但有一点，老横很满意。这儿离口岸近，三四里地，老横蹓跶蹓跶，就遛到口岸了。

老黄送了老横十来个破口袋，老横又在垃圾场里淘出根细钢筋，弯成了铁钩子。戴一顶捡来的破草帽，穿一件捡来的衬衫，洗了干净，老横的拾荒生涯开始了。

沿着滨河路向北，渐渐进入了瓢洲的肺部。瓢洲看上去很干净，其实呼吸道里藏了太多的尘埃。融入了拾荒大军，老横忽然明白，拾荒者之于瓢洲的重要了。瓢洲年轻漂亮，花容月貌，那可都是拾荒者的手拾掇出来的！没有拾荒者，瓢洲会得肺炎，会形容枯槁，一天天的干瘦下去。

太阳镶在天上，洒了一地的金光，大地像块巨大的烙铁，踩在上面滚烫。路边的椰子树，单薄地伸着胳膊，在太阳下耷拉着脑袋。老横大口地喘气，像只卤猪，快被烤熟了，烤得全身冒汗，衬衫紧贴在后背上。

老横拐进一个小区，想找个楼道凉快凉快。小区里有两只大铁桶，臭哄哄的垃圾冒了尖，一团苍蝇占据高地。老横挥了一下铁钩，苍蝇嗡叫着向老横扑来。老横用铁钩在垃圾里拨来拨去，拨了几个易拉罐，丢进了编织袋里。

啪！拨第二个大铁桶时，老横的后背被什么东西砸了一下。勾过头，脚下躺着个黑塑料袋，几个易拉罐滚了出来。不远处，停着一辆奥迪，一个中年男人坐在车里抽烟。喂，叫花子，送你几个易拉罐，省得你翻铁桶了。

老横的耳朵像被针扎了，怒火嚯地冲了上来。但老横马上又压制住了，平静地说，我不是叫花子，我是拾荒的。

一个鸟样！中年男人吐出一口黄橙橙的黏痰，重重地射到地上。然后一踩油门，奥迪冲出了小区。

老横心里憋着一股气，对着奥迪的屁股发愣。

一只黑乎乎的手，轻轻落在老横肩上，嘶哑的声音直播老横的耳膜：人家说的没错，叫花子和拾荒的就是一样嘛。老横一看，是个叫花子，一脸的不正经。

滚！给老子滚远远的！老横黑白相间的胡须不住地颤抖着。

切，以为你是谁呀？城里人管你管我统统叫盲流。叫花子竖起两个大拇指，得意地笑笑，咱俩是一个战壕里的战友。

老横每天晚上七点左右回到小木屋。小木屋的门是用木板钉的。一推门，一股烂腥味迎面扑来，撞了老横一个满怀。小木屋没有电灯，老横点了蜡烛。瘦弱的烛光没精打采，惨淡地映在地上。老横感到一阵温暖。

烛光渐渐粗壮了一点，小木屋亮了。棚里都是捡来的垃圾：废纸，废塑料，破衣服，空易拉罐，……从外到内，各就各位。中间一条羊肠小径，通至小木屋的最里面。最里面，是老横的床。

老横的床是名义上的，其实是地铺。地铺上面是张破丝席，下面铺了一层约五公分厚的报纸。睡到地铺上，老横踏实，没了漂泊的动荡和不安。在梦里，老横能听见大地的心跳，还有万物入眠时的呓语。

老横给自己倒了杯水，啃了三个冷馍，额头上的青筋在牙齿的张合中，像无数条蚯蚓在爬行。吃好了，老横动手将一堆垃圾分门别类地装进不同的蛇皮袋里，打成一个个沉实的包。

现在，老横要收拾一下自己了。每次去口岸之前，老横都要收拾一下。老横不能戴着草帽穿着烂衫去那里。老横拿了脸盆去了水边，舀一盆水，从头上浇了下来，又把头埋进水里，脖子抻得长长的，像老鸦抓鱼似的，泡了两分钟，打上肥皂，洗了头发，再将须髯也刮了净。回到小木屋擦干后，用手拢了拢，头发有了条理，人也精神了。

老横有一件深蓝色的西服，是为这次瓢洲之行特意准备的，就放在床头的塑料袋里。西服蛮合身的，在乡下只穿了一回，并没觉得土气。到了瓢洲就惹眼了，吸引了不少奇怪的目光，仿佛老横是刚出土的兵马俑。

老横把袖子理了理，衣角摆摆正，双手在衣服上掸了掸。出门前，老横从口袋里掏出个红袖章，套在右膀上。红袖章上印了几个黄字：联防队员。戴上红袖章，老横不像拾荒的了，也不像个老农了，马上昂首挺胸，神气了起来。老横快六十了，但不窝胸，不拖沓，腰板直凛凛的。

现在，老横是个联防队员了，冒牌的。老横这个招儿，是不得而已的下策。第一次老横去口岸广场，劝两个乞丐离开，遭遇了冷眼和嘲讽。一个说，连条子都不管的事，你凭什么管？又一个说，条子也管不了咱！老横受了乞丐的启发，但老横不敢冒充警察，就冒充联防队员了。反正不是干坏事，就冒充一下吧。

半小时后，老横蹓跶到了口岸广场。

一会，老横盯上了一个乞丐。这家伙长得矮小，瘦削，光着脚趾，头发像钢针。看上去，这是个少年。少年身子极其灵巧，在人群中梭来梭去。老横的视线不时被脊梁、肩膀或丰胸截断，老横不停地变换位置，接上视线，不让少年丢了。

少年正在试图接近一个非常伟岸的高鼻梁老外。少年与高鼻梁相距约二十来米。高鼻梁东张西望，似乎在寻找出租车，或者出口处。老横快速换步，鱼一般游在人海中，往少年靠拢。老横的身子没少年灵巧，不时碰上人，一小伙搡了老横一把，老横趔趄的身子又揩了美女的酥胸。老流氓！美女骂了一句，不停地掸着衣服。等老横站稳了，再去看少年，不见了。

少年此时正钉在高鼻梁的面前，伸出烧火棍般的手臂。高鼻梁居高临下地看着少年，嘴角挂着蔑笑。少年的头不及高鼻梁的胸口，显得更加卑微孱弱。高鼻梁从钱夹里夹出一张钞票，弹了一个响指，然后抬起右脚，伸到少年的胸前。少年愣了一下，马上露出笑，单腿跪下去，麻利地掀起衣服。老横的血涌了上来，身体箭一般射了过去，突然横在少年的面前。少年不知所以地望着老横。老横一双手死死钳住了少年，把少年拉到了广场外。

抓我干嘛？少年惊魂未定，瑟缩着身子，恹恹的眼睛在老横的红袖章上飘来飘去。

有娘养没娘管的东西！老横揉了少年一把，你娘没教过你男儿膝下有黄金吗？

老外手里的美元，不就是黄金吗？少年理直气壮地说。

你个浑述！老横想扇少年的耳光。中国人的脸让你给丢尽了！

我不偷不抢的，丢啥脸？少年辩解。

小子，你给我听清楚，这儿可是咱中国人的大门口啊。老横指着双层大桥说，老外一进这大门，就碰上你这种浑述，啥感觉？

这……少年搔头想了想，马上扭过头去，小眼睛骨碌碌地在广场上睃梭，说，那……她们呢？

顺着少年的手，老横看到了一根路灯杆。灯下黑黢黢的，站着两个年轻女子，穿着吊带衫，露出三分之二的部位，正在若无其事地嗑瓜子，不时向老外招招手，摆弄一下性感的身姿。

老横的脑子里嗡的一声，目光被烫了一样。少年的话噎住了老横。老横缓缓转过脸，声音温净了许多，说，小坨蛋，你叫啥名字？

钢镚，艺名。少年的声音和身子一样地柔弱。

钢镚？呵呵。老横晃了晃红袖章，说，钢蹦啊，做人哪，穷要穷得硬气，活要活得自尊，脊梁膝盖不能弯！当年两个美国佬对老子低三下四的，还给老子洋钱和金表……算了，不和你扯那么远了，你配合我，将那两个妖精赶走！

我不去。钢镚说，人家靠这个吃饭，也是职业嘛。

这叫职业？老横捏紧拳头，很想给钢镚一拳。她们长着手和脚干什么的？！

老横丢下钢镚，径自向那路灯杆走去。钢镚迟疑了一下，跟在了老横后面。两个小姐站在灯下黑里，见有人过来，赶紧现身亮处，全身的肉都在打颤。一个涂了熊猫眼的哈哈一笑，说大爷您人老心不老哈。另一个说，农民工，你有钱吗？别放空炮哟。

小姐笑得很清脆，声音像一块翡翠跌碎在地上。老横用手捂着胸口，那儿在隐隐作痛。老横的脸阴郁得像千年雕像。红袖章在昏黄的路灯下没精打采地萎顿着。

姑娘，听大爷一句话，到别处去。老横的语气尽量温净些，像是在央求自己的女儿。你们去哪儿都成，就是别在这儿出丑。

熊猫眼丢了个白眼，自古笑贫不笑娼，有什么出丑的？我们姐妹还有被老外包了，冲出亚洲走向世界的呢。嘻嘻。

老横的嗓子像塞了牛毛，话堵在那儿，说也不是，不说也不是。最后老横板下脸，亮了一下红袖章，我是联防队的。

联防队很拽呀？管天管地还管得了本姑娘看风景？熊猫眼往猩红的唇里扔了粒瓜子，雪白的牙齿嗑巴嗑巴的，闪着瓷实的光。老横不是嫖客，她不免有些失望。

另一个说，大爷你要想快活呢，我们姐妹陪你。你要没事呢，就一边凉快去，别影响人家看风景。

你们还是娘老子养的吗？老横瞪圆了眼，我都替你她娘的害臊！

啪！熊猫眼的红唇里吐出个瓜子皮，直飞而来，像个蟋蟀，恣意地伏在老横的脸上。

滚远点！老横的横劲上来了，额头上的蚯蚓开始爬动。

要是不走呢？熊猫眼笑了，敞开双手作拥抱状，来呀大爷，你抱我们走吧。哈哈。

钢镚，撵她们走！老横一闪身，钢镚露出了头。钢镚怯生生地说，大姐，别惹我大爷生气，你们换个地方吧。钢镚伸出脏兮兮的手，要去拉熊猫眼。熊猫眼啊的一声，跳了开去。另一个女子也往后退。钢镚全身臭哄哄的，举着一双黑爪，故意追了几步，吓得两个小姐花容失色，晃着粉嫩的臂膀，撒腿跑远了。

后来，有半个月，老横一直没见到钢镚。这小子大概去别处乞讨了。老横有点想钢镚。钢镚还是个瓜秧子，就断了藤儿，被扔到了大街上。老横想教育钢镚，趁年轻干点什么，总不能一辈子要饭吧。老横甚至想，只要钢镚愿意，老横可以带他去拾荒。老横在口袋里装了三十块钱，是捡垃圾赚来的，想给钢镚。钱在口袋里装了好几天，有点皱巴了，可一直见不到钢镚。

几天前，老横去了老黄的废品收购站。捡了一周的垃圾，换回了九十元零五角。老黄蘸着唾沫，边点票子边说，我早就说过了，你干不了这个啦，一周才捡这么点，要饭都比你强的啦。老横笑笑，将九张十块的揣进口袋，说那可不一样，捡得再少，俺是劳动所得，要饭要得再多，脸皮没了。老黄又开始剔牙。老黄说，这年头，脸皮管鸟用，有钱才是大爷啦。老横较了真，说这么说就不对了，国有国尊，人有人格，没了脸，要钱有什么用？老黄看老横动了真格，赶紧摆手，说好啦好啦，一人一活法，你快去捡垃圾吧。然后使劲挖牙。老横还想把脸皮的问题说清楚点，老黄不理老横了，一门心思地剔牙，剔出东西来，在手指上捻了捻，再用食指有力地弹出去。老横用五角钱买了根冰棒，堵进嘴里，那些没说出来的话，就冷冻在胃里了。

晚上，老横又碰上那四个黑爪。黑爪走到哪，老横就跟到哪。黑爪一向老外伸手，老横就堵到跟前。四个黑爪想和老横动手了。老横面无惧色，往掌心吐了口唾沫，搓搓手，拉开了架势。别看俺老了，老子起码要撂倒你一两个！黑爪中一个眼尖的，瞄到了老横臂上的红袖章，急忙停了手，又按住同伴的手。关键时候，红袖章起了作用，愣是把那四个黑爪给镇住了。

十一点，口岸广场上的人渐渐稀少，老横这才往回走。走了一会，老横觉得有啥不对劲的。一转身，发现一双眼睛，鬼鬼祟祟地跟在身后。

盯梢！当过兵的老横马上反应过来。于是老横若无其事地改变了方向，不回红树林了，向大街走去。盯梢这活儿，老横当兵时干过，为了抓偷渡者，老横盯过若干次梢。

走了几步，老横擤了一把鼻涕，弯腰揩在鞋帮上，借机向后瞄了一眼。然后摘了红袖章，直起腰板，走进一家宾馆。宾馆保安对老横啪的一个敬礼，惊得老横一哆嗦，本能地还了一个军礼。

宾馆大厅，一地灯光，像摔碎的水晶球，在泛着黑色光泽的大理石上滚来滚去。老横梦幻似的走进去，如履薄冰。瞥见一个沙发，老横坐下了。

整个大厅好似一个巨大的玻璃缸，晃得人眼花。前台小姐们涂着红唇，抹着胭脂，如一条条美人鱼，在缸里游来游去。进进出出的客人都很绅士，或很时尚。老横的深蓝色西装在金黄的灯光下，散发出一股腐朽的味道。老横坐在那里不敢动，唯恐自己一动弹，就把一缸清水搅浑了。

盯梢那家伙，是一副乞丐模样，自然进不了大厅。老横得意地笑了，笑容里带着军人的机智。跟老子玩盯梢，你还嫩了点！老横伸头朝门口望望，那家伙果然进不来，在门外鬼头鬼脑地张望着。

坐在富丽的大厅里，老横很不自在，屁股下像埋了颗炸弹。来来往往的人每瞟老横一眼，老横就心慌慌的。这儿是养金鱼的地方。老横是草鱼，呆不惯。老横快窒息死了。

强迫自己坐了十来分钟，才出了大厅。四处张顾了一番，那家伙比老横还没耐心，早没影了。

又一个晚上，老横正欲离开口岸广场，钢镚忽然冒了出来。老横一阵惊喜。钢镚的嘴像抹了蜜，说大爷，几天没见，好想你啦。老横听了高兴，两人边走边聊。老横掏出那三十块钱给钢镚。钢镚愣了半天，说还有你这么好的联防队员啊？老横笑笑，照你这么说，联防队就没好人了？钢镚笑笑，少！老横想告诉钢镚，自己不是联防队员。老横又怕露馅以后，不便于管乞丐了。

老横把钱塞给钢镚，钢镚不要。钢镚说，你不是说，人活着要有尊严吗？钢镚的话，像一把钥匙，咯噔一下，把老横的心锁打开了。老横的心口热乎乎的。总算感化了一个人！只要能改变了一个人，老横这些天的心血就没有白费！

好样的，钢镚！老横将钱揣进兜里，乐滋滋地向钢镚竖起了拇指。老横久久地盯着钢镚，像盯着自己的孩子。终于，老横憋不住了，老横说，钢镚，你不如跟我去拾荒吧。这句话，像一场冰雪，把钢镚的五官突然冻结了，眼珠也不会转了。老横原原本本地说了自己的事。老横觉得没必要再对钢镚隐瞒了，钢镚是老横在瓢洲唯一能说到一块的人。

钢镚没有跟老横去拾荒。钢镚说他喉咙浅，见了剩饭剩菜就想吐。老横理解。老横年轻时就不能拾粪，拾粪了几天都吃不下饭。

老横遇上了麻烦，是在和钢镚聊天后的第三个晚上。老横到了广场上，就被一个乞丐吸引了。这个乞丐是个五十来岁的中年人，只穿了大裤衩，一张黑皮肤，浑身脏兮兮的，没有下肢，整个身体匍匐在一张铺席上。铺是装了轮子的。乞丐左手抓碗，右手推地，铺席载着人，向前滑行。铺每到一处，行人像冲浪似的分开。

老横没有躲。老横快步跑过去，挡住了前行的铺。中年人可怜兮兮地望着老横，颠着手里的碗。老横掏出要给钢锄的三十元，放了进去。到别处去要吧。老横说。乞丐点点头，一滴泪滚下来。老横弯下腰，拉着铺往广场外走去。

快出广场时，老横的衣领被人提了起来。一回头，是一个警察，手里握一根胶棒。老横抖瑟了一下，坚硬的目光突然松垮下来，迅速去摘膀上的红袖章。就是他！熊猫眼从警察的屁股后面闪了出来。

为什么要冒充联防队？警察用胶棒指着老横问。

老横的腿痉挛了一会，很快便镇定下来，诚恳地说，我没干坏事。

是，他没干坏事。一个声音说。老横听着耳熟，一看，是钢锄。钢锄后面站着四个黑爪。黑爪 A 给了钢锄一耳光。警察问钢锄，不是你举报他的吗？钢锄红了脸，看看身后的黑爪们，喃喃地说，可他确实没干坏事。熊猫眼冲过来，朝钢锄吐了口唾沫。

警察问老横，你没干坏事，那你想干什么？

老横说，我只是想管管闲事。

管闲事？警察冷笑，你管闲事，警察管什么？

老横指着黑爪们说，那正好，你们管管他们吧，我回老家了。

回家？警察笑得轻蔑，说，别急，先跟我去趟派出所吧！

咋啦？管闲事也犯法？老横皱起眉头，头上的青筋渐渐清晰起来。

犯不犯法，到派出所去说！警察冷笑。熊猫眼和黑爪们跟着起哄。

老横眉毛倒竖，一会，却又舒展了。去就去，正好把事情说清楚！这帮家伙，警察该好好管管了！警察管了，自己走得也放心。又想，这哪是什么闲事，事关国家尊严，是大事。

走吧。警察扬了扬胶棒，说。老横回头看了钢锄一眼，钢锄赶紧背过脸去。老横直了直腰，跟着警察走了。

银 妮

火车风一般地向 M 城驶去。

银妮坐在火车上。轰轰隆隆的声音,是车轮撞击在铁轨上,铿锵有力,声声如雷,撞得银妮心跳。

这是春天的早晨。田野在复苏,万物在萌动。阳光饱足,世界一片明媚。窗外是葱葱郁郁的桧柏,挺拔傲立。桧柏从银妮的眼前飞驰而过,与火车背道而驰。银妮的脑子里,也藏着背道而驰的心思,一份心思往前跑,一份心思往后跑,像是在拔河。银妮站在中间,被拉扯得生疼,却是这般心甘情愿地承受折腾。

火车不由分说地将银妮拉到了 M 城。M 城!这是一个普通的地名,在银妮听来,却是暖暖的,柔柔的,像邓丽君的情歌,像《小城故事》,那么温情,香甜。

银妮下了车。银妮的双脚着着实实地站在了 M 城温情的土地上。银妮镇静了一下,才挪动步子,向地道口走去。走了两步,银妮忽地一阵颤栗,身子不由自主地晃了一下。银妮有点迈不开步子,像一头耕地的老牛,走也走不动,停也停不了,每走一步,都有些迟滞。银妮的心里,像有两条鱼在翻飞,搅得她心湖荡漾。

银妮的步伐更见踌躇。

下了车的旅客,像潮水一般涌向出站口。每个人都在寻找自己的路径，急于去呼吸外面的空气。银妮也在往前走，但从扎成堆的人群里漏了下来，像是一只掉队的孤雁。银妮在心里说，银妮，再往前走，你就堕落了，你就不是好女人了。但银妮并没有听进自己的劝告，步子仍执意地向出站口踽踽而去。人流像潮水一样渐渐消退了，只有银妮，走在空空荡荡的走道上。出站口的女检票员轻蔑地望了银妮一眼，把手中的剪子在栏杆上敲了敲，示意银妮走快点。银妮也想走快点，就是快不起来，两条腿依旧那么踽踽，像不属于自己似的。女检票员丢了个不满的眼神，径自进屋去了。

　　银妮是第一次来M城。银妮来M城，是要见一个网友。网友的真名，银妮不知道。网名叫为你而生。就是这个网名，让银妮为之心动。为你而生先加银妮为好友，银妮一见这网名，立马加了，并迅速交谈了起来。为什么起这个网名呢？我想找一个爱我的人，我愿为她而生。找到了吗？银妮问。找到如何？找不到又如何？人生就是一个寻寻觅觅的过程，在寻觅中收获，在收获中寻觅。为你而生的回答很虚无，让银妮坠进了云雾里。银妮听不懂。听不懂的银妮对为你而生平添了一份敬重和神秘，感觉为你而生也像是在云雾里，高不可攀。你这么反复地寻觅，不觉得很累吗？不，寻觅就是一种向往，向往是一种追求，追求是一种幸福，幸福是人生的宗旨。在寻觅中取舍，在寻觅中解脱，在寻觅中满足，在寻觅中升华。这才是人生的乐趣。

　　第一次聊天，像是在无形的较量，银妮败下阵来。为你而生的寥寥数语，在银妮心湖里，像投了几枚石子，荡起微波。凭直觉，银妮觉得为你而生很深奥，很内涵，很文化。他的话富有哲理，高深莫测。他应当是个文化人，教授，或者作家，至少也是个公务员。他应该是个风度翩翩的人，是个温文尔雅的人，是个知书达理的人。银妮在不经意间，对为你而生产生了遐想，为你而生像一粒被风吹落的种子，在银妮心里发了芽。

　　为你而生！是巧合吗？银妮的脸上荡起一丝柔情。多年前，这几个字曾深深打动过银妮。即使现在，银妮回味起来，仍觉得幸福。那时银妮是个小女孩，和金莱正在热恋，如胶似漆，如痴如醉。几乎所有与爱情相关的词汇，都用尽了，仍无法表达金莱对银妮的浓情蜜意，金莱在突然间迸出了一个词：为你而生！耳鬓厮磨时，金莱呢喃着，妮，我为你而生！我永远属于你！银妮深深沉醉了，像掉进了蜜罐里。寥寥四字，所表达的爱意，所包容的内涵，是何等深情啊。银妮不止一次地掂量这句话。为我而生？不就意味着他人生的价值，他活着的意义，他一切的一切，都是将因我而在，都将属于我？不就意味着这个男人成了我的私有财产了？银妮笑了，犹如突然间成了百万富翁。后来，金莱和银妮结婚了，两人的感情如胶似漆。特别是床笫之事，非常默契。每次极尽缠绵之时，金莱总会在银妮最幸福的关键时刻，说上一句：妮，老公为你而生！每每此时，银妮的心底便涌起了潮水般的激情，快意从脚心出发，迅速扩散全身。

银妮的手机整天挂在网上，亮着头像。为你而生白天上网少，头像总是灰暗的。为你而生的头像多是在晚上才会亮起来。银妮和为你而生在谈吐上存在着差距，而为你而生依然不舍不弃地和银妮交谈。银妮想问他，你是教授吗，是公务员吗，是作家吗。银妮还想问他，你叫什么。想想，没问出口。网友间有些事最好别问。两人顾左右而言他，聊一些天气爱好时政历史之类的事，还有生活中的事。为你而生懂得多，打字也特快，谈天说地，说古论今，学贯东西，神通南北。银妮只需耐心地听，默默地看，偶尔插上一句，表明自己的存在。银妮仿佛看到一双白净细长的手，在键盘上翻飞，一个气定神闲的男人在对自己吐露。

为你而生的脾性银妮也喜欢。聊了几次，银妮发现为你而生仅是聊天，并无过分要求。银妮喜欢和这种有素养的人交谈。银妮讨厌那些上来就要视频的网友，像急着找对象似的。银妮也讨厌那种满嘴都是下三滥腔调的网友。银妮以前是用电脑上网，金莱特意买给银妮的。可那些网友聊了一会，就要视频。银妮不喜欢视频，觉得自己像个犯人，一举一动都被人监视着。后来有一次，有个和银妮才聊过两次的男网友，中途去了趟卫生间，出来时竟一丝不挂，吓得银妮面红耳赤，仿佛是自己被人扒光了衣服，急忙关了视频……银妮自此不用电脑上网，改成了手机上网。

至于性事，银妮并不排斥，甚至于有点向往。只是，银妮不喜欢把那隐秘而神圣的事，拿出来与陌生人分享，更不愿挂在嘴上，男娼女盗一般。银妮觉得那是两个人的幸福，是夫妻间的缠绵，银妮喜欢藏在心里，独自享受。

记得刚结婚的那几年，银妮和金莱夜夜尽欢，缠绵悱恻，两人像西湖对鸭，一夜都不能分开。金莱当时还是个司机，在国税局开车。局里安排金莱值夜班，每周一次，金莱熬不住，半夜跑回家。第二天主任找金莱。金莱说了实话，说想老婆，才跑回家的。主任说你还在喝老婆的奶呀？结婚两三年了，咋还离不开呢？金莱红着脸，不说话。后来，主任不安排金莱值班了。这事传开了，在局里折腾了好一阵日子，成为笑谈。其实不只是金莱想银妮，银妮也想金莱，比金莱还想。

金莱虽是名司机，但在局外人看来，那也有权有势，说不定哪天给局长开车，说话就有分量了。毕竟是国税局啊。给政府机关号号脉，就数国税局的局长多。二三十个分局，上百个局长，哪个不抓着老板商贩们的七寸啊？局长不容易巴结，司机最好巴结了。小老板们见到金莱，特热乎，拽着金莱吃饭喝酒唱歌洗脚。

老板们的肆意逢迎，在不知不觉中毁了金莱的身体。不足三十岁的金莱开始发福了，天天见长，后来局里体检时，金莱查出了糖尿病。医生说，糖尿病要减少性生活，否则会患肾衰竭，甚至连命都要搭上了。金莱回去对银妮说了，银妮噘起了嘴巴。

半年后，金莱调到了进出口分局，真的给局长开车了。进出口分局是个大权在握的部门，出口退税这块肥肉任由他们宰割，说退多少，就退多少，说啥时退，就啥时退。虽说由政策做决定，可政策是死的，税务官是活的，税务官说了算。金莱不是税务官，金莱给一把手开车。局长姓单，赏识金莱沉默寡言的个性，每有应酬，必叫金莱陪着。金莱有眼色，一看局长不胜酒力了，赶紧代局长喝上几杯。酒喝多了，人更胖了。不能和银妮夜夜贪欢了，由每日改成了双日。银妮的要求还是那么旺，每次金莱都是百米冲刺，银妮却在跑马拉松，越跑越有激情。金莱把所有力气都用上了，依然不能战胜银妮，最后还是败下阵来。银妮雪白的胴体，在顽强地挣扎，在痛苦地游动，在急不可耐地寻找突破口。金莱伏在银妮的身上，如被骗了的公狗，完全没了男人的自尊。金莱气喘吁吁地说，妮，我不配为你而生，不配做你的老公。等体内的躁动平息后，银妮搂过金莱，心疼地说，是老婆不好，忘了照顾你的身体。

银妮也奇怪自己的身体，像野火烧不尽，春风吹又生，欲望烤得全身滋滋的响，恨不能张开蛇口，吞下大象。以前，银妮在锦云大厦做营业员，白天和同事在一起，分了心，不怎么想夫妻之事。五年前，国企改制，锦云大厦的国字号突然转成了私字号，老板为了赚钱，开始裁员。银妮长得不错，但毕竟三十多岁了，不再年轻，跌入了裁员大军中。金莱说，裁就裁吧，我这份工资好歹能养活一家人，你回家给我做饭吧。

做了宅妇的银妮闲了下来，料理好家务外，无所事事，只盼着金莱回家。金莱回来了，银妮像个纯情的小姑娘，缠着金莱撒娇，亲昵。金莱疲于应付，尽力满足银妮，有时撑不住了，才说工作太累，或说喝多酒了，找借口搪塞银妮。银妮心疼金莱的身体，在卫生间里洗个澡，将摇摆不定的欲望冲个净光。

那些老板们总拿金莱说笑，说金莱不像个男人，说金莱一定怕老婆，说金莱是假正经，说金莱怕丢乌纱帽。当然，都是在背后说笑。也有夸金莱不近女色，作风正派的。夸金莱的，是乔穗。乔穗开了一家国际贸易公司，做矿产品生意。乔穗是个儒商，生性儒雅，谈吐得体，不喜欢说无聊的话，和金莱很投缘。乔穗喜欢谈政治，谈见闻，谈人生，唯独不谈女人。金莱敬重乔穗，喜欢听乔穗谈天说地。乔穗懂的事多，见多识广，且有见地。金莱学历不高，跟乔穗天马行空地神侃，学了不少东西。之后，金莱喜欢上了阅读，局里报刊多，金莱闲了就去翻翻，给自己充充电。金莱了解到，乔穗离异了，老婆是他大学同学，两人一同创业，事业有成了，两人却分道扬镳了，老婆分走了他的一半家产。金莱问乔穗咋不再婚？乔穗摇摇头。乔穗处了几个对象，容貌性格各异，目标却一致，冲着乔穗是老板来的。乔穗灰了心，不再有别的要求，只想找个能持家过日子的女人。

　　乔穗和单局长的私交不错。偶然会在单局长面前夸金莱，说这个年代，金莱这样忠于老婆的男人，是稀世珍宝了。单局长便利用出差之际，考验过金莱。果如乔穗所言。单局长便让金莱做了税管员。金莱如此摇身一变，更成了老板们眼中的摇钱树。老板们更乐意献殷勤了。金莱常常喝得晕头转向，回到家说不上几句话，像一摊烂泥，倒在床上就睡着了。银妮看着金莱，一声叹息。

　　银妮就在这时候开始上网了。金莱的应酬越来越多，银妮就越来越空虚。金莱说弄台电脑给你上网玩吧。两天后，电脑买了回来。银妮学会了上网，日子打发起来就容易了。特别是有了ＱＱ，交起了网友，日子在指头间一晃就过去了。银妮并不背着金莱，经常和金莱说些网友的趣事。金莱只是听，不发表多少意见。金莱没有ＱＱ，对网上聊天不太懂。当然，网友的过分言词和行为，银妮不对金莱说，怕伤金莱的心。

　　市里成立了新区，要建新区国税局，要从市局分流一部分税务官过去。一般人不愿去。新区像一座孤岛，离市区两个小时的路程，没有医院、学校、菜场，没有酒店、桑拿、发廊，除了工厂，就是楼房，空旷的马路，荒凉的田野。局里动员了个把月，只有金莱报了名。金莱是主动报名的。单局长表扬了金莱，并将金莱提成进出口分局一科科长。金莱去了新区后，不能天天回家了，只有周末才回来。到了新区，金莱的空闲时间多了，也没个吃喝玩乐的地方，金莱就看书，什么书都看。银妮知道金莱报名去新区的原因，也不说破。分开或许好些，至少对金莱的身体好。银妮牵挂金莱的身体，不时问金莱身体怎样。金莱笑笑，说没事，没什么感觉。银妮放了心。自然，床笫之事，也由过去的随心所欲，变成了每周一歌。

为你而生出现的时候，金莱在新区国税局上班两年多了。银妮破例没有对金莱提为你而生的事。银妮也说不清为什么，就是不想告诉金莱。本来是最有理由告诉金莱的，因为这个男人的网名，与金莱当初的情话是那么一致。可是，如果说了，金莱会怎样呢？是惊异，是感慨，还是……还是不说吧，银妮把这个网友当成了心中的秘密，一直没对金莱说。

为你而生和银妮聊天时，从不谈乱七八糟的事，只谈人生哲学，谈做人的道理。比如现在，为你而生和银妮谈的话题，是女人的道德观。银妮和为你而生说了自己的苦恼。银妮说自己是一个常人，却有着超常的生理欲望，奈何老公身体不好，唉！银妮说自己不是个自私的人，为了老公的身体，她只能忍着。这个话题提出后，为你而生打出了几个折磨、抓狂和流泪的ＱＱ表情后，沉默了。

银妮没想到一向稳健端正的为你而生，在沉默之后，居然说出了令银妮异常吃惊的话。找个情人吧！为你而生说得随意，轻松，像吐出一粒瓜子壳。不！我是正派女人，我和老公的感情很深。银妮说得坚决，心却在剧烈地跳，脸也烫了起来。性和情是两个概念，有时可以合二为一，有时又要一分为二，不必拘泥于观念。可我是个讲道德的女人，我不能做不道德的事。我理解你，从传统伦理来看，找情人是不道德的。可作为现代人，应当有新的理念新的追求。可是，没有感情的结合,是没有幸福的,是低级庸俗的追求。呵呵,性是感性的,情是理性的,感性与理性是个相互作用的过程,由感性到理性,由理性到感性,是一个轮回,两者不可或缺。……别说了,我不是随便的女人。

此后,两人多次探讨这个问题。为你而生像手执钥匙,变着法儿要打开银妮的心锁。为你而生的语言很柔和,很细致,像一双手,抚摸着银妮的心。银妮那把锁渐渐松动了。银妮听到咯嗒一声,那把锁被打开了。为你而生问银妮,想找个什么样的情人呢?银妮说,有文化,有修养,像你这样的。说完了,银妮后悔了,这也太直白了吧?幸好在网上,看不到对方,尴尬的不过是一堆燃烧的文字。为你而生说,谢谢,可是,我并不适合你,你应该在烈火中永生,而我这把柴禾,无法让你持续燃烧。为你而生的谢绝,让银妮有些羞怩,可这个缺口打开了,银妮却舍不得堵上了。银妮温柔地缠上了为你而生。银妮说,既然这样,我就不找情人了。为你而生不再谢绝,但也没有继续这个话题。甚至隔了好一段时间,为你而生都没有上线,银妮很是落寞。

金莱的身体大不如从前了,对夫妻之事,更是力不从心。每到周末回来,夫妻俩坐在床上看电视,总是看到很晚。银妮半躺在金莱的怀里,直到电视看完,金莱的身体也没什么反应。银妮抚摸金莱,金莱的身子软软的,像腌在缸里的咸菜。即使和银妮缠绵了,也如蜻蜓点水,草草收兵。银妮吃了个半饱,欲罢不能,欲求无奈。金莱的身体填饱不了银妮,银妮不忍强求,只好去冲澡,把身上的火焰浇灭。再后来,金莱的每周一歌唱得也勉强了,改成了半月一歌,甚至一月一歌。金莱的身体每况愈下,衰落得如朽枝枯叶。

约莫过了月余,银妮正备受煎熬饱受思念之苦的时候,为你而生上线了。咋这么久没出现?出差了刚回来,我做矿产品生意。你不是教授或公务员啊?我说过我是教授吗?……哦,以前是公务员,现在不是。为你而生有点语无伦次，银妮发现对方变了一个人似的，提起以前聊过的事，他竟不能马上反应过来，像在翻书似的，翻到了那一页，看了看，才能找回记忆。时光在某个时候，像发生了轻微的断层。银妮觉得为你而生有点怪怪的，像去了趟外星球似的。银妮说你怎么啦？失忆了？为你而生打了个调皮的表情，说好久没上网了，业务又太操心，顾不上聊天，对不起啊。这个解释还是合乎情理的。男人嘛，哪能像银妮一个家庭主妇，天天除了家务活，就想着上网？银妮撒着娇说，想我吗？为你而生顿了顿，说，想！银妮心中释然，满意地笑了。你这么久不上网，我以为吓跑了呢。嘿嘿，怎么会呢？窈窕淑女，君子好逑嘛。慢慢地，两人又熟悉了，聊出了新感觉。之后每个寂寞的日子里，银妮便生出了许多瑰丽的梦，心底的潮水潺潺而流。

终于，两人谈到了见面。是谁先提的，记不清，也不重要了。两人都很急切，想见到对方。在本市是不能见面的，银妮怕碰到熟人，更怕让金莱知道。为你而生是做业务的，在本市认识的人也多。两人不约而同地想到了M城，去M城当天可以往返。于是两人约定，下个周日，在M城见面。

见面的那个日子，如生命中的一个巅峰，等待着银妮去攀越。等待是一个甜蜜而痛苦的过程，在这个过程中，银妮像油锅里的小黄鱼，被翻来覆去地煎熬着。银妮是第一次见网友。这种见面包含着许多的意味。令银妮最为愧疚的是，她将背叛金莱。她的生命中，在金莱之外，将出现第二个男人。这让银妮既渴望，又惊骇，心里如揣了头小鹿，窜来窜去。

银妮对金莱撒了个谎，说自己在家里快憋疯了，要去春游，出去散散心。银妮知道，金莱不会阻拦她，更不会怀疑她。果然，金莱说，也好，三百六十五天，天天闷家里，会闷出病来的。金莱说，要我陪你吗？银妮叹了口气，我倒是想啊，只是你这身体，还能爬得动山吗？难得周末，你还是在家多休息吧。我约了朋友一起去爬小伊山。金莱苦涩地笑笑，笑容像被榨出来似的。那我不拖你的后腿了，你照顾好自己，玩得开心哦。

出了出站口，银妮脑海里一片空白。人群已经散去，出站口空无一人。银妮正在纳闷，手机响了。银妮从包里拿出手机，刚要接听，手机又断了。银妮将手机放好，抬起头，一张阳光一样明媚的笑脸，正迎着自己。小妮子吧？这是银妮的网名。一个穿着黑色皮夹克的男人，站在了银妮面前。银妮羞涩一笑。为你而生谈不上高大，但儒雅而成熟，银妮陡地生了几分喜欢。为你而生伸出手，银妮愣了一下，把手伸了过去。为你而生的手很大，很厚实，把银妮的小手紧紧地包着。银妮也抓着为你而生的手，被为你而生牵着。

一切皆自然而然。银妮有些怯，又要去想。为你而生像山一样压过来时，银妮无力地推了推，就束手就擒了。巨大的冲击叠起的浪潮，形成巨大的漩涡，银妮深陷其中。在最后的时刻，为你而生如一台鼓风机，把银妮吹上了天空。银妮在蔚蓝的天空里，惬意而舒适地滑翔了几分钟，才心满意足地滑进谷底。银妮像一只贪欢的猫，疲惫地缩在为你而生的怀抱里。

喜欢我吗？银妮的指头自上而下，轻轻滑过为你而生的身体。

喜欢，非常喜欢！为你而生抱紧银妮，雨点般地吻。

银妮沉醉了，一双手在为你而生的身上游走。

唔，能否问一句，你叫什么？

乔穗。乔穗腾出胳膊，从床头的包里掏出身份证，给银妮看。

你为什么叫为你而生呢？

这个……唔，跟你说实话吧，这个QQ号不是我的，是别人的，以前是他在和你聊。后来，他把号给我了。他有个要求，一定要我和你聊下去。他说你很好，很适合我。他把你们过去的聊天记录都给我看了，他要我一定好好待你，说你是个难得的好女人。

啊？银妮吃了一惊，感觉自己像牲口一样，被人转卖了。

别说得那么难听，他不过是给我介绍个女朋友嘛。他是我最好的朋友，帮了我很多，却从没提过要求。这是他唯一一次向我提了要求，而且是在他生命非常脆弱的时候。

你朋友怎么啦？

前段时间他们国税局体检时，他查出了肾衰竭。乔穗的眼睛有些湿润。得了这种病，怕是支撑不了几年了。唉！他说他特别喜欢你，但他不能陪你到老。他把你托付给我，让我好好照顾你一辈子……

阜宁大糕

睡得迷迷盹盹的,洋油灯就被接连不断的鞭炮声炸醒了。睁眼一看,窗户纸才透点亮,冷风飕飕的,寒气逼人。洋油灯把头往被窝里缩了缩,被窝里热乎乎的。放在平时,洋油灯无论如何也舍不得离开热被窝。今天不同了。今天是大年初一,过年了。起床!洋油灯刚把头往外伸了伸,砰的一声,窗户底下炮仗炸了,父亲正在放开门炮,吓得洋油灯把头又缩了回去。

焐了会被窝,洋油灯终于下定了起床的决心。先伸出手来摸棉袄,摸到了一件冰冷坚硬的纸包。纸包里是大糕。咋晚睡觉前母亲就盼咐了,明天起床之前,先吃一片大糕,图个吉利,今年就步步高升了。

大糕就是阜宁大糕。洋油灯从记事起就吃阜宁大糕了。阜宁大糕是当地特产,据说历史很悠久,可追溯到清朝。当年乾隆皇帝下江南时,地方盐商向乾隆进贡了阜宁大糕。乾隆皇帝捏了一片雪白细嫩的阜宁大糕,尝了尝,味道不错,遂赐名阜宁大糕为玉带糕。阜宁大糕从此便名扬四方了。阜宁大糕因为皇帝的宠幸而有了身份,不是想吃就吃的,即使阜宁当地人,平时也吃不到。商店里也买不到。只有到了过年,供销社才有卖的,也是凭票供应,是供给城里人的。乡下人只有到过年了,生产队按人口发大糕,一口人,半条大糕。洋油灯一家八口人，过年发了四条。洋油灯总也想不通，为什么非要等到过年了才能吃上阜宁大糕？平时天天喝稀饭吃咸菜，肚子饿得咕咕叫，却吃不到大糕。过年了，鱼呀肉呀都吃饱了，谁还去啃那砖头块似的大糕呢？

洋油灯闭着眼撕开纸包，抓了一块大糕，塞进嘴里啃了一口，凉凉的，甜甜的，喉咙干涩，勉强咽了下去。

窗外又炸起了鞭炮声。

洋油灯用脚蹬了蹬二球厮。二球厮在床的那头，睡得跟猪似的，呼噜呼噜地流着涎水。洋油灯用力蹬了一脚。二球厮嗯了一声，醒了。洋油灯以为要挨他骂呢。没有。二球厮二没说话，先从枕头边的纸包里捏块大糕，鼓着腮帮嚼了，然后坐起来披上棉袄，棉袄冷得像冰块，先焐上一会。

洋油灯也坐起来了，披着棉袄和二球厮面对面。洋油灯刚想和二球厮说话，二球厮翻了一下茨菰眼，洋油灯想起了什么，不说了。

这儿过年的风俗与别处不同。大年三十夜是不能灭灯的，早上不能倒夜壶，早晨起床前要先吃大糕，起床后先别忙洗漱，也不能说话，等吃了汤圆后，才能开口说话，话自然要说得吉利。多少年的习俗了，小孩子都懂。

洋油灯一咬牙，用一分钟工夫，迅速将四肢伸进了棉袄棉裤里，又从棉鞋里抠出袜子，袜子已烂了几个洞，袜底早板实了。洋油灯把袜子扔进床肚，索性光着脚，插进棉鞋里。

洋油灯出了门，到屋后撒了一泡尿，腾起一股热气。洋油灯向大庄放眼一望，白茫茫的一片，雾很大，草上结着霜，房上结着冰。晨雾中不时地响起鞭炮声，惊天动地的。回到屋里，母亲端了碗汤圆放在桌上，用眼神示意洋油灯吃饭。二球厮已经吃上了，眼角挂着眼屎，攥着汤圆在糖盘里滚来滚去。洋油灯擦擦眼角，也端起了碗，边吃边看门上昨天才贴的洋溢着春节喜气和革命气息的新对

联：红日照全球　革命定乾坤

洋油灯吃饱了，在碗里留了几个汤圆，推开了碗，朝母亲一笑，说：姆妈，带您把头磕起来。母亲笑了，说：发财，发财！

这也是风俗。过年见了长辈，要说磕头，见同辈或晚辈，才说拜年。

二球厮也吃好了，朝洋油灯使了个眼色，洋油灯就跑进里屋去叫红太阳。红太阳赖在热被窝里不肯起床，被洋油灯摇来晃去的。洋油灯又塞了一片冰冷的大糕在红太阳的嘴里，红太阳醒了。

红太阳穿了个崭新的花棉袄，漂漂亮亮出来了，端起碗吃汤圆。正吃着，大叫鸡带着七八个小孩过来了。

大妈，带您把头磕起来呀！

大姑，带您把头磕起来呀！

……

母亲喜滋滋地说：发财，都发财！

孩子们只是嘴上说说，并没有人真的跪下去磕头，意思到了就行，图的是吉庆和热闹。母亲给每个孩子发了一块大糕。孩子们大过年来磕头，不作兴空手的，大人要给孩子们年礼。今天每个孩子的口袋都很大，把口袋撑得大大的，让母亲放大糕。大叫鸡还背了个书包。母亲从锅里舀了几个汤圆，倒进红太阳的碗里。红太阳说，姆妈，我吃饱了。红太阳就推了碗。

大叫鸡对二球厮说，二哥，我们上大庄好不好？

二球厮说，你们先走吧，我还要拉屎呢。二球厮朝洋油灯使个眼色，洋油灯就明白了。二球厮是哥哥，十二岁了，洋油灯和红太阳都听他的。

大叫鸡他们前脚刚走，二球厮就带着洋油灯和红太阳向小庄走去。二球厮说，大叫鸡他们人太多了，人家肯定给得少。我们和他们分开走，保证比他们拿得多。

红太阳说，我看大叫鸡还背了个书包呢。

他就是背个麻袋去，也要人家给呀。二球厮白了红太阳一眼，红太阳不吱声了。

晨雾淡了，太阳还没出来。前天下了雨，泥路上结了冰，很滑。屋檐上挂着透亮的冰棍。洋油灯伸出红红的小手，敲下一截冰棍，放在嘴里化冰水。寒风从兄妹三人的脖子袖口往里灌，像刀刮在脖子上，凉到了心。鼻孔和嘴里冒出的热气，眨眼就散了。

路上遇见大人，二球厮都会很礼貌地说，给你磕头，或给你拜年了。洋油灯和红太阳也跟着一起说。

红太阳走得慢，洋油灯就急了，说你走快点嘛，上午就这么点时间，过了上午谁还给你年礼呀。二球厮也说，快点，等会路上化冻了，就不好走了。

先到了二妈家。二爷二妈在堂屋里慢腾腾地吃汤圆呢。兄妹三个进了屋，倚在门上站着。二球厮说，二爷二妈，给你们磕头呀。二妈说，你们发财呀。二爷指指凳子，说坐下剥花生吃吧。兄妹三人站着没动。二爷就给每人口袋里抓了一把花生。

二妈从里屋出来，用报纸分了三个包，先给二球厮一个，二球厮嘴上说二妈，不要呐，手已撑开了口袋。洋油灯也学着谦让了一下。二妈给红太阳的包稍大点，二妈说，你是老疙瘩，给个大的。红太阳隔着报纸用手捏了捏，挺大。红太阳心里一喜，脸上有些得意，乖巧地说，谢谢二妈。

兄妹三人又站了两分钟，就出来了。洋油灯说，红太阳，打开看看，你那包比我们大。二妈太偏心。

红太阳刚要打开，二球厮说赶快走吧，回家慢慢看。

走到大姨家的路口，二球厮停了下来。洋油灯推了二球厮一把，说，不去她家。洋油灯的口气不容置疑。红太阳说，大姨和姆妈吵过架呢，她家一只大花鸡不见了，怀疑在我们家呢。二球厮想了想说，不，还是去，给不给年礼都去，大过年的，我们应该去给大姨磕头。洋油灯站着没动，说姆妈知道了会骂你的。二球厮看了一眼洋油灯，对红太阳说，我们去。

二球厮走在前面，红太阳隐隐藏藏地尾在后面。

大姨家有条大花狗，被一根带子拴在鸡圈旁。大花狗看见二球厮兄妹俩走过来，仰头叫了起来。兄妹俩不敢走了。大姨听到狗叫，从屋里出来，愣了一下。二球厮赶紧说，大姨，给您磕头啊。大姨这才有点笑容，说不客气，新年发财。

进了屋，兄妹俩站在门槛上。大姨进了里间，一会出来了，给二球厮一包花生，给红太阳一包糖果。

红太阳不敢接，怕回家被母亲骂。二球厮也迟疑了一下，接了。红太阳跟着也接了。二球厮并没有马上走，问大姨，你家的大花鸡找到了吗？大姨说找到了，大花鸡钻到狗窝里下蛋了，一整天没出来，在抱窝呢。我到处找也找不到，不想它钻狗窝了。大姨忽然放低了声音，说是你妈让你们来的吗？红太阳刚想摇头，二球厮插了进来，说，嗯哪。大姨脸上有了喜色，进屋里又拿出一条用粉红纸包装的阜宁大糕来。大姨打开纸包装，掰出一大块给二球厮，又掰出更大一块给红太阳，说，大姨上次错怪你妈了，跟你妈说一声，是大姨错了。

二球厮和红太阳从大姨家出来，走到路口时，洋油灯正站在路边上蹦下跳呢。洋油灯看见他们来了，嘟哝道，怎么这么久？脚都冻麻了。红太阳从口袋里拿出大糕来一扬，说大姨给我这么大呢。洋油灯赌着气说，我才不稀罕呢，回家看姆妈不骂你们的。洋油灯嘴上说不稀罕，心里却亏得慌。

兄妹三人挨家挨户地走，小庄一家也没拉下。乡下过年就是这样，最热闹的是孩子们。孩子们一趟一趟串来串去的，说点好话，讨份年礼，村里才热闹，大人们也才热闹。

兄妹三人进入大庄时,太阳才露出红红的脸。西北风歇了,寒气退了些,天气稍暖和了一点。跑了一阵,兄妹三人身上热了,就不冷了。

一路都是粉身碎骨的鞭炮纸。

刚进大庄就遇上了大叫鸡他们。大叫鸡他们把大庄已经扫荡了一遍。二球厮瞄了大叫鸡身上的书包,最多不超过十块,硬邦邦的大糕像要戳破书包似的。红太阳数了数自己的口袋,说我有十三块呢。

大叫鸡对二球厮说,二哥,下午掼小巴子玩好不好?二球厮知道大叫鸡是想赢大糕,说,玩就玩,怕你呀?下午都把大糕带上,输了不准哭。

大叫鸡他们走过去了,二球厮拍拍自己的口袋对洋油灯说,听我的没错吧?我就知道,和尚多了没水喝。洋油灯和红太阳点头说是。

大庄西头的第一家是五奶家。五奶是五保户,一个人住在偏厦里,没儿没女。五奶手里抓根拐杖,孤零零地坐在门口晒太阳,满头白发像雪球一样在太阳底下闪着光泽。欢天喜地的鞭炮声中,她似乎在耐心地固守一份清静。

别去五奶家了。二球厮说,五奶只分了半条大糕,给她自己留着吃吧。红太阳说,嗯哪。洋油灯说,我们家家都去磕头拜年了,唯独不给五奶磕头?大叫鸡他们肯定也没去五奶家,五奶多可怜。我们去给五奶磕个头就走吧。二球厮说,大过年的,去磕头了,五奶能不给年礼吗?至少也要给块水果糖吧?到时拉拉扯扯没个完,耽误时间。洋油灯说,我们磕了头就跑嘛。

兄妹三人到了五奶的门口。五奶的眼神不太好,看了半天还不知道是谁,拄着拐杖颤巍巍地从小凳上站起来。二球厮跑过去扶住五奶。洋油灯说五奶,我们来给您磕头了,祝您身体健康,福如东海。五奶满头白发晃了晃,伸过头来问,你们是哪家的孩子呀?二球厮说,我们是四队荣中家的。五奶嗫嚅着嘴,荣中家的?哦,晓得，晓得，来，坐下来吃瓜子。五奶转身要进黑洞洞的里屋拿年礼，红太阳一叉腿张开四肢拦在五奶的面前。红太阳说，五奶您别拿东西，我们来玩玩的。洋油灯也过来拉住五奶，说，五奶，您别累着，坐着别动了。五奶只好坐了下来，说，你爸你妈好啊？二球厮说，好着呢。五奶点点头。二球厮朝洋油灯使了个眼色，意思要走。洋油灯没动，仍和五奶聊着。

五奶的手颤悠悠的，掀起围裙，掀起襟褂，又掀起厚棉袄，从里面的衬衣口袋里哆哆嗦嗦地掏出一个手绢来。五奶打开手绢，从里面拿出三张一角钱来。五奶说，来，五奶给你们压岁钱。二球厮用手压住五奶的手说，五奶，您留着用吧，我们不要。五奶说，不作兴的，来了哪能空手呢？大过年的你们能想着五奶，比大人还懂事，我高兴啊。五奶一高兴就呜呜哭了，浑浊的泪顺着满是黑斑的脸淌下来。五奶说，五奶老了，没用了，没人看得起了，你们真乖，是荣中让你们来的吧？兄妹三人都嗯哪了一声。

洋油灯往五奶桌子上看了一眼。桌子上放着一只匾，匾里有瓜子，不多，还没动过。一只水壶冷冷地站在桌上，水壶旁几只碗摞在一起。地上扫得很干净，没有瓜子皮。

洋油灯的眼睛忽然湿了，说，二哥，小妹，都过来，我们跪下给五奶磕个头。

五奶还没反应过来，兄妹三人齐刷刷跑到五奶面前，恭恭敬敬地给五奶磕了一个头。五奶的嘴唇颤抖得厉害，哭出了声，说奶奶受不起呀。五奶又要将毛票子塞给红太阳，兄妹三人全跑了。

五奶拄着拐杖，追了两步，停了。兄妹三人跑远了，五奶仍站在后面望。五奶的白发在寒风中，舞起一片雪花。

洋油灯郁郁地说，这么大的庄子，这么多人，怎么没人来给五奶磕头呢？二球厮说，人老了都这样吧。红太阳说，老师说的，要尊老爱幼，等开学了，我带同学来帮五奶做事情。太阳升了起来，天气暖洋洋的，路上的冰开始化了，烂泥沾在了棉鞋上，又甩到了棉裤上。二球厮摸摸自己的口袋，又捏了捏洋油灯的口袋，说你没我多。洋油灯说，你吹牛，我肯定比你多，要不咱俩比比。二球厮说回家比，现在抓紧去磕头。二球厮又捏了捏红太阳的口袋，说她才多呢，你看。二球厮压住红太阳的口袋让洋油灯看，红太阳捂住口袋往后退，说我没你们多，我才一点点。洋油灯说，谁多谁少，回家比比就知道了。

红太阳！红太阳找了个树枝，正在剔棉鞋上的烂泥呢，听到有人叫自己。一抬头，是小雪花。小雪花和红太阳是同学，一个班的。红太阳说小雪花，过年了，你咋还穿那破棉袄呢，你看这儿，棉花都出来了。小雪花用手把棉花往里面按了按，得意地说，我妈说了，今年没钱，明年给我买花棉袄。洋油灯皱了皱眉头，插上话来，说明年？明年你妈就有钱了？除非明年你爸不当反革命了。小雪花忽然不说话了，双眼一红，泪就顺着冻得红紫的面颊往下流。红太阳一看小雪花哭了，冲洋油灯嚷了起来，说你看你那个死相，小雪花怎么惹你了？洋油灯说你才死相呢，我骂的是反革命，关你什么事？你要是护着她，你也是坏人。二球厮制止弟弟妹妹，说大过年的，别咒死咒活的，不吉利。红太阳看小雪花还在掉眼泪，搂过小雪花，从口袋里拿了块大糕塞进小雪花红通通的小手里。小雪花用袖子抹了泪，抽了几口冷气，不哭了。二球厮责怪洋油灯，以后少废话唠叨的，人家小雪花爸爸怎么反革命了？不就说错一句话吗？红太阳也附和道，是啊，不就说错一句话吗？害得小雪花连新棉袄都穿不上。

小雪花听到这里，又呜咽开了，不知是为自己委屈，还是为她爸爸委屈。正如二球厮所说的，小雪花的爸爸就是说错了一句话。夏天快要过去的时候，小雪花爸爸在生产队的地里栽山芋秧，栽了一下午，栽到最后了，小雪花爸爸的手里只剩最后一棵山芋秧了，小雪花爸爸轻松地吐了一口气，然后将一棵山芋秧摁进了山芋行里，摁得很深。小雪花爸爸突发奇想地说，我保证这棵山芋秧万寿无疆！小雪花爸爸是活学活用了流行标语"伟大领袖毛主席万寿无疆"中的词了。因为天天喊口号，背语录，这个词常挂在嘴边，小雪花爸爸一不小心就引用到山芋秧上了。然而，"万寿无疆"这个词已被赋予了政治色彩，与伟大领袖毛主席始终是紧密相连的，是不能随便引用的。小雪花爸爸的话被一起干活的社员们听见了，谁也没有笑，谁也不敢笑，都齐齐地盯着小雪花爸爸，仿佛小雪花爸爸说了一句惊天动地的豪言壮语。小雪花爸爸这才意识到问题的严重性，顿时脸色煞白，像犯了大罪。他是犯罪了，他在污蔑伟大领袖，证据确凿，不容抵赖。几个社员不谋而合地揪住了小雪花爸爸，反剪着他的双手，押到了大队部。

小雪花爸爸的罪名是现行反革命，面前挂着个厚纸牌，名字上打了个红红的大叉子，现行反革命罪从此钉在了他的身上。大队召开群众大会时，小雪花爸爸低着头，挂着牌子，戴着高帽，站在主席台上。台下黑压压的群众举起拳头，高呼口号批斗他。后来小雪花爸爸被关进了牛棚，一家人全靠小雪花妈妈挣点工分。小雪花妈妈在村里抬不起头来了，挣点工分不容易，队里的重活脏活她都干了，挣的工分还是最少。

红太阳央求二球厮说，你看小雪花口袋里瘪瘪的，带上小雪花一起去磕头吧。二球厮还没表态，洋油灯率先反对了，带小雪花干嘛？她自己不会去磕头啊？红太阳不理洋油灯，对二球厮说，二哥，带上小雪花吧，生产队过年分大糕时，也没分给小雪花家，小雪花是吧？小雪花点点头，说我们家没有大糕。洋油灯冲着红太阳瞪眼睛，说，要带你带，二哥，我们走！二球厮为难了。红太阳一跺脚，一拉小雪花，说，我们也走！红太阳拽着小雪花走了。二球厮在后面喊，早点回家，我们比比谁的大糕多！

太阳到了头顶，要到中午了，兄弟俩转到了大庄东头。大庄最东头是小雪花家。兄弟俩没去磕头。洋油灯说她家没大糕，去干嘛？二球厮并不是想要大糕，只想去磕个头就走的，一想到小雪花爸爸是反革命分子，去了怕不好，再说洋油灯也不肯去，肚子又有点饿了，干脆回家吧。

兄弟俩踩着一路烂泥回到了家。母亲饭做好了，肉烧茨菰，干豆角烧大肉团，香喷喷的。二球厮口水马上流下来了，拿起筷子要吃。母亲说，咦，你妹妹呢？怎么没和你一块回来？二球厮也咦了一声，说红太阳还没回来？洋油灯说，她和小雪花去玩了。

一家人吃饭了。吃了一会，红太阳回来了，棉鞋上都是泥，棉裤腿上湿漉漉的。母亲说小姑奶奶，你腿上怎么湿了？红太阳提了提裤腿，说掉冰窟窿里了。什么？母亲一惊说，说多少次了，小孩子不能去河边，你还是往哪儿跑？若在平时，红太阳准要挨揍了。红太阳说，我刚才去后面河崖洗手，结果大糕全滑进了冰窟窿里，我用手去捞，脚就滑进了水里。啊？二球厮一惊，说你的大糕都没啦？洋油灯说，白要了一个上午。二球厮也说，她要的比我们还多呢。洋油灯捣捣二球厮，又使了个眼色，两人就跑出去了。

母亲说，小孩子不作兴说谎的，你说你的腿掉进冰窟窿了，棉裤腿湿了，棉鞋咋没湿呢？红太阳一下红了脸，嘴上仍是狡辩，姆妈，大糕真的掉进水里了，不信你问小雪花，小雪花当时就站在河崖上。母亲看了一眼红太阳，说我不用问，我知道，是小雪花捧水故意将你的棉裤腿浇湿了的。红太阳急了，忙说不是的不是的，姆妈，大糕真的全掉进冰窟窿了，棉裤湿了和小雪花无关，小雪花是反革命的孩子，她敢欺负我这个贫下中农的孩子吗？母亲说，大糕没了不要紧，妈不怪你。可你不该撒谎，况且天这么冷，你将自己的棉裤弄湿了，冻坏了没有？赶紧脱了棉裤，放火盆上烤干吧。

二球厮和洋油灯从家里出来后，商量来商量去，要把大糕捞上来，只有找大叫鸡。大叫鸡他爸是打鱼的，他家有一个绑在长竹竿上的尼龙网兜，拿来打捞大糕再好不过了。大叫鸡一听说大糕掉在河里了，马上来了兴致，扛着网兜就往河崖跑。河里结了厚厚的冰，靠河崖的地方被大人砸开一个洞，挑水淘米用。大叫鸡一边把网兜伸进冰窟窿搅动，一边说，我们说好了，捞上来的大糕三人平分。二球厮说，行。大叫鸡捞了半天，一块大糕也没捞上来。二球厮说让我来。二球厮也在冰窟窿里捞了一气，捞上来的都是水草。洋油灯又捞了一阵，把水都搅混了，也没捞出一片大糕来。奇怪，难道让鱼吃了？大叫鸡又接着捞，说肯定是滑到深地方去了，便把竹竿往深水里伸。

　　三个人捞了小半天，把攒小巴子的事都耽误了。可不管怎么打捞，连一粒大糕屑子都没捞上来。

寻找灵感的房间

麦收羞于启齿的蜗居

麦收没想过要动真格去租一间属于自己的单房。

虽然麦收在深圳没有房,但有住的地方。

麦收住的地方离东门不远,购物很方便,但离上班的地方有点远。上班远点也好,朋友同事不方便来串门了。麦收从不带人去他住的地方,麦收不喜欢。同事和朋友提到这个话题时,麦收就找个理由避开:呵呵,和老乡合租的,实在不方便。有两个难缠的家伙,还是要去玩。麦子就吓他们,和我同住的那家伙有个怪癖,喜欢在屋里裸走,等那家伙搬走了,再带哥们去玩。有人惊讶,你们该不是同性恋吧。麦收笑,说,说不准。别人也笑。深圳是什么地方,鱼龙混杂,什么人没有?不用说在房间裸走,在大街上裸展的都有,还说是裸体艺术呢。

麦收有麦收的苦衷,但并没他说的这么恶心。麦收住在一栋老楼内,住的是三室一厅。三室一厅不是麦收一人住了,麦收住的是三室一厅中的一室。再精确一步说,麦收住的是三室一厅中的一室的一个床铺,外加一个二十四分之一的共用厕所。这就基本符合麦收的实际情况了。

与麦收合租三室一厅的，不是一个人，而是二十三个人。加上麦收二十四个。三室和一厅都住了人，还有一个共用厨房和男女共用的用一块破布遮挡的厕所。厕所麦收是用的，厨房麦收不用。住这里的人图的是房租便宜，一个月含水电费才一百八。

麦收并不是担心这么多人合租，会把同事给吓到了。麦收担心的，是自己的面子，太坷碜了，在单位就没了话语权。

话语权对麦收很重要。重要到什么程度呢？举个例子，麦收最近利用这个话语权，可能已赢得了一个女孩的芳心。

麦收是一家杂志社的编辑部主任，什么稿子上，什么稿子下，麦收说了算。这点语话权说大不大，说小不小，关键时刻却很重要。比如麦收要临时插一篇稿子，一个叫钰茗的女孩写的，麦收的关系稿，就必须拿掉其他编辑已经审核了的另一篇稿子，这时话语权的重要性就凸显出来了。

麦收是编辑部主任，要具备与主任身份相匹配的相关条件，才能让人信服。麦收现在住的地方与麦收的身份是不匹配的。主任应该住什么样的居室呢？至少不应该住这样的居室吧。

每次麦收从编辑部下班回来，一走到这黑乎乎的楼前，心里就黯淡了下来。深圳是个年轻的城市，怎么会有这么又老又破的楼呢？楼前总有几摊黑污污的积水，卖水果卖快餐的馊水流了过来，苍蝇蚊子飞了过来。楼洞黑乎乎的，楼梯和墙壁上满是性病广告搬家广告收废品广告。麦收顺着楼梯上楼，看着楼梯也生气。水泥掉块了，墙壁脱落了，楼梯又很陡，楼道堆满了清洁车板车自行车之类的东西，这些东西早该扔了。

麦收没有租房的钥匙。住在一起的二十四个人都没有。二十四个人住在一起，还有配钥匙的必要么？麦收进来时，几个光着脊梁的男人正在斗地主，麦收踮着脚尖走了过去。公用厨房里几个女人在炒菜，油烟滚滚，麦收被辣椒味呛得连咳了几声。

麦收不做饭。麦收在外面吃了快餐，进了自己住的一室。这个室稍大，摆着三张上下铺铁架床。另外两室小一点，摆两张铁架床。厅也不大，摆了两张铁架床。麦收是单身，住在上铺。这里住的，有单身，也有夫妻。单身的一人一张铺，夫妻的两人挤一张铺。每个床铺都用厚厚的床帘包着，隔开视线隔不住耳朵。就那么点事，能隔开视线就行了。

麦收和同居的人只是面熟，少有交谈。没人知道麦收是干什么的，也根本不会想到这里住着一个文人，还是个编辑部主任。

要为钰茗换房

麦收钻进床帘，打开挂在蚊帐上的小风扇，又打开床头的台灯，然后从包里拿出一本刚出的杂志，随便看着自己编辑的几个栏目。麦收看到了一个熟悉的名字：钰茗。麦收认真地看了起来。钰茗说，这是她的处女作。钰茗的文笔还不错，有些稚嫩，但情感细腻，丰满。样刊已经寄出去了，钰茗过两天就能收到了。

麦收想象着钰茗收到样刊时的兴奋，自己也兴奋了。

兴奋中麦收的思绪飞出了杂志，领着钰茗进了自己一室一厅的租房，厅里有沙发，有桌椅，有很大的阳台，还有属于自己专用的卫生间。麦收领着钰茗参观自己的卧室，床很宽，席梦思很软。钰茗一下就扑到了席梦思上，麦收就扑到了钰茗的身上。

钰茗说，没有你，就没有我的处女作。

麦收说，你的处女作真美，我还想看。

麦收认真地阅读着钰茗又一篇别样风景的处女作。麦收的整个身体都压到了钰茗的身上，激情和灵感一下子涌了出来，像写一篇散文或吟一首诗歌。麦收感觉自己一会被推上山峰，一会又被扔下山谷，一会像只鸟飞向云端，一会像条鱼潜入水底。

这种感觉，麦收完全是身不由己的。麦收从忽忽悠悠沉沉浮浮中睁开眼，没有席梦思，没有钰茗，一切都在虚拟中。

让麦收从似醒非醒中醒过来的，是女人的呻吟。麦收的耳边真真切切地传来女人的呻吟。女人的呻吟很低很压抑，还有很急促的喘息声。麦收听出来了，这个声音来自下铺。

麦收下铺住的是一对年轻的夫妻。麦收少有注意那个男的，只知道他常穿着保安服。那女的勾住了麦收的眼球，女人漂亮，是商场的营业员，举止大方，皮肤白净，在屋里穿一件吊带衣晃来晃去。有时天太热，下铺打开了床帘，女人穿三点式无遮无掩地躺在床上，像躺在自己的家里。麦收偷偷地看了一眼。

对于已经结婚的麦收来说，住在这对夫妻的上铺，就像睡在热锅的上面，是一种难以忍受的煎熬。

麦收不止一次地想，得出去租房子了。

麦收并没有动真格的，只是想想而已。麦收的口袋不是很丰满，而且过于羞涩。

麦收在杂志社工作没错，是编辑部主任也没错。但麦收所编的杂志不是摆在书架上的那种，而是摆在地摊上的。深圳人把这类杂志叫做地摊文学，地摊文学与书架文学（编辑部的同事这么说）不同之处在于，书架上的杂志是正规机构出资主办的，经费来源有保障。而地摊文学是私营的，宗旨是拉广告给老板赚钱，与弘扬文化无关。经费来源也没保障，指不定哪天老板屁股一拍就跑了。

麦收是爱好文学的，需要一个空间来施展拳脚。正规杂志的编辑都是吃皇粮的，轮不到麦收这个鼠辈。麦收就到了地摊文学做编辑，后来还提了主任。麦收不太好意思和别人说薪水的事。问急了，就说将就着够填饱肚子。好在深圳人都知道，工资是个敏感的话题，人家不说，最好不要再追问了。

若在关内租房，麦收就要作一个抉择，要么将胃口缩紧点，要么把十块钱一包的红双喜改成五块钱一包软包装的好日子。麦收迟迟拿不定主意。

现在,麦收要动真格了,决定租一间单房。原因呢?麦收很难说明。是为了身心健康,为了雄风长存,还是为了……这个"为了",连麦收自己都没有确切的答案。麦收想,这个答案与钰茗有关,需要钰茗来回答。更确切地说,需要钰茗用行动来回答。

辛苦觅房

钰茗收到了样刊。钰茗看到自己的处女作发表了,激动得眼泪簌簌往下掉,埋在心底多年的夙愿,终于实现了!钰茗想大哭一场。痴情文学的人都好这样,尤其是文学女青年。这个夙愿是麦收老师帮自己实现的,钰茗想来看看麦收老师,当面致谢。钰茗没说怎么谢,麦收就有了想象的空间,设想了多种答案。不管钰茗拿什么谢,钰茗要来看麦收老师,这个答案是肯定的。

钰茗来了,在哪里见面合适呢?麦收想,绝对不能带钰茗去编辑部。尽管于钰茗来说,可能更希望去编辑部看看,看看这个文学的殿堂。在读者的心里,编辑部一定是很具文化味,很窗明几净的。当初麦收就是这样想的,等真的到了这家编辑部时,麦收的文学梦差点都碎了。麦收所在的编辑部,就一间紧挨着厕所的房,日光灯,白粉墙,老吊扇,旧沙发,仅此而已。麦收不想再粉碎另一个文学女青年的梦想,拂了她的兴致。何况编辑部那帮编辑哪个不是嘴上抹油眼里闪电的主?

不带钰茗去编辑部,麦收能带钰茗去哪里呢?总不能带钰茗去自己住的地方吧?那样就不仅仅是文学梦的破碎了。

麦收就是在这时决定租房子的。

麦收要租房子,就要省点花钱。至于省饭还是省烟,麦收也想好了。烟不能省，别人给你扔一支红双喜，你给人扔一支软包的好日子过去，这哪像一个主任干的事啊？紧缩胃口吧，反正别人看不到。

麦收上班的地方在石厦南。石厦南在深圳市区的最南面，再往南是一条宽阔的河，河的那边就是香港的地界了。麦收每天都和香港隔河而望。往东是益田村，都是花园式小区，有一房一厅出租。房东说，这个小区里没有比我房租再便宜的。麦收说，便宜是多少？房东说，一千六，水电另计。麦收说，干脆让我老板将我工资直接打到你的账上得了，我还活不活啊？

有人说沙尾的房租便宜，就是治安不太好。麦收去了沙尾。沙尾的街巷很窄，地上也是湿湿的。晚上人很多，卖衣服的，卖鸡煲的，卖砂锅粥的，巷子里还飘着烤羊肉串的糊香味。麦收沿着小巷看，租房的将手机号码写在墙上或贴在电线杆上。麦收打了几个电话，人家说房子早租出去了。

麦收继续往前走。在垃圾池的墙上有一个招租电话。麦收拨通了，是个女孩的声音。女孩让麦收站在那里别走开，她十分钟赶到。麦收想问房租多少，房子多大，那头已挂了电话。麦收站在那里，想着那个女孩会从哪个路口出现。没到十分钟，女孩从麦收的后面来了。麦收站在垃圾池旁租房广告的边上，女孩一眼就认出来了。麦收问是单间吗？女孩说是。麦收问有卫生间吗？女孩说有，没阳台。麦收说远不远？女孩说，不远，钻几个胡同就到。路上麦收问，房租贵吗？女孩心不在焉地说不贵，便宜着呢。麦收放心地跟着女孩像打游击似的，拐了几个弯，到了一栋破楼前。女孩说就是这里了。这是民房，很旧，不比麦收住的楼好。麦收迟疑了一下，跟女孩进了楼洞。

女孩带着麦收上了楼顶。楼顶上竟然有一小排房，都是单间。女孩打开门，亮了灯。麦收看房子不高，房间也不大，就够一张床，里面一个很小的卫生间，很小的窗户，几乎是不透风的，屋里太热。

女孩说太热了，女孩就脱了一件衣服，身上就剩一件比胸罩大点的露脐衫了。

麦收这才打量一下女孩。女孩十七八岁的样子，脸蛋和身材都还不错，皮肤不怎么样。坐下吧。女孩说。麦收坐在床沿。女孩挨着麦收坐下，浓郁的艳香直灌麦收的鼻孔。

女孩说，看没看上这房子？麦收说不太好。女孩说，想不想给他租房啊？女孩说话时用手指指麦收的下面。麦收的那儿就动了一下。女孩看到了麦收的反应，站了起来，抱住麦收，把胸贴在麦收的脸上摩挲着。麦收很久没碰女人了，欲望一下被点燃。麦收抓住了女孩的胸，使劲地搓揉起来。美妙的手感让麦收如入梦境，感觉抓着的是钰茗的胸。钰茗突然间从脑子里窜出来，麦收有了负疚感，停了手，说不租了。

麦收几乎是逃了出来。

麦收路过西湖宾馆时看到宾馆旁贴有租房广告。麦收问了几家，基本都租出去了。好不容易有了空房，房租都在一千元左右。麦收谈了半天，房租居高不下，麦收放弃了。

关外租房便宜，但太远，麦收不想来回折腾。这时，麦收又从他的租房关系网中得到信息，新洲那儿有带卫生间的单房，别人刚搬走，而且房租便宜，六百块。

当晚麦收就去了。麦收拐进一条很窄的巷子。深圳人把挨得很近的楼叫亲嘴楼，那里就这个样子。房东是个五十来岁的光棍，在关内独自拥有这栋十四层高的楼房。老光棍带着麦收上了三楼，打开铁门，屋里一片狼藉，显然别人退了房刚搬走。一张稍大点的床占了房间的五分之三，没有阳台，厨房和卫生间在一起，一共不足两平方。卫生间有个很小的窗户，房间里有个很大的窗户。

老光棍问麦收要不要？麦收说考虑一下。老光棍说，要，现在就交两个月房租做押金，不要，马上就有人租。麦收有些踌躇。麦收在想，钰茗会不会喜欢这里呢？一个编辑部主任住这里寒不寒碜呢？老光棍说，不租就算了，我要去打牌了。麦收一咬牙，要——吧。

麦收心里踏实了，终于有了自己的空间。钰茗来了，就可以在这里畅谈文学，畅谈人生，做自己和钰茗想做的事了，只要钰茗愿意。

住进新洲，麦收心里也别扭。房子像一个铁笼子，麦收像困在里面的狮子，转身都困难。麦收搭了一个简易办公桌，勉强可以写东西。

换房失败

麦收向钰茗发出了盛情邀请，请钰茗来关内，谈她的作品，交流创作技巧。钰茗答应了，定在星期天。

麦收激动的情绪无法形容。在钰茗到来之前，麦收花了两个晚上，将房间全部打扫一遍，将蟑螂和老鼠请了出去。

星期天，钰茗应约而来。麦收特地到石厦南汽车总站接钰茗。钰茗在东莞虎门上班。到了中午才到石厦南。麦收带钰茗到了租房。钰茗个子不高，皮肤白，看上去很纯情。钰茗对麦收很尊重，张口都是麦收老师。进了房间，钰茗才明白，麦收老师不是带她去编辑部。麦收说今天是星期天，编辑部的整栋大楼都被物业保安锁了，进不去。

在哪里都一样，在哪里都可以交流。

麦收拿出钰茗的处女作，说你的文章我读了十几遍，每次我都流了泪。你对母亲的感情细腻，饱满，文字清新，一股少女的清香扑鼻而来。麦收使劲嗅了嗅鼻子，他闻到了钰茗身上散发的少女的清香。

麦收拿出自己的作品，也是思念母亲的。钰茗读得很认真。读着，读着，钰茗的眼泪出来了，身体在颤动。麦收的笔墨老成，细致，将母亲的艰辛刻画得入木三分。钰茗和麦收一样，家在外地，远离广东，亲情最容易引起共鸣，寂寞和孤独最容易被激发出来。麦收用纸巾给被文字浸透了的钰茗擦泪。钰茗用手去接纸巾，手已被麦收适时地捉了过来。

是你的处女作？钰茗问。

不，是我的处男作。麦收说，坏坏地笑着。

麦收从后面搂着钰茗，然后用手抚摸钰茗梨花带雨的粉脸。钰茗的目光仍直直地在字里行间耕耘。麦收的手像一只饥饿的老鼠，在钰茗的身上寻食。麦收握着钰茗丰腴的胸时，禁不住闭上了眼睛，想要将这美妙的感觉烙在脑海里。这时，钰茗的目光抬高了点，再抬高点时，一惊，突然转脸扑到麦收的怀里。麦收没看到钰茗眼里的惊恐，以为钰茗来了激情。别……钰茗的声音带着明显的恐惧，头仍埋在麦收的怀里，一只手颤抖地指向窗外。顺着钰茗的手指往外看，麦收看到了一双浑浊的眼睛。这双眼来自对面亲嘴楼的一个房间，窗户与麦收的窗户正对着。一个老妇人正木然地望着他俩。

麦收愤怒地跳起来，找两张报纸挂在了窗上，挡住了那双觊觎的眼睛。屋里暗了下来。麦收又去抱钰茗，钰茗左闪右避。不管麦收怎么哄，钰茗都是躲躲闪闪。钰茗说我要回去了，明天还要上班呢。

钰茗走了。

晚上，钰茗给麦收报了平安。钰茗说，麦收老师，您是编辑，是作家，在那里您能找到创作的灵感吗？即使来了灵感，能不被打断吗？

麦收听出了钰茗的一语双关。

房内点燃的激情

麦收重新调动了租房关系网，得知上沙有房出租，还是新房子，房租六百块。麦收借了一个单车，骑车去了。上沙离石厦南不远，公交车两站路。麦收想，如果在上沙住，就买辆旧单车，一天能省四块钱路费。

上沙的房子也在一个小巷子里。巷子里有几个发廊，里面美女如云，穿的衣服比三点式稍多点。进了要找的那栋楼，楼下有专人负责管房子，麦收说明了来意。

管房子的带麦收乘电梯上了六楼。楼很新，电梯里的贴纸还没扯掉。管房子的说，这是新楼，房租高点。

那单间原来是在楼梯间，七八个平方，在关外就是贮藏室，关内寸土寸金，当单间出租了。房子被粉得很白，显然没有住过，空荡荡的，什么也没有，一支崭新的日光灯更衬得房间干净雅致。房间的最里侧隔了一个极小的卫生间，一个水龙头，一个便池。

这间房有一个特点，当然在别人眼里可能是缺点，在麦收来说，就是优点。房间没有窗户，门缝都看不见。关上门，整个房间是密封的，除了空气，光都溜不进来。

麦收想，钰茗不用担心窗外有眼了。麦收当即交了房租和押金。

新洲的房子已交了两个月房租，才住半个多月。麦收找老光棍想退房租。老光棍不好找，白天出去打牌，晚上出去鬼混。麦收找了五六次，总算在楼下逮住了老光棍。老光棍像吃了摇头丸，说房租和押金都不会退。麦收退房亏了近千块，愤愤地在心里骂了几句，拿走了行李。

钰茗又寄来了稿子，写少女情怀的文章，文中流露出对寂寞的无奈和对爱情的渴望。麦收却读出了钰茗对自己的思念和激情的饥渴。麦收回复说稿子拟采用，说自己住到上沙，说房子没有窗户，并邀请钰茗来关内交流。

钰茗来了。钰茗一看没窗户，就有了几分喜欢。麦收对钰茗的文章进行了指点。麦收握住了钰茗的手。麦收吻了钰茗的唇。麦收握住了钰茗的胸。麦收继续往深处探索，就压到了钰茗的身上。钰茗闭着眼，脸色红红的，像一朵盛开的鲜花。麦收和钰茗的身体融为一体时，麦收真真正正地体会到了从山峰到山谷再到山峰那种美不胜收的感觉。整个过程一气呵成，仿佛写了一篇优美的散文，灵感如泉涌。两人默默地交流，不曾停歇。事毕，一朵深红色的鲜花映在洁白的床单上，一篇最为抒情的上乘之作在麦收老师和钰茗作者的交流中顺利完成了。

这个房子有灵感吗？钰茗趴在麦收的怀里问。

不止有灵感，还有激情。麦收说，现在我的激情又来了。

之后，钰茗又来过几次。每一次两人都是激情踊跃，灵感叠生。

为妻儿再次换房

暑假到了。麦收老婆来了电话，说儿子想来深圳看麦收。

老婆带着儿子说来就来了。睡了一个晚上，老婆和儿子都不喜欢那间贮藏室。麦收和老婆做那事时，也找不到灵感和激情，老婆说透不过气来。六岁的儿子说我要住在望得见香港的房间，可这里连个窗户都没有。麦收对儿子说过，爸爸工作的地方能看得见香港，儿子上心了。老婆说儿子一心想看香港，你就满足他吧。麦收也不想让儿子失望，从内地千里迢迢来一趟深圳不容易。只是在上沙才住两个月，又要搬家。麦收还是去益田村租了套一房一厅，房价谈到一千四，订了半年的合同。那个房间在十六楼，有阳台，正好能看到对面的香港。

儿子那份高兴劲令麦收欣慰。老婆把出租房当成自己家似的，每天把房间打扫得很干净，一日三餐将饭菜做好，等着麦收回来吃饭。儿子就站在阳台上望香港。麦收指着东边的那个双层大桥，说那里是皇岗口岸，从那桥上坐车过去半小时，就是香港了。儿子就想去香港了。麦收说没有边防证过不去的，还要很多钱呢。儿子不依。麦收就给儿子买了个高倍的望远镜，香港拉近了，看清楚了，麦收和儿子一同望香港。后来麦收来了灵感，写了一首诗《望香港》，发在了自己编辑的杂志上。后来钰茗看了这首诗，说写得真好。

租房离编辑部不过十来分钟的路程，麦收每天悠然自得地步行上下班，日子过得有滋有味的。

老婆和儿子来深圳的事，麦收没有告诉钰茗。麦收说自己出差，这段时间不在深圳。老婆和儿子玩了二十天，回去了。麦收这边刚送走了妻儿，那边就给钰茗发了个信息，让她来关内。

灵感消失的房间

钰茗来了后，才知道麦收换了租房。钰茗眷恋那没有窗户的房间，心里有些不爽。麦收说，会让你满意的。

进了小区。环境就不同了，看得出钰茗的心情很愉悦。乘电梯上了十六楼，打开房间，一个宽敞明亮的房间展现在钰茗的眼前时，钰茗几乎晕了。

麦收说最好是阳台，可以看到香港。钰茗走进阳台，香港果然遥遥在望了。麦收搂着钰茗说，那儿就是皇岗口岸，离咱们这儿很近的。钰茗说，香港真美，这辈子要是能去了香港，我就无怨无悔了。麦收抚着钰茗的黑发，温柔地说，我会让你无怨无悔的。钰茗幸福地倒在了麦收的怀里。

这房租很贵吧？钰茗问。

一千四。麦收说,宝贝,为了你花多少钱也值。

钰茗张大了嘴巴,你这个大编辑一月工资有好几千吧?

麦收说,两千,在关内算无产阶级了。

钰茗感动了,说去了房租,你就剩几百块钱了。别为我太破费了,我们用不着这么大的房间,上沙那间就挺好。快别租了,住回上沙那房子,好吗?

麦收顺手将钰茗抱了起来,抱进了卧室。麦收急迫地要剥开钰茗。钰茗羞赧一笑,说,拉上窗帘。麦收说没事啦,这是十六层,楼与楼又亲不了嘴,怕什么。说归说,麦收还是拉上了窗帘。

卧室的光线稍暗了点,但没有上沙那间贮藏室暗。麦收心急火燎地剥开了钰茗。在这光线较亮的房间里,钰茗进入不了状态,就像写诗没了灵感,创作没有激情。麦收渐入佳境时,钰茗却目光呆滞。钰茗的心思移到了别处。钰茗的目光忽然触到了床上的另一样东西。钰茗一怔,推开了翻云弄雨的麦收。

这是什么。钰茗的手里多了一根长发。

钰茗是短发。长发不是钰茗的。

是我老婆的。麦收想了想,照直说了。

噢,这房子是给你老婆租的?

不……不是,是给儿子租的。儿子要看香港。

钰茗冷笑。你不仅是个好老师,还是个好父亲,好老公呢。

第二天天还未亮,钰茗走了,不声不响地走了。待麦收醒来,清晨的阳光已透过窗帘映在他的身上。他习惯地伸手一摸身旁,空荡荡的。麦收想起昨天的事,钰茗这一走仿佛带走了他的思想,内心也空荡荡的。麦收静静地在床上躺了很久。

麦收打钰茗的电话,是他意料中的关机。数天后,他收到了钰茗寄来的信。麦收以为是她的又一份稿件,打开来一看,是写给他的一首小诗,题目为《寻找灵感的房间》——

房门关上了
顿时涌来一片无边的黑暗
我和你像深海里的两尾鱼
在暗寂中尽情地相互撒欢
内心是一片宁静的安全
沐浴欲望田野无拘的风
自我放飞没有阻拦
心花怒放中蓦然惊觉
原来生活自有规则
自由总会被现实羁绊
现在是一个新的房间
看得见窗外的风景
却丢失了彼此探索的灵感
一条孤独的鱼啊
再也找不到停留的港湾……

麦收在一刹那仿佛停止了思维，内心说不出是什么感觉，目光就定格在题目那几个字上……

我还能说些什么

1

一九八八年,我大学毕业刚分到凌州时,闫朝军是我唯一可以引为知己的朋友。闫朝军和我一样,也是刚分配来的。我们是在凌州市皮塑公司新入职大学生岗前培训时认识的。从此,交往甚密,情同手足。然而在我看来,我和闫朝军能成为朋友,是值得置疑的。

首先让我置疑的,是我们并没有共同语言。闫朝军是机械学院毕业,机械专业,成天拿扳手的。我是地质学院毕业,学的是财会,算盘不离手。二者风马牛不相及,何来共同语言?语言的内涵不共同,语言的表达也不共同。闫朝军满嘴的赣榆乡音的普通话,听上去很不利索,嘴里总像含了一口水。有时他说了一半,我就明白啥意思了。我的普通话带着阜宁乡音,语速快得像炸鞭,有时我的鞭炸完了,闫朝军还没反应过来,我不得不再炸一挂甚至几挂鞭。我们的乡音都很重,却这么磕磕绊绊地对着话,对得连猜带估,对得囫囵吞枣,竟没妨碍彼此的交流。

让我置疑的还有,我们的爱好完全不同。我爱好音乐,喜欢弹电子琴,弹吉他,吹笛子,吹口琴。闫朝军对这些狗屁不通,还总想不明白,那些1234567扎堆在一起,咋就神奇地变成了美妙的音乐呢？我鄙夷他，我也解释不清楚。闫朝军是个没有耐心的听众，常在我弹琴演奏沉醉其中时，忽然伸出他邪恶的手，在黑白之间胡乱地按一下，一汪纯洁宁静的秋水，就被他污染了。而他的爱好我更不感冒，我也想不明白，他怎么就能让电子钟走时了，对讲机对话了？他钟情无线电胜过女孩子，这是我后来发现的。他宿舍的桌上床上堆的都是破铜烂线，捣鼓起来津津有味。这时的他物我两忘，俨然与无线电融为一体。我实在想不通，天天捣鼓那玩意，能捣鼓来老婆啊？有次他做了个对讲机，让我帮着测试。两人在大街上拉开距离，看信号能保持多远。结果刚拉开二百米，信号没了，害得我在街上找他找了几个小时。

不说了。总之，我们成了挚友，毫无理由却又无怨无悔。

皮塑公司下属十来家工厂，塑料厂效益最好，皮鞋厂效益最差。闫朝军这小子运气好，分进了塑料厂，不但工资高，还有奖金。我分在皮鞋厂，不但没奖金，工资还总发不出。我哀叹："苍天不公啊，我本科生一月才八十八块五，他大专生却拿了一百二十八，凭什么他比我收入高呢？"闫朝军气我："我们车间那些初中生，收入都在一百以上。"我不生气了。这不是我的错，是上帝的错，上帝有眼无珠，我能奈何？人生几十年，风水轮流转，没准哪天上帝就光顾我了。现在想来，那时我太天真了。事实上上帝从没关照过我，在我还住着平房的时候，闫朝军就在城市中心地段买了三室一厅的商品房。

一九八九年秋，一个偶然的机会，我一度的置疑终于找到了答案。那天闫朝军带我去他乡下老家，他母亲问我多大，我说和闫朝军同岁。我说了年月日，他母亲吃了一惊，说："你和朝军一天生的？！你记的是阴历，他记的是阳历。"那时没有网络，我们就翻日历，查书籍，两人推算了半天，发现真的是同一天来到世上，相差不过几个时辰。这种概率很小的巧合，竟让我们在茫茫人海中碰上了!这个惊人的发现,直接将我们的友情推到了亲密无间的境界。后来我们出没在凌州的大街小巷时,几乎都是二人行。幸好那时没流行断背一说,否则要被人街拍炒作了。

2

一九九〇年年初,别人给我介绍个对像,女孩叫天芳。天芳是营业员,在大光明商场卖家用电器。闫朝军陪我一起去相亲的。彼此印象还不错,一周后,我买了电影票,让介绍人送给了天芳。我给闫朝军也买了张票。我眼拙,忘了天芳的模样。闫朝军和我站在电影院的台阶上,他一眼就认出了人群里的天芳,对我说:"她来了,那个穿白裙子的。"我看了看,说:"不像。"他笑:"待会看,坐你边上的是不是她。"结果是,他坐我左边,天芳坐我右边。

那时的爱情,很安静,很淡定,不比现在爱得浮躁,爱得轻狂。我们总是隔二差三的约会一次,见面了就是聊天,看电影,或吃个便餐,保持一定的距离。至于搀手,拥抱,基本要等到瓜熟蒂落的时候。恋爱像是马拉松,没个三年两载,一般是不会谈婚论嫁的。

记得有天晚上我刚下班,天芳来了。天芳说:"晚上看电影吧,新片。"那时流行交谊舞什么的,我们不会,也消费不起,看电影就成了我们恋爱时光最浪漫的事了。当然,在黑漆漆的电影院里,彼此的身体都被牢牢钉在了座椅上,什么也不会发生,发生的只是心理活动。这也很满足很浪漫了。我问天芳:"还没吃饭吧?"天芳说:"嗯,下了班就过来的。"我把手伸进裤兜里,一摸,再摸,然后直直地看着天芳,身子快僵硬了。天芳说:"你怎么啦?不舒服?"我没说话,眼神很空虚,脑子在运转。我的两个裤兜里空空的,分文没有。我尴尬极了,但不能让天芳知道,否则太丢人了。天芳主动来找我,还是第一次,平时都是我主动约她。所以我不能扫了她的面子，我要想办法。我脑子转到了闫朝军身上。我说："叫上闫朝军一起看吧。"

我骑着单车，带着天芳，去了闫朝军宿舍。我说："一起看电影吧，新片。"闫朝军笑笑，说："我今晚有事，不给你们当灯泡了。"我有点急，可天芳在，我不好明说，我向他递了个眼色，暗示他一起去。他偷偷摆了下手。我和他耳语："借我十块钱。"闫朝军怔了一下，又瞄了天芳一眼。天芳站在门口，正笑意盈盈地等我。闫朝军面露难色，强调了一句："我今晚有事。"我懂他的意思，他今晚也要用钱。但是，他的事再大，能大过我吗？我这可是终身大事啊。再说，他收入比我高，不至于像我这么穷吧。我有点不悦，闫朝军就悄悄递了十块钱给我。我递了个感激的眼色，带着天芳走了。

我没想到，闫朝军遇上了尴尬。准确地说，是我的尴尬转嫁给他了。他晚上果然有事，事情和我一样的大。他也约会了，和一个女孩看电影。但他没对我说，他甚至连交女朋友的事都没告诉我。他就这性格，没有把握的事，即使在我面前，也不说。这就不能完全怪我了。闫朝军也确实没有怪我。

闫朝军交女友才一个月，女孩叫红梅，在中药厂上班，长得还不错，体态也好。我是后来见到的。闫朝军对我说了他的尴尬。他本来是不尴尬的，他为约会准备了十块钱，如果不是借给了我，足够看电影的了。现在，他没钱了，还要硬着头皮带红梅去看电影。

他们先去了黄海影剧院。这时，我和天芳在吃饭，吃完了就在黄海影剧院看电影。闫朝军挤到售票口，又挤出来，对红梅说："这个电影看过了，一点不好看。"红梅说："那去工人文化宫吧。"看来，红梅喜欢看电影。听闫朝军说，红梅活泼开朗，能歌善舞，在中药厂是文艺骨干。

他们又去了工人文化宫，闫朝军故伎重演，说："这个也看过了，没啥意思。"闫朝军将电影的故事梗概说了，说得很平淡。故事梗概就贴在售票窗口的旁边，闫朝军刚才排队买票时，顺便看了，现学现卖讲给了红梅，表明自己确实看过这片子。看过的电影再看，确实没意思，红梅说："再去工人电影院看看吧。"红梅真是个电影迷，可把闫朝军犯难死了，总不能再说看过了吧？人都有急中生智的时候，闫朝军一急，也急出招了，说："今天上班听同事说，他们昨晚在工人电影院看的电影很刺激，有好几处黄色镜头，少儿不宜。"红梅一听，脸马上红了。别说他们才认识一个月，就是我和天芳认识三个月了，也不敢看黄的。甚至我在结婚后，别人送我一盘黄带，我都不敢看，原封不动地退还了。

凌州市区只有三家电影院，像排地雷似的，被闫朝军一一排除了。红梅怏怏然，说："算了，不看了，去公园坐坐吧。"公园晚上是免费的，也是谈情说爱的好去处。闫朝军如获大赦，带着红梅去了公园，总算敷衍过去，没让红梅看出破绽来。

闫朝军是两天后和我说这事的，我先是笑，笑了后，又有些愧疚。我想见见红梅，闫朝军遮遮掩掩的，说："才接触，过段时间带给你看。"我说："不行，当初我见天芳，你不也去了吗？我也要给你把把关嘛。"他似乎还是为难，后来我分析，他可能不太喜欢红梅。最后，他给我一个望远镜，让我在他们约会的时候，拿望远镜远眺。我只好依计从事，在华北桥头他们见面的地方，等着红梅走进我的镜头里。一会，一个蹦蹦跳跳的女孩进了我的镜头，走到闫朝军面前，两个人推车走了。

后来，我们两对恋人就熟了，常在一起玩。我们都处于恋爱初级阶段，不需要多少私密空间，平时各玩各的，到了周末，就一起去爬山，看演出，逛街。记得有次在桃花涧，我们四人仰躺在山坡上，一起嗑瓜子。红梅吐瓜子皮时，不小心竟吐到了我嘴里。闫朝军没说什么，倒是天芳，笑得在地上打滚。

四人在一起，喜欢打扑克，打升级。我和天芳一家，闫朝军和红梅一家。天芳打牌不长记性,牌很臭,我怎么指点都没用。红梅也指责闫朝军不会玩。为避免争吵,我们重新搭档,我和红梅一家,闫朝军和天芳一家。输了要请客,一餐十块八块足够了。自然是闫朝军和天芳输得多,闫朝军不好意思让天芳掏钱,只好他请了。他的收入比我们都高,偶然请次客,应该的。

3

世事如棋。未来常常是我们无法预料的,总有些事情来得莫名其妙。就在打牌和聊天中,我们的爱情也被悄悄洗了牌。这于我和闫朝军来说,未免残忍了点,但还是若无其事地接受了。

打牌成就了我和红梅的默契,爱好相同更牵动了我和红梅的心。打牌打累了聊天,聊天聊累了唱歌。我用电子琴伴奏,红梅且歌且舞,闫朝军和天芳当观众。红梅有副好嗓子,还有好身材,她的歌舞让我们大饱眼福。我夸红梅:"歌舞之时像明星。"红梅累了,我就独奏《恋曲1990》。这歌刚刚流行,红梅听疯了,说:"再弹一遍。"我又弹了,她还要听,最后让我教她,教会了又要我弹她唱。天芳也喜欢听,闫朝军则索然无味。红梅不管闫朝军,自顾自跳着唱着,点着头,扭着腰。红梅说:"下周末,中药厂有场晚会,我就表演这个节目,你和我配合吧。"我看着闫朝军,点点头。

之后的一周,红梅每天晚上都来找我,和我排练,一排练就是三四个小时。天芳有时来,有时不来。闫朝军陪了两晚上,就不肯陪了。他在给一家无线电杂志撰稿,要赶着写。红梅说:"不来拉倒,来了还影响我们。"闫朝军听了皱皱眉头。

周末到了,中药厂晚会上,我和红梅上场了。我在舞台中央放上电子琴,背着吉他,拿着笛子,然后和红梅并肩站着,面向观众。我先拨拉一下吉他,吉他发出清脆的鸣响。再拨了段快节奏的过门,然后迅速换上笛子，清亮的笛音悠然响起，舒舒缓缓流淌在大厅里。再换上吉他，急风骤雨地弹着伴奏，红梅随着节奏翩翩起舞。红梅歌声响起，大厅里掌声热烈。我再变换乐器，电子琴、口琴、笛子、吉他都派上了用场，每个细节表演都很完美，赢来掌声如潮。红梅就在舞台上，在如雷般的掌声中，突然抱着我哭了，又在我的额头上亲了一口。这个举动太大胆了，我们马上就被掌声口哨声淹没了。

闫朝军和天芳就坐在台下，显然看到了这个举动。于是闫朝军和我心存芥蒂了。很明显，我们在一起玩得少了。红梅不管这些，还是和我没心没肺地玩，唱歌，跳舞，聊天，像什么也没发生一样。闫朝军不来，说要研制LED，红梅就一个人来找我。而我，约天芳的次数也在锐减。

有一天，红梅羞涩地对我说："我发现我离不开你了。"说得我心跳。有了心跳，就真的是恋爱了。其实我早就心跳了，两天不见红梅，就想她。但我不敢说。我甚至谴责自己，怕对不住闫朝军。我想和红梅断了，怕背上重色轻友的骂名，又舍不得。我内心一直矛盾着。红梅说："我和闫朝军也没什么呀，就是处朋友嘛，又没动过感情，连手都没拉过。"我也没拉过红梅的手，但动了感情。

我和红梅私定终身后，就不约天芳了。我和天芳说了，天芳简单地说："理解，祝幸福。"转身走了。接下来，我要和闫朝军谈。我很为难。红梅说："我去和他说！"我摇头："不，只能由我说。"我去了，我说："和你说件事，很对不起……"闫朝军没让我往下说，用手势止住我，说："我和红梅只是朋友，你和天芳也只是朋友，我们更是朋友，朋友之间无论发生什么，都不用说对不起。"接下来，闫朝军的话让我更吃惊。"我觉得，你和红梅很适合。"我说："是。"闫朝军又说："我和天芳也合得来。"我懵了，不知所云。闫朝军说，他和天芳谈朋友了。我既欣慰又感慨，说："我祝福你们！"

在我和红梅的感情位移发生变化时，闫朝军和天芳也在变。天芳在大光明商场卖家用电器，那时还不太注重售后服务，保修期内电器坏了就退回厂家修，超过保修期就送到维修店修，商场没有专职维修人员。有时遇上不讲理的，天芳就头疼了。这样，天芳自然就想到闫朝军了。一九九〇年时，手机还没出现，单位也只有几部座机。要找人就打单位电话，要么就亲自跑一趟。大光明商场离皮鞋厂远，离塑料厂近，拐弯就到。天芳要维修了，不去找我，直接找闫朝军了。闫朝军修家电，基本能做到手到病除。找一两次行，总找闫朝军帮忙，天芳也不好意思，就跟领导说，付点劳务费吧。你看，这小子运气好吧，工资高，还能赚外快。那时搞兼职的很少，闫朝军就兼职赚钱了。至于天芳和闫朝军怎么就动了感情，我不知道。我一直没问过他们，其实也不用问。爱情是笔糊涂账。

一九九〇年底，我和闫朝军双双结婚了。闫朝军派天芳参加了我们的婚礼，我派红梅去参加了他们的婚礼。我说："没想到他天天捣鼓破铜烂线，竟能捣鼓个老婆来。"红梅回来说："他的脑子真好使，居然做了个LED，一行红字'百年好合，白头偕老'在显示屏上来回移动，好新鲜好漂亮！"

4

爱情是浪漫的白云，婚姻是沉实的黑土。我和红梅结婚后，过去的浪漫归于平静，日子变得真实而枯燥。红梅的可爱和娇气，被日子锤炼得没了影，大小姐的脾气在现实中暴露无疑。"一个男人，换个灯泡都不会！""水龙头坏了，也不会修，你这男人有啥用啊？"那个下午，我被逼无奈，从市场上买了个灯泡回来，想自己摸索着装上去。推门一看，闫朝军正站在椅子上，往天花板上装灯泡。红梅一手扶椅子，一手扶闫朝军的腰，怕闫朝军半空摔下来。我装着没看见，心里却酸不溜叽的。见我进来，红梅没说话，闫朝军在装灯泡，顾不上和我打招呼。我尴尬地坐在沙发上。等闫朝军装好下来，我们聊了几句，闫朝军就走了，连口水都没沾。后来，家里水电出故障了，红梅不催我，直接找闫朝军了。

听红梅说，闫朝军不在塑料厂做了，天芳也辞职了。他们开了个家电商店，将近两年了，专门销售和维修家电，生意不错，一月能赚四五千。红梅说这话时，有刺激我的意思。可我有什么办法呢？工资才一百多，皮鞋厂摇摇欲坠，还总是发不出工资。厂长也急，去年就决定了，辟出半爿厂房，和凌州房开公司合作，开发住宅小区，眼下正在如火如荼地施工中。当时房地产还没热炒，这算是个创举。厂部研究了，科长以上干部每人一套三室一厅，享受六折优惠。我已经是财务科长，可以享受这个优惠。红梅说："别说六折，一折你都买不起！"也是，我们那点工资，勉强够维持生活，一分结余也没有。我问红梅："你有没有亲戚买得起房的？指标作废了可惜！"红梅说："都是上班族，谁买得起？"

又一次，电视坏了，杂音很大，红梅让闫朝军来修，我也在家。闫朝军换上个音响接口，就好了。我给闫朝军泡杯茶，两人聊了一会，聊他的生意。后来我想到皮鞋厂的优惠房，问他要不。闫朝军算了算，差不多要六万块，点头说："要！"我第二天就去厂办，做了购房登记。后来在购房时，递交的是闫朝军的资料，厂长不让买，说："这个指标不对外。"我说："闫朝军是我朋友。"厂长说："那也不行。"我知道厂长的用意，他的小舅子是厂里保卫科副科长，不符合优惠房的条件。当时也想将条件放至副科长，但副科长太多了，没敢往下放。如果我买不起房了，他小舅子可以乘虚而入。但我坚决不让步，而且使出了杀手锏。厂长去年销售一百多箱皮鞋给黑龙江，货发出去没三个月，黑龙江那个皮鞋商店就不见了。销售科长偷偷告诉我："黑龙江皮鞋商店是厂长叔叔开的，与销售科无关，你不能销帐，否则皮塑公司追究下来，你我都有责任。"厂长见我提了这事，不说话了，在闫朝军的购房申请上签了名。一年后，闫朝军拿到了钥匙，住进了新房。这套房子位置好，处于凌州市中心，后来升值了，翻了好几倍。

或许是我帮了他们吧，又或许是他们住皮鞋厂边上，天芳便常来找我。我们早就不尴尬了。皮鞋厂有十几部卡车，专往外地送皮鞋。天芳要去上海进电器，可找车难。我们厂常去上海送货，回来时是空车，天芳就请我帮忙。反正是顺便的事，我和司机说了，又送了点烟酒。司机不好意思拂我面子，还指望报销时我手下留情呢，就应了下来，每次都帮天芳把电视空调风扇捎回来。天芳会处事，请司机吃饭，或送烟送酒，关系也蛮融洽。

房子交付使用一年了，工程款还未付清。工头天天求我，我有啥办法。皮鞋厂效益每况愈下，银行账上只有二三十万，不够工厂开销的。有个叫周大侉的，送沙的，余款有万把块，来找我好几次了。不过周大侉不说穷，不说难，也不请我喝酒，来了就陪我喝茶聊天，临走时也不说什么。我对周大侉印象不错，北方人，直爽，干脆，不像那些南方工头，天天磨人，累死我了。那次周大侉在我办公室悄悄递张名片给我。我一看，是海鲜店老板的名片。周大侉说，明天去他那儿打升级吧。我说，好。不少年没玩升级了，给周大侉提起了兴趣。第二天，去了海鲜店，周大侉不在，我掏出名片，说："周大侉让我来的。"营业员一看，上面有周大侉的签名，马上从里面拿出几大包海鲜来，说："周大侉送给你的。"

两天后，周大侉来了，我二话没说，开了张空白支票给他。我说："还欠你一万二，你自己填吧。"谁知周大侉一下划走了十二万。三天后，厂长找我，说："你怎么能给周大侉空白支票呢？你这是工作失职，咋办？要么赔钱，要么，怕要坐牢。这么大的巨款，我也保不住你。"我心想，就是保得住，你也不会保我，恨不得落井下石呢。

我急得不得了，四处打听周大侉的下落。凡熟识周大侉的人，都找了，都说不知道。周大侉像团灰尘，被风吹散了。红梅和我吵得不可开交，天天哭，天天闹。最后说："那你就坐牢吧。"我嗯了一声，坐牢是唯一的办法了。没等厂里把我告上法庭，红梅先把我告上法庭了。红梅提出了离婚。我不想连累红梅，在判决书上签了字。

那天，闫朝军来了，我们好几年没这么单独聊天了。他先看我房子，三间平房，在凌州算是贫民窟了。东扯西拉了几句，闫朝军才说正题，"咋离婚了？"我说了情况。闫朝军低头半晌，说："要不，我去劝劝红梅？"说了这话，又觉得不妥，大概怕我猜疑他和红梅的关系，说："当局者迷，旁观者清。"我说："不用了，离了好，离了我一个人扛着，头砍了碗大的疤。"闫朝军说："要赔多少钱？"我说："十万八千。"

"找厂长好好谈谈，这是工作失误，不能全赔吧？"

"谈不拢，他正好借机报复我呢。他小舅子觊觎你那套房子，被我搅了。"

闫朝军又不语了。

大概一个多月后，厂长催我还钱时，闫朝军拎来个布袋。打开来，是现金，"十万八千，你数数。"我说："你拿回去，我这辈子也还不起你。"他说："还不起就别还。"我说："我宁愿坐牢。"他一怔："你不拿我当朋友？"我说："不是。是我不想连累任何人，更不想连累你。"闫朝军说："要还拿我当朋友，就别多说了。"说完就走了。

我上唇咬住下唇，紧紧地咬着。我还能说些什么呢？

我将钱还给了厂里。厂长吃惊，没想到我能捧出钱来，笑里藏着刀，说："财务科长就是有钱啊，当初买房说没钱，现在一下冒出这么多钱来。"我说："告诉你个秘密，我是贪污的，我将厂里一百多箱皮鞋倒卖了。"然后转身出门，砰的一声，将一头冷汗的厂长关在办公室里。

我去了闫朝军的家电商店。商店转让半个月了。

天边滚过了一个响雷，在我头顶上劈开了。西天乌云密布，风雨压城。我情知不好，急忙赶到闫朝军家。开门的是个四十来岁的胖女人，我愣了。

"闫朝军呢？"

"听说去南京打工了。"

"他老婆呢？"

"离婚了。"

"离了？"

"能不离嘛。他太老实了，为了凑钱给他朋友，把商店转让了，房子也卖给了我，哪个女人受得了？不过听说是他主动提出离婚的。"

告别了胖女人，太阳出来了。乌云不知啥时散了，南边的天空很鲜亮，清澈如镜，一朵朵白云在自由自在地浮游着。我远眺南方，看见一根细长的丝线，正从我的身体里抽出来，蜿蜒着向南方延伸。

尘 事

记得是一九八七年的春节,歌星费翔在春晚唱了《冬天里的一把火》。两个月后,一个人从深牢大狱里走了出来。他出来的时候,大街小巷里都在传唱《冬天里的一把火》。他或许想起了什么,或许什么都不想。

他叫华大年,是小未的爸爸,我称他华叔。我和小未是儿时的亲密伙伴。

小未的爸爸进去了

小未爸爸进去的时候,还在"文革"时期。小未爸爸犯了纵火杀人罪。小未爸爸出事的那年,我十一岁,小未十二岁。我一向尊重小未爸爸,后来小未爸爸被人揭发,打成了反革命,我开始鄙视他了。那时我们虽然还小,但都有了政治觉悟,立场分明了。

小未爸爸是在我们学校被抓走的。那是个冬天,没有下雪,也没有太阳。阴沉的天很冷,路上结了冰。寒风如刀子,刮在脸上生疼。路边的枯草憔悴,田野里残留着厚厚的积雪。警车一早就停在了学校的操场上。一看到穿白色公安服的人,我们都有些紧张。公安来了,肯定出事了。雪村确实出事了,昨晚瓦良五爷被人纵火烧死了。但我们没想到，公安会抓小未爸爸，说是小未爸爸烧死了瓦良五爷！等小未爸爸被两个公安从大队部里押了出来，雪村骚动了。小未爸爸为啥要杀瓦良五爷呢？雪村人困惑不解。

警车停在操场上，被围了个水泄不通，人人踮起脚尖，削尖了脑袋往前伸，像看耍猴似的。我个子小，从人缝里钻了进去。挤到了最前面，我看见小未爸爸了。小未爸爸木然地站在警车旁，双手戴着一副锃亮的手铐，头垂得很低。小未爸爸没戴帽子，耳朵冻得红红的，像腌制的萝卜干。小未爸爸很瘦，深蓝色的棉袄棉裤穿在身上，空荡荡的。脚上穿一双茅窝子，用芦花编织的。我没穿过茅窝子，我穿棉鞋。我妈妈说穿不起棉鞋的人，才穿茅窝子。小未家不算穷，他妈妈是记分员，在当时村里，算是干部家庭了。小未说起他爸爸的茅窝子，很得意，说他爸爸手艺好，编的茅窝子又好看又暖和，比棉鞋暖和多了。小未喜欢趿着他爸爸的茅窝子到处耍玩。

我钻到了警车的一侧，看到了小未妈妈。小未妈妈长得好看，人也小巧，衣服简洁利索，不像别人的妈妈，一到冬天把自己裹得跟北极熊似的。小未妈妈不穿棉袄，毛衣外面穿件绿呢短大衣。小未妈妈头上也不扎三角巾，脖子上围一条淡绿色的围巾。小未妈妈低着头，脸上湿湿的，一手拎着个网兜，网兜里装着几件衣服，另一只手搀着哭哭啼啼的小未。小未的声音很大，掺和着社员们的杂言杂语，现场吵吵嚷嚷。小未一个劲地喊着爸爸，想挣脱他妈妈的手，扑向公安。小未妈妈不慎一松劲，小未就扑了过去，狠狠地咬了一口公安的手。小未妈妈惊恐地把他拉了回来。公安瞪了小未一眼，说："再闹把你抓起来。"

小未爸爸看着小未，说："小未别哭，要好好学习，天天向上。"

小未哭着说："爸爸，你别走！"

"不要讲话！"一个公安瞪了小未爸爸一眼。

"爸爸别走！爸爸别走！"

……

小未爸爸被押上了警车。小未妈妈将网兜交给公安,用袖子捂着脸哭,又用眼角在人群里瞟了瞟。警车开动了,小未追了出去,扑通滑倒在地上。地上的雪被踩硬实了,很滑。小未爬起来再追,再滑倒。警车已把小未甩了老远。小未爸爸在车里向小未摆手,但自始至终都没看小未妈妈一眼。

小未站在学校前面的桥上,把天都哭黑了,才被他妈妈拉回家。西北风发出尖厉的呼啸,雪村显得孤寂而空旷。哭声,呼啸声,犬吠声,一支不和谐的夜曲,给雪村蒙上了凄凉。

三天后,小未上学了。小未不说话,同学们也避而远之。我也没和小未玩,躲进厕所里装撒尿。

回了家,我对妈妈说:"我不想和小未玩了。"我妈妈说:"小未爸爸是反革命,小未不是。你要用你的行动影响小未,让他成为好孩子。"于是我和小未又玩在一起了。

几天后,小未对我说:"瓦良不是我爸爸害死的。"

"你是说公安抓错人了?"我吓了一跳。"这怎么可能?"

"瓦良真的不是我爸爸害死的。"小未坚持这么说。

"那是谁?"

……

小未抿紧了嘴,盯着操场。操场上一地的楝树枣,许多麻雀点着头在啄那些破皮烂肉的枣儿。

"瓦良不是我爸爸害死的。"小未反复唠叨着这个话题。我很反感。而且我注意到,小未直呼瓦良的名字,不叫五爷了。"那天夜里,我爸爸根本没起床,怎么可能放火呢?"

我开始怀疑小未。我怀疑小未变了,中了他爸爸的流毒。

我要拯救小未,要好好教育他。我说:"你爸爸都被公安抓了,怎么能说他没杀人呢?"小未说:"我爸爸那么疼我,怎么会杀人呢?我奶奶常说我爸爸是好人。"小未为他爸爸辩解。

"你奶奶都死了,她咋知道你爸爸会杀人?"我反驳。

小未不和我争了,大概觉得他改变不了我的看法。有一次,小未忽然又开口说:"我爸爸是冤枉的,瓦良才是坏人。"

"华小未!"我断喝一声,声若惊雷。我真的生气了。小未简直是是非不明,黑白颠倒。我说:"你要再胡说,我要揭发你!"

小未的眼泪一下流了出来,求我别告诉老师,以后保证不说了。"我答应过我爸爸,要好好学习呢。"

我用革命小将的口吻警告他:"你是红小兵,立场要坚定,应当和你爸爸划清界限。"

"好的。"小未垂着头说,一滴泪落到雪地里。

小未的爷爷是谁

小未的爷爷是谁,本没有争议。后来一张大字报,事情变得扑朔迷离了。

我见过小未奶奶,但没见过小未爷爷。小未也没见过他爷爷。我们见过小未爷爷的照片,就挂在小未奶奶的后墙上。小未说是他爷爷,他奶奶说的。

我妈妈说小未爷爷解放前被日本鬼子杀害了,那时她才三四岁,对小未爷爷的印象不深。我妈妈说小未爷爷的坟茔,就在梁家后面的乱坟场。

我在心里打了个问号,对我妈妈的话将信将疑。梁家后面我去过,是一座座坟茔。我爷爷我外公的坟茔也在那里,坟上长满了荒草。我指给小未看。但小未不知道他爷爷的坟茔是哪座,小未爸爸也不知道。

我妈妈说:"小未爷爷死得早,原来是有坟茔的,后来搞土地改革时，被政府平掉了。"我妈妈是土生土长的雪村人，我的外公外婆都是雪村人。外婆家离我们家不远，我大舅在家喊一嗓子，我们就能听到。

然而大字报上不是这样说的。大字报上说，小未爷爷不姓华，姓张，叫张春喜。张春喜没死，跑到台湾去了。

大字报是瓦良五爷写的。据说瓦良五爷写了很厚的一沓揭发材料，交给了钱大爷。钱大爷是生产队长。钱大爷带着这份材料找到雪村小学余老师。余老师写得一手漂亮的毛笔字，潇洒飘逸，龙飞凤舞。余老师握着狼毫小楷，让两个学生磨墨，将揭发材料抄了出来，然后贴在生产队仓库的墙上。

我去看了大字报，整整三张，白纸黑字，字迹清晰。大字报上说，华叔不是小未爷爷生的，是小未奶奶和一个姓张的外乡人生的。那个姓张的外乡人，是小未爷爷请来借种的。

借种是啥意思，我不懂。问小未，小未也不懂。我问妈妈，妈妈拍我的脑袋，说小孩子别管那闲事。又说老不死的，这话也说得出来，把孩子都教坏了。

大字报上说，张春喜在解放前通了敌，逃到台湾去了。大字报上还说，小未爷爷是人民群众的敌人，小未爸爸是里通外国的叛徒。

关于小未爷爷是谁，一时挂在了雪村人的嘴上。年龄大点的，嘴巴像上了锁，保持沉默。年龄小点的，特别是红卫兵们，像发现了新大陆，把这事炒得炙手可热，继而诞生了不同色彩的故事来。我不相信那些故事，我只相信大字报上说的。大字报是瓦良五爷写的，经钱大爷审阅，由余老师执笔，可信度当然是最高的。

大字报上描述得很细致。大约在一九四〇年，那时小未爸爸尚未出世。据说小未的爷爷奶奶结婚了两年，小未奶奶的肚皮还没动静。村里比小未爷爷结婚晚的，都瓜熟蒂落生崽了，小未爷爷又急又尴尬。有人和小未爷爷开玩笑："别浪费了宝地，借点种子试试嘛。"小未爷爷双手一握，胳膊上肌肉和青筋暴突，和人家动起了手。

然而半年后，小未奶奶的肚子忽然有动静了，显山露水了起来。小未的爸爸发芽了。

雪村人很是疑惑。

肯定不是小未爷爷的种！那又会是谁的呢？雪村人琢磨了一阵，恍然大悟：小未爷爷借种了！小未爷爷借了个外乡人的种。因为就在四个月前，在夏天的时候，小未爷爷家来了位年轻人。年轻人二十岁左右，长得人高马大，气宇轩昂，行如风，坐如弓，像个扛枪的料。年轻人很勤快，还是个种地的好把式，小未爷爷家的农活他都做，耕耙推扛，样样在行。

年轻人就是张春喜，雪村人是后来知道的。小未爷爷说，张春喜是小未奶奶娘家的亲戚。小未奶奶的父母兄弟，包括表亲姨亲都来过，雪村人见过，唯独没见过张春喜。小未爷爷后来又说是他老丈人的干儿子。这真是此地无银三百两了。

张春喜是什么时候离开雪村的，雪村人不清楚。只是有一天，小未爷爷一人在地里干活了，雪村人才倏地想起，张春喜呢？张春喜已经走了，从此再没回来。

四个月之后，雪村人从小未奶奶的肚子上找到了答案。这时已是初冬，一件碎花小棉袄藏不住小未奶奶肚子里的秘密。小未奶奶的脸上漾着幸福的笑。小未爷爷也笑。雪村人联想到了张春喜，恍然大悟了。张春喜原来是小未爷爷请来借种的。

第二年，小未爸爸出生了。

小未爸爸出生几个月，小未爷爷就死了。小未爷爷是被日本鬼子用刺刀挑死的。小未爷爷被怀疑窝藏了一个杀鬼子的军人。雪村人不曾听说此事，都说小未爷爷死得冤枉。

小未爸爸生下几个月，得了气管炎，瘦得皮包骨头。家里没了男人，小未奶奶领着小未爸爸度日如年。有人说这孩子没救了，赶快送人吧。还有人劝小未奶奶改嫁。小未奶奶说孩子是华家唯一的根,要把他抚养成人。有人想起了张春喜,想把小未奶奶和张春喜撮合到一起。但没人知道张春喜去了哪里。

六年后,雪村人渐渐忘了张春喜时,一封信从台湾转到了小未奶奶的手里。信是写给小未爷爷的,署名张春喜。信上说挺想华大哥的。华大哥就是小未爷爷。信上还提到了小未奶奶,说感谢嫂子的照顾。但信中只字未提小未爸爸。

这是三十多年前的事了。到底谁是小未爷爷,如今成了谜。小未奶奶矢口否认大字报上的说法。但瓦良五爷和钱大爷都是五十开外的人,所以还是有人相信他们的。我也相信瓦良五爷的话。小未当然不相信,小未相信他奶奶的。小未奶奶说,照片里的年轻人,才是小未爷爷。

小未的漂亮妈妈

我在前面提过,小未妈妈长得好看。小未妈妈皮肤白,衣服也漂亮,头发梳得油亮,不像我妈妈的头发,乱得像稻草。我妈妈说:"我要有你华婶那么漂亮,不也当干部了?"我想不通,漂亮就能当干部?钱大爷一嘴的黄牙,满脸的麻子,额头上的皱纹跟电缆线似的,难看死了,还当生产队长呢。

事实上我并不喜欢小未妈妈。小未妈妈脾气老臭了,动辄训斥我和小未。特别是钱大爷一来,小未妈妈总叫我们走开。

小未说:"妈妈和钱大爷要谈队里的事,保密的,不能让别人听去。"

我说:"我们是红小兵,不用对我们保密呀。"

"他们也不全是谈生产队的事。"小未说,"还要搔痒痒。"

"搔痒痒?"我一头雾水,"谁给谁搔痒?"

"钱大爷给我妈搔痒。"

小未记不清哪一年了，可能是前年，也可能是大前年，反正那时小未还很小。小未放学早，提前回了家。小未没钥匙，就倚在门上看小画书。忽听家里有声响，一瞥家门，发现门没上锁。小未推门，门从里面扣上了。小未知道爸爸在队里干活，不可能提前收工，肯定是妈妈了，妈妈经常在社员上工时回家做饭。

门扣是铁匠打的弯钩，钩在另一扇门的铁圈里。小未弄了节树枝，很容易就将里面的门扣挑了，走了进去。小未听到房间里嗯嗯叽叽的，伸头一看，妈妈和钱大爷正搂在一起，倚在墙上蹭来蹭去。小未妈妈光着身子，钱大爷也光着身子。小未吓了一跳，以为钱大爷在欺负妈妈，大吼一声，就去捆钱大爷黑不溜秋的屁股。小未妈妈和钱大爷也吓了一跳。钱大爷脸都变了色，说："我和你妈妈在……在玩呢。"钱大爷仍将小未妈妈搂得紧紧的，没有松开。小未妈妈也把钱大爷紧紧抱着，对小未说："快出去，妈妈身上痒了，让你大爷给搔搔。"小未说："妈妈，我帮你搔。"小未去推钱大爷。钱大爷说："小未，大爷的口袋里有钱，你拿去买米花糖吃吧。"小未迟疑着转过身，去翻钱大爷扔在地上的衣服，果然有钱。小未拿到钱跑了。

这事小未只对我讲过，没告诉别人。钱大爷给小未妈妈搔过痒后，小未妈妈又给了小未五分钱。小未妈妈要小未答应她："这事不能告诉任何人，尤其不能告诉你爸爸，否则钱大爷就不给妈妈搔痒痒了。"小未说："钱大爷不搔，我给妈妈搔。"小未妈妈说："你只要不讲出去，妈妈就让钱大爷给你钱买米花糖吃。"后来小未再看到钱大爷，就伸手要钱。钱大爷有时给一分，有时给两分。给两分时，小未就买两个米花糖，分我一个，要我和他一起保密。

小未喜欢钱大爷的钱，但不喜欢钱大爷。小未说："爸爸和妈妈吵架，就骂钱大爷。"小未爸爸骂钱大爷："姓钱的要再碰你一个指头，我就断了他的手指。"小未妈妈说："有本事你去断呀，你断了人家的手指，就断了我的饭碗，断了一家人的活路。姓华的，我告诉你，要不是我做这个记分员，指望你那瘦巴巴的身骨，一家人就喝西北风吧。"

"你这个不要脸的女人！你给老子戴绿帽！"小未爸爸动了怒，拳头扬在半空中。小未吓坏了，躲到桌肚底下不敢吭声。小未妈妈冷笑："打呀，打呀，活该你戴绿帽，你们家祖传戴绿帽，你妈不也给你爸戴了绿帽？我是骚货，你妈也是骚货！"

小未躲在桌肚底下，看见门外有一双小脚在踩来踩去。小未知道那是奶奶的脚。小未奶奶拿着擀面杖，把地捣得当当响。不一会，小未听到奶奶的呜咽声。奶奶在自己的屋里哭了。小未爸爸大概听到了小未奶奶的哭声，那只一直凝固在半空中的手，突然凌空劈了下去，小未妈妈斜着倒了下去，倒在桌腿旁。小未一惊，从桌肚底下窜出来，护在妈妈身上。小未爸爸突然看见小未，一怔，扭身走了。

小未的家，从此不安宁了。小未奶奶自己做饭，不和小未爸妈一起吃了。小未的爸爸妈妈相互仇视，家庭战争在一点点推进，一点点升级，小未家不时传出枪吼炮隆的声音。

邻居调解过，村干部斡旋过，都无效。只有政治干预了。政治干预之前，有人在不遗余力地作最后的努力，边调解，边给小未爸爸暗示。

这人就是瓦良五爷。瓦良五爷以长辈的身份出面调解，说的是同样的道理，当然没有奏效。瓦良五爷换了种口气，口气中含有明显的警告之意。瓦良五爷说："大年侄子，听五叔一句，好汉不吃眼前亏。这样闹下去，你是要吃大亏的。你五叔也是吃了亏后，才想通这个理的。"小未爸爸梗着脖子说："老子不怕，大不了拼他个鱼死网破。"瓦良五爷怅然而去。

瓦良五爷走后，小未爸爸的脾气更大了，指桑骂槐。不一会，小未听到妈妈尖锐的哭声。小未害怕了，探出头刚想看看，见妈妈捂着脸从屋里跑了出来。奶奶闻声出来，想拉住小未妈妈。小未妈妈一甩手，哭哭啼啼地走了。

小未奶奶朝小未丢了个眼色，小未悄悄跟在了妈妈的后面。

夜色降临，星星在头顶闪烁。小未妈妈一直向北走，出了村庄，走过了小桥，上了盐河大堆。四周黑乎乎的，除了几只萤火虫飞来飞去，一点光亮也没有。小未有点怕。河里的青蛙发情似的，叫得很欢。小未脚步紧了点，距离妈妈保持十来米远。

盐河大堆很高，堆坡也大，堆坡上长满了芦柴杂草。堆坡坑坑洼洼，路也高低不平。小未看不清路面，像踩在棉花上，深一脚，浅一脚。小未妈妈已经不哭了，走得很平静，边走边像在想心事。走到一个堆凹时，小未妈妈突然停了步，抬头看天色，然后慢慢转身，往后翘望了一下。小未以为妈妈发现了自己，一矮身趴在了堆坡上，然后借着芦柴的掩护，轻轻滑到了堆坡下。小未妈妈望了又望，然后在堆凹里蹲了下去。

几分钟的工夫，小未听到了噼啪噼啪的脚步声。脚步声由远及近，又由近而远，从小未的头顶上走了过去。小未以为是妈妈回家了呢。可妈妈的脚步声没这么重。是谁呢？小未偷偷地探出头，看见一个黑影正向妈妈走去。小未看不清是谁。小未正在猜想的时候，传来了说话的声音。

"他打你了？"

"……"

"芸，你等着，我还收拾不了他！"

"别，别难为他，毕竟是我、我对不起他。"

小未妈妈叫雨芸，小未第一次听到有人叫妈妈芸。这个叫妈妈芸的人，小未也听出来了，是钱大爷。钱大爷和妈妈的谈话，小未听得一清二楚。

钱大爷说:"我要给他点颜色看看,否则我姓钱的就是软蛋!"

"不,不准你动他,否则我不理你了。"

钱大爷又来哄小未妈妈,一口一个芸。然后那边就没了动静。过了会,那边有哼的声音,还有大口大口喘气的声音。小未担心妈妈是不是病了。不过钱大爷在,小未不用紧张。小未妈妈的声音越来越急,呼吸越来越困难。小未忽然听得钱大爷啊了一声,像被堆坡上的树根尖儿扎了屁股。之后,那边没了动静。

这声音小未耳熟。钱大爷给他妈妈搔痒痒时,就会发出这种声音。小未悬着的心放了下来。

小未最喜欢的人

小未爸爸被关进牛棚,是在两个月之后。

小未爸爸妈妈继唇枪舌战之后,又进发了武斗。小未爸爸被抓破了脸,小未妈妈挨了耳光,鼻孔出了血。小未奶奶劝不开,坐在自己的屋里嚎啕大哭。

小未呢,大部分时间和我泡在一起,几乎不敢回家。回家就在奶奶的屋里,和奶奶一起吃住。小未奶奶住在小未家三间草房的东头,搭了个矮矮的披舍。披舍很小,除了前面有个门,后墙有个小窗户外,几乎是密封的,冬暖夏凉。雪村的老人都这样,把大房子腾给儿孙,自己住在披舍里。小未奶奶的披舍拥挤,南面摆张小饭桌,北面摆个粮食缸,西面放张床,东边支个只有一口锅的灶。

红卫兵来抓小未爸爸时,我和小未正在披舍里吃山芋,那边吵了起来。红卫兵糊了顶高帽子,要往小未爸爸的头上戴。小未爸爸和红卫兵动手了,红卫兵将小未爸爸按倒在地,喂了一顿拳脚。小未妈妈站在房间里,别过脸去,装着看不见。小未奶奶拿了擀面杖过来,举杖就打。一个红卫兵吓跑了,另两个红卫兵住了手。

但小未爸爸还是被红卫兵带走了。

小未奶奶问我们："大年犯了啥事？"我说："大字报上说，华叔是里通外国的叛徒。"小未补充了一句："他们说我爷爷逃到台湾了。""畜生！"小未奶奶骂了一句，然后站起来，走到后墙，直愣愣地看着照片里的人，说："小未，他就是你爷爷！"小未奶奶嘴唇嗫嚅着。"你爷爷是被小鬼子杀害了。"

顿了一会，小未奶奶又问："是谁在瞎说？"我说："瓦良五爷写的大字报。"小未奶奶的嘴唇颤个不停，说："华家与他素无恩怨，他为什么要害我儿子？"小未奶奶跺着脚，拐杖在地上捣得咚咚响。

小未奶奶抿着干瘪的嘴，低鸣了起来。

小未爸爸被关进了生产队牛棚，平时不能回家，一日三餐都是小未奶奶做好后，让小未送过去。一次，小未去送饭，小未爸爸叫住了小未，眼里蓄满了泪水。小未爸爸说："爸爸对不起你和奶奶。"小未听不懂，木然地看着他爸爸。小未爸爸："多陪陪你奶奶。"

第二天，小未放学回来，远远闻到了香喷喷的味道。小未奶奶说："我给孙子炖鸡汤。"奶奶装了三碗鸡汤，小未都喝了。小未很久没吃肉了。奶奶又将锅里的鸡肉鸡汤装进一个饭盒里，让小未给他爸爸送去。小未奶奶说："你要盯着你爸爸，看着他吃完。告诉你爸爸，奶奶吃过了。记住，要看着你爸爸吃完。"

小未爸爸见到鸡汤，吃惊地说："你奶奶杀了大花鸡？大花鸡正下蛋呢。你奶奶都舍不得卖，咋舍得杀呢？"小未说："奶奶说了，大花鸡不下蛋了。"小未爸爸哦了一声，却不肯吃，要小未吃。小未说："我吃了三碗，饱了。"小未爸爸说："带回去给奶奶吃。"小未说："奶奶也吃了。"小未爸爸吃了几筷，说："饱了，你带回去和奶奶明天吃。"小未不走，说："奶奶要我看着你吃完。"小未爸爸又低头吃了几筷，小未还是不走。小未爸爸端起饭盒，将汤全部喝完了，鸡肉留在饭盒里，说："让奶奶再熬一顿吧。"

小未回到家，小未奶奶检查了饭盒，然后说："奶奶今天不舒服，你跟妈妈睡吧。"小未不肯。小未奶奶哄着小未说："明晚再跟奶奶睡吧。"哄了半天，才把小未哄回去。

　　第二天早上小未被妈妈大呼小叫喊醒了。小未睡得正酣，小未妈妈把他从床上提了起来，说："小未，你奶奶死了。"小未一骨碌爬起来，棉袄也没穿，就跑了过去。披舍里散发出一股强烈刺鼻的味道。小未捂住鼻子，看见奶奶直直地躺在床上。床边凳子上放了一个空碗，地上有一个农药瓶子。

小未爸爸的茅窝子

　　小未奶奶走后的第二天，下了一场雪，雪花像玉米屑一样，扬扬洒洒。

　　小未穿了一双新棉鞋，小未妈妈做的。但小未说，他喜欢茅窝子。小未爸爸一直穿茅窝子。小未爸爸一脱下茅窝子，小未就将双脚插进去，里面火炉一样，热烘烘的。小未说茅窝子是他爸爸自己编的。

　　盐河堆上长着一望无际的芦柴。一到冬天，芦柴梢上就长出絮絮绵绵的芦花。寒风一吹，芦花飘忽起来，堆坡上冰上路上，都是茅絮，雪花一般。小未爸爸中午去割芦花，晚上开始编，编到深夜。第二天小未爸爸就穿上新茅窝子了。茅窝子编得好，连个接头都不露。

　　小未奶奶走后，小未爸爸从牛棚出来了。小未爸爸睡在披舍里，和小未挤在奶奶的床上。小未爸爸问小未："想奶奶吗？"小未说："想。"小未爸爸眼睛眨了几下，说："爸爸也想，奶奶是天底下最好的人。"小未问："奶奶为什么要走呢？"小未爸爸没说话，脸部在抽搐。

　　小未爸爸每天晚上睡得都很晚。小未睡了，他爸爸还半倚在床上发呆。昏暗的油灯下，小未看爸爸老了许多。

这几天，雪一直在下。地上积了厚厚的雪，一脚踩下去，踩出一个深深的脚印来。半夜，小未醒了。窗外很白，小未以为天亮了。小未悄悄下了床，将脚插进爸爸的茅窝子里。小未将门打开了一条缝，一看，天还没亮，地上很白。村庄熟睡了，悄无声息，一点响声也没有。夜很亮，树枝，冬麦，草堆，鸡窝，看得一清二楚。小未对着门缝，发起了呆。

第二天早上，雪村炸出了新闻：瓦良五爷昨夜被火烧死了！

成群结队的人涌向瓦良五爷的家。我也去了。我没看到小未，小未可能在睡觉。小未的爸爸也没来。

瓦良五爷被烧得惨不忍睹，眼睛烧烂了，头发烧光了，脸烧黑糊的，面目可憎，黑黑的躯干蜷缩着，像一只烧烬成灰的楝树干。瓦良一家人哭得呜呜嗬嗬。公安来了，控制了现场，用一根绳子将瓦良五爷的房子四周围了起来，扯起了警戒线。钱大爷也在现场，阴沉着脸。

经过现场勘察，公安掌握了案情的大概。雪夜里，有人将一个火把，从窗户扔进了瓦良五爷的屋里。火烧着了棉被棉衣，烧着了铺在褥子下的稻草。瓦良五爷被浓烟呛死，烧焦成了这个样子。

雪地上有许多脚印，成了重要的线索。

公安和钱大爷在房子四周走了一圈，逐个脚印辨认。公安发现了一个特别的脚印。这个脚印被另外两个脚印横踩在下面。如果不仔细看，可能就看不出来。它与别的脚印有着明显的不同，别的脚印四周像刀切下去一样，整齐，陡峭。而这个脚印不但大，脚印四周像塌方似的，毛毛糙糙。脚印到了绳外，被无数个脚印踩没了影。公安又发现，华大年家门口也有这样的脚印。钱大爷说："会不会是瓦良揭发了华大年，华大年怀恨在心？"

公安没有马上抓小未爸爸，因为他们心里还有疑问。

从脚印来看，应该是四十三码左右的茅窝子，犯罪嫌疑人应该是成年人。不过从脚印的深度和清晰度来看，疑问来了。一个男人的脚印咋这么浅？难道是女人的脚印？公安马上又推翻了这个假设，雪村没有这么大脚的女人。而从脚印的深度来看，这个人的体重不过在八九十斤。华大年身高一米七三，体重在一百一十斤左右。钱大爷说："会不会是脚印被后来的雪填了呢？"一个公安说："可能。"另一个公安摇头："不太像。"钱大爷说："看看华大年的茅窝子嘛。"

钱大爷通知小未爸爸来大队部一趟，说要谈年终口粮的事。小未爸爸正在地里碎土，把铁锹往肩上一扛，跟在钱大爷的后面来了。

小未爸爸到学校，一眼看见公安，心里咯噔了一下。小未爸爸将铁锹插在烂泥地上，然后进屋，站在公安面前。两个公安同时看小未爸爸的脚。一个公安让小未爸爸脱下茅窝子，小未爸爸脱了。公安拎了出去，好半天才回来。小未爸爸正纳闷，两个公安忽然一拥而上，扑向小未爸爸。小未爸爸突然双臂被反剪，一只光着的脚踩在冰冷的地上。当啷一声，小未爸爸被戴上了手铐。

小未爸爸全身筛糠，双手用力绷紧，想挣脱手铐。一个公安踹了他一脚："老实交待！"

"交待什么？"小未爸爸喊，额头青筋突暴。

"你还想抵赖！"公安一拍桌子。

小未爸爸喊："我犯了啥事儿？"

一个公安指着茅窝子说，"瓦良窗户下的脚印，和你的茅窝子完全吻合。"

小未爸爸傻了眼："这怎么可能？"

"大年，不要抵赖了。"钱大爷开口了。"人家公安是不会冤枉好人的，公安调查得很清楚，瓦良窗户下的脚印，和你的茅窝子一模一样。"钱大爷站在一边奉劝小未爸爸。

"我为啥要杀他?"小未爸爸怒视钱大爷。

"这要问你自己嘛。"钱大爷说:"瓦良揭发了你,连你的母亲都气得自杀了,你能不怀恨在心呢?"

小未爸爸跳了起来,用脚去踹钱大爷:"狗日的,我要起了杀人之心,第一个剁了你的鸡巴喂狗!"

小未爸爸又被公安狠踹了一脚,摔倒在地。

到了下午,小未爸爸不跳了,老实地低下头,什么也不说了。

再后来,小未爸爸开了口。小未爸爸说:"瓦良是我杀的!"

小未最不喜欢的人

关于瓦良五爷,我在前面断断续续提了。瓦良五爷是好是坏,我说不清。

小未说:"瓦良是个大坏蛋!"我当然不听小未的话。小未爸爸从牛棚到银铛入狱,都是祸起瓦良五爷。小未说他奶奶也是瓦良害死的。

小未奶奶的死,与瓦良五爷有没有关系,我弄不清楚。我问过我妈妈,我妈妈总是敷衍我,说小孩别管大人的事。"那瓦良是好人坏人呢?"我追问了一句。"都是好人!"我妈妈显然不想和我探讨瓦良。

我真的说不清瓦良五爷到底是不是好人。

最初我认为瓦良五爷是个好人。瓦良五爷是瓦匠,手艺相当好,在十里八村很有名气。瓦良五爷操着一把瓦刀,走乡串村,四处给人盖房子、盖灶台、盖鸡窝,赚的钱比挣工分强多了。后来瓦良五爷被钱大爷抓了回来,说他是资本主义的苗,是走资派。每次队里开批斗会,瓦良五爷都要戴高帽挂牌子,站在台前挨批斗。瓦良五爷低着头,一副知错认罪的虔诚相。这时,我认为瓦良五爷是坏人。

瓦良五爷被批斗后，总是笑眯眯的，对谁都一副笑脸，对谁也没意见。

　　事情后来又起了变化。瓦良五爷又变成了好人，因为瓦良五爷揭发了小未爸爸，将功赎罪了。瓦良五爷和钱大爷走到一起了。开批斗会时，瓦良五爷也坐到台上，坐在钱大爷的身边。

　　瓦良五爷变来变去的，把我和小未变糊涂了。瓦良五爷究竟是好人坏人，我和小未争论不休。

　　瓦良五爷突然死了，我和小未的争论才结束了。我们又开始争论另一个人，这个争论更激烈。我们争论的是小未爸爸，我和小未的意见从没一致过。

　　瓦良五爷死了后，我们都渐渐忘了瓦良五爷。偶然，我妈妈想起了什么事，会唠叨一句，说瓦良死了，雪村再没人能做出他那样的瓦匠活了。听妈妈的口气，瓦良五爷也许是个好人。

小未爸爸出来了

　　一转眼，十五年过去了，到了一九八七年。这时我大学毕业三年了，分配在县城。这十五年，中国发生了翻天覆地的变化，雪村的变化也很大。钱大爷死了，小未妈妈在钱大爷去世的前三年，带着小未改嫁了。小未后来上了中专，毕业后留在县城。

　　这年春天，小未爸爸刑满释放了。小未打电话给我，说他爸爸出狱了，要我和他一起去接他爸爸。

　　小未爸爸的头发全白了，胡子拉碴的，脸上的皱褶比当年钱大爷的还多。小未爸爸仍很瘦，干巴的小老头。小未爸爸没认出小未来，也没认出我。小未爸爸在辨认天上的太阳时，小未扑通一下，跪倒在他爸爸面前。

　　小未要他爸爸留在县城，和自己住在一起。小未爸爸不肯。小未和小未爸爸,还有我,一起去了雪村。爷仨去了小未奶奶的坟上烧了点纸。小未爸爸没有哭。

小未奶奶的披舍年久失修,屋顶塌了下来。小未家的堂屋一直空着,荒老了很多。我和小未动手将屋子打扫干净。

晚上,小未爸爸对小未说:"爸爸对不起你,爸爸没尽到父亲的责任。"小未却流着泪说:"是儿子不孝,儿子对不住您。"

"不说了。"小未爸爸一挥手:"今儿个高兴,买两瓶酒来,咱爷仨喝两盅。"

这年秋天,雪村又轰动了,一位贵客驾临雪村。客人是坐着县政府的小车来的。客人被村干部一路引着,进了小未爸爸的家。

客人约七十多岁,腰板挺直,步子沉稳,眉宇间藏着一股英气。客人打量着小未爸爸,连说了三个字:"像、像、像!"雪村人莫名其妙。小未爸爸也莫名其妙,盯着客人讪讪地笑。

"你爸死的时候,你几岁?"

"不到一岁。"小未爸爸说。

客人掏出手绢在眼角擦了擦,突然跪了下去,被县里领导拉了起来。客人落泪了,对小未爸爸说:"我对不起你爸爸。你爸爸是为了救我,才被小鬼子杀死的。当年我是国民党的兵,在宋庄杀死了两个小鬼子,被鬼子四处追杀,危急中遇上了你爸爸。你爸爸将我带到雪村,藏了近一个月。后来我和部队联系上就走了,却不料日本鬼子杀了你爸爸……"

年纪大的雪村人恍然大悟了,想起了这个贵客叫张春喜。

张春喜抓着小未爸爸的手不放,说:"在台湾时,我四处托人打听你爸爸,找了许多年。我怎么也没想到,华大哥早和我阴阳两界了。"

张春喜抹着泪,小未爸爸也陪着落泪。

雪村人又议论开了,想到了许多事情,甚至不小心将小未爸爸坐牢的事也说了出来。张春喜老泪纵横,说:"没想到我害了你爸爸,还害了你啊。"

又是三个月后,一辆吉普车开到了雪村,开到了小未家。乡长亲自来接小未爸爸。小未爸爸还没弄明白咋回事,就被乡长拉上了车。乡长说:"有要事,乡里谈。"

原来张春喜要在雪村投资办厂了。这是乡里第一家外企,张春喜指名要小未爸爸当老板。

天上掉馅饼,把小未爸爸砸懵了。小未爸爸反应过来后,直摆手,说:"我一大老粗,种地行,当老板绝对不行。"张春喜坚决地说:"侄子,行不行你都要接受。你必须给我这个机会,让我报答你父母的救命之恩。"

张春喜动了容,小未爸爸不便推辞了。

晚上,小未爸爸对我和小未说:"这担子太重了,我挑不起,你们小哥俩给我干吧,好好干啊,要对得起你张爷爷,对得起小未他爷爷奶奶!"小未爸爸呵呵地笑,笑着,笑着,一滴老泪滚到了胡须上。

烦躁不安

娜躺在床上，还没睡着。娜睡的是上铺，翻来覆去的，把床弄得咯吱咯吱响。宿舍前面的歌舞厅每晚那疯狂得近乎折磨人的乐曲也早就停了，喧嚣声归于平静。南方的夜生活丰富。按照惯例，这个时候该是凌晨一点多了。睡不着的人脑子里尽是乱七八糟的事儿，娜也如此。娜在想她的劲。该死的劲！娜在心里甜甜地骂了一句，弄得人家睡不着。劲是娜相爱三年的男友，在另一个镇上打工，来这里坐车约大半个小时。今晚劲来了，热恋中的男女像两块巨大的磁石，不管离多远都会吸到一起来。两人到附近的公园里找个地方一坐下来，劲就把娜搂紧在怀里，娜也一个劲地往劲的怀里钻。娜轻轻地翻了个身，手心和身上都沁出了汗。下铺的娇已发出了均匀的鼾声。娜用长指甲使劲掐了掐自己的肉，痛感代替了灼热，情绪才渐渐安定了下来。过了一会儿，娜就发出了鼾声。

这是个住着三十多人的女工大宿舍，有五六十平方米。这本是厂里的小食堂，后来员工多了宿舍越来越紧张，厂里就把小食堂改成了女工大宿舍。女孩子比男孩子讲卫生，即使这么多人住在一起，共用一个卫生间，但床铺都收拾得很整齐，东西摆放得也有序，卫生搞得还蛮干净，总体来说蛮不错的。就是有点太嘈杂了，三个女人一台戏，三十个女人就是十台戏，像深圳大剧院了。嘈杂归嘈杂，每张床铺都挂起了床帘，互不相干，心里清静了，耳根也就清静了。女孩们回到宿舍，想聊天就叽叽喳喳，不想聊天洗洗涮涮后就钻进帘内，像归巢的鸟儿，看看书听听歌，无人打扰，别是一番洞天。

劲来过娜的宿舍。看到三十多个人住在一起，着实吓了一跳。不过劲看到娜那张干净整洁带着淡淡清香的床铺，别致温馨，舒坦安逸，便有点想入非非了。娜的床铺是用天蓝色的床帘围起来的，挂在蚊帐的四周，帘上印着点点白帆像行驶在大海里。蚊帐上贴着几张港台明星的照片，娜上床时，这些明星们便随着床铺的晃动有了动感，像活了过来似的。枕头的内侧是一个小巧的玻璃镜框，镶着劲和娜的合影。床上还有一只毛绒绒的大熊猫。每个晚上，娜都是这样搂着熊猫看着合影进入甜蜜的梦乡。劲每次在公园与娜缠绵一番却不能尽兴时，总会说我好想睡在你那张床上。娜狠狠地剜了他一眼，说："那是女工宿舍呢，三十多个女人不把你吃掉也把你融化掉。"娜的眼神里有些迷离。

娜是插件工，每天的工作就是当流水线上的产品流到面前时，按图纸的要求将电容电阻之类的小元件迅速且准确地插到PCB板上。插慢了，会影响到下一道工序乃至整个工序；插错了，这件产品所有工序的操作都白费。娜昨晚没睡好，今早起来眼里有些血丝，上班时上下眼皮老想亲热。她跑了好几次厕所，用冷水洗脸。娇说："你有尿频啊？"娜没吭声。娇是线长，娜不敢顶嘴，继续插件。不时有困意袭来，娜手上的活自然就慢了许多。娇不满地看了一眼娜，向她发出了警告："再这样，就罚你十元！"娜强打起精神，加快了手上的活。娇管着十几个人，又是老员工，效率品质一起抓，脾气很大，在插件组很权威也很威风。

好不容易熬到了下班，娜不想吃饭了，径直回到宿舍，躺在床上想好好补上一觉。还没睡着，手机振动起来，是劲发来了信息。劲说哥好想妹。还说了许多肉麻的话。劲最后说今晚还想来看娜。

娜死活不同意，说你要把我累死啊，我今天差点被罚款了，以后我们每周日晚上见面。娜也不管劲同不同意就把手机关了，想美美地睡一觉。瞌睡虫却跑没了，干瞪着眼睛又想起了劲。

星期天的晚上，娜要加班到八点，劲六点多就坐车到了娜的厂门口。劲给门卫室的保安递了支烟，请保安帮忙打个内线让娜出来。保安把电话打到插件组时，是娇接的电话。娇把保安训了一通："上班时间不能会客你不知道吗？"挂了电话，娇什么也没对娜说。劲在门口等了很久仍不见娜出来，劲有点急，迟疑了半天，还是掏出手机，给娜发个信息。娜说过上班时间绝对不能给她打电话发信息，否则要被罚款。劲把娜的交待当成了耳边风。娜正在灯光下认真地插件，手机嘀嘀响了两声。娇循着响声向娜这边望了一眼。娜知道是劲发来的信息，但娜不敢看，也没时间看。面前的流水线上堆积了许多流过来的PCB板，娜不由得加快了插件的进度。好不容易把面前的一座小山削平，娜又朝背对着自己的娇望了一眼，迅速掏出手机翻看了信息，知道劲已守在大门口了。合上手机，娜才感觉到身后的气息，娇已转到了娜的背后。娇说："罚款十元！"娜分辩说只是看了一下而已。娇转过脸走开了。娜叹了一口气，十秒钟的工夫就被罚了十元，唉！

八点。女工们纷纷脱下了工作服，像一群放飞的小鸟，叽叽喳喳地回到宿舍，洗涮，冲凉。娜脱下了工帽，气呼呼地直奔厂门口。等得心急火燎的劲急忙从黑暗中闪了出来，去牵娜的手。娜一甩手，径直往前走，劲莫名地跟在后面，来到两人约会的老地方。

当劲去捕捉娜躲闪的香唇时，才发现娜的脸上梨花带雨。"都是你这个害人精！"娜哭了，用粉拳捶打劲的胸膛。劲一言不发，只是把娜紧紧地搂在怀里，任娜的眼泪滴落在自己的胸前。娜的哭声渐渐停止了。娜说："哥，我好想就这样躺在你的怀里幸福地睡上一觉！"劲鼻子一酸，紧紧地抱着娜："好妹妹，这一天很快会来到的，等我们打工赚到了钱,就租个房子,我们就这样天天守在一起。"娜把双臂箍在劲的脖子上撒着娇说:"不,哥,我不想等,我不想再等了,我现在就想和你在一起。"娜叹了口气,又说,"租房子要两三百元,再加上水电费之类的,一个月要好几百呢。我们这点工资住得起吗?再说你离我这里这么远,一星期才来一趟,租了房子我天天一个人住有什么意思?"劲点点头,把娜平放着抱在胸前。娜陶醉地合上眼帘,把脸靠在劲的胸脯上,轻微的呼吸暖暖吹在劲的胸前。

深夜的凉风徐徐吹来。惨淡的路灯下,无数只骚动的蚊虫在四周低吟起舞,偶然还有一两只好奇的老鼠从草地上匆匆跑过。劲紧紧地搂着娜,褪下外衣罩在娜的身上,自己裸着上身,不时地用手驱逐着蚊子的侵袭。娜醒来的时候,仍躺在劲有力的胳臂里。"冷吗?"劲问。"不冷。""那就再睡一会儿。"劲说。娜甜甜地笑笑,抓起劲的手,摩挲了一会,就将劲的手往自己的乳房上按。劲心领神会地摸索起来,娜的激情便像烟花一样被点燃,像蛇一样紧紧地缠着劲。劲的手也像蛇一样开始在娜的身体上游走。"妹,今晚我想上你的床。"两人正在难舍难分的缠绕中时,劲冒了一句。"哥,不行!"娜停下动作。厂里有规定,不准外人留宿,更别说你是男人了。劲看了一眼娜,不依不饶地说:"今晚我就要上你的床!"

十二点前娜回了宿舍。这是厂里的规定。凌晨一点多,劲顺着楼房后面的水管轻巧地越过了墙头,在娜的接应下,劲顺利地潜入了娜的宿舍,爬上了娜的床。这一切都是在悄无声息中完成的。在这样一个三十多人的大宿舍里,人多事杂,即使弄出点什么动静来,也绝对没人怀疑。但劲还是非常谨慎,像练就了一身轻功,顺利完成了。娜显得很紧张,紧紧按住劲的手,生怕弄出什么声响来。待到下铺的娇翻了个身,发出均匀的鼾声时,娜才轻轻地将劲的手放到自己饥饿的乳房上。两个人的身体像着了火一样粘在一起,劲已不满足于用手去感觉娜的胴体,悄悄一翻身就敏捷地压到了娜的身上。娜吓得死死抱住劲，生怕他不小心弄出动静来。下铺传来娇轻微的鼾声。娜松了手，两人稍稍放纵起来。娜和劲在爱河里荡起一阵阵波浪，床铺也有了微弱的摇晃，发出轻轻的吱吱声。娜正深深沉醉时，屁股下的床铺被顶了一下。娜立马按住劲停了下来，两人紧张得心都跳出来了。这一脚是下铺的娇顶的。娇正睡得迷迷糊糊的，觉得床晃来晃去的，她当是娜睡不着觉滚来滚去的呢。娇顶了一脚后，见上铺没了动静，很快又睡着了。这时仍伏在娜身上的劲突然一阵颤栗，轻轻叹了口气，缓缓地从娜身上下来。娜用手摸了摸，滋生了一股委屈。

娜和劲后来对那个晚上作了评估分析。娜说："我还没找到感觉，你就收兵了。"娜说着把头埋到了劲的怀里。劲说："那样太不得力了，迟早会弄出阳痿来的。"娜说："那怎么办呢，那张床一点秘密都守不住。"劲说："要是住下铺肯定没这么大的动静，下铺要稳固些。"两人这么说着，就有了换到下铺睡的想法。

有一天，娜趁娇不在时，特地躺到娇的床上，使劲摇了摇，床纹丝不动，一点也不会吱吱作响。要是睡到下铺就好了，娜想换铺的念头更强烈了。不过娜知道宿舍管理是非常严格的。每个员工的床位都编了号，一经安排，输入电脑，就不能改变了。所以当娜将申请调换床位的报告交到总务课舍监那里时，舍监古怪地看了娜一眼，舍监说："床位是不能调换的。如果大家都像你这样要睡下铺，那上铺不都空着了吗？你如果想像睡在家里一样舒服，可以去租房子住。"娜说："我不是想睡得舒服，而是我睡相不好，怕夜里掉下来。""那好，等你掉下来再找我吧。"舍监显得很不耐烦，挥挥手，像赶苍蝇一样把娜赶走了。

娜很沮丧，无奈地把申请单揉成一团，扔在垃圾桶里。劲不甘心，劝娜再和舍监好好谈谈。舍监很烦娜，依然丢下那句冷冰冰的话，等你掉下来再来找我吧。

铁打的营盘流水的兵。大宿舍里常有员工辞职，人走了下铺就会暂时地空出来。空着归空着，舍监不会考虑娜的请求。在舍监看来，娜的理由不过是借口罢了，不少想睡下铺的人都这么说。

娜想放弃了，娜看不惯舍监那种居高临下的眼神。无奈劲已把换床看成了一份甜蜜的愿望。他一个劲地给娜发信息，让娜再想想办法。

在劲的软磨硬泡之下，娜有了以身试"法"的想法。对于打工者而言，最大的法并不是具有真正意义上的国家法律条款，而是工厂内部的管理框框。娜现在试"法"的做法就是，擅自将铺盖从上铺搬到一个暂时空着的下铺。娜这样做无疑触犯了宿舍管理制度。娜感到不安，怕舍监找她的事。娜第一夜睡在安稳踏实的下铺时，有一种脚踏实地的感觉。下铺四肢接地，不像上铺那样如同行驶在大海中的小船摇晃着。坐在下铺的床沿，两脚就可以放在地上。娜想，如果能再靠在劲那结实的胸脯上就好了。这一夜，娜睡得很沉，做了一个香香甜甜的梦，梦见和劲睡在这张床上颠鸾倒凤。第二天，娜告诉劲已经搬到下铺了，劲开心极了，说星期天晚上就过来。

但娜没能等到劲来美美地睡上一觉。第三天，娜正在埋头插件手忙脚乱时，车间文员叫娜接电话。娜赶忙放下活跑过去接听。是总务课打来的，让她休息时间到总务科去一下。挂了电话娜回座位时，看见娇正用一种出奇的眼神看着她。娜马上明白了。大宿舍里那么多人，谁动了床铺并不会引起别人太大的注意。但娇就不同了，娇睡在娜的下铺，娜挪了床位娇不可能看不到。娜知道一定是娇向舍监检举了自己。娜的心思不在流水线上了，脑子里思索着厂里会如何处理自己。忐忑不安地熬到下班，娜去了总务科，果然是舍监在等她。舍监说："你的胆子蛮大嘛，没有我的同意你就敢擅自换床了？这是一张处罚通告，你签名吧。"这个厂的处罚通告是要受罚员工签名确认的。只要事实清楚，你就必须签名，否则加重处罚。娜一看通告，不但要罚款三十元而且要立即搬回上铺去。娜的眼泪一下就涌了出来。娜签上自己的名字，舍监一把抓了过去，顺手贴到了工厂的通告栏里，瞥了一眼独自饮泣的娜，走了。

娜不想吃午饭，无精打采地回到宿舍。娜将床铺移回上铺，睡在床上仍止不住地哭。三十元就这样罚没了。娜恨那个无情的舍监，也恨娇，一定是娇从中使坏了。

"娜，吃饭了吗？"是同宿舍的萌。萌比娜早进厂两年，是个热心人。女孩们都叫她大姐。萌午饭后回到宿舍看到娜躺在床上，觉得有些不对劲，想到通告栏里娜被罚的通告，萌就明白了。萌从自己的床上拿出一盒方便面，加些开水，泡好后端给娜。萌说："娜，别气坏了自己的身体。在外打工关键要有个好身体。"娜知道萌是个靠得住的大姐，就将换床的事情对萌说了。萌问娜："为什么要换床呢？""这……"萌这一问，把娜给问住了。娜说不出口，有些吞吞吐吐，憋了半天，娜才编了个谎话。娜说："我姐姐有时想来看我没地方住，可上铺实在不方便。"萌是睡下铺的。萌说："这样好了，以后你姐姐来了，你们就到我的铺上睡，我睡到你的上铺。"娜连说："那不行，怎么好意思麻烦你？"萌说："就这么定了，不要再为难了。"

娜不好意思带着劲睡到萌的床上，每个周日晚上娜仍让劲坐车回去。倒是萌还将这事放在心上，有一天，萌问娜，你姐姐怎么没来看你呀，问得娜挺不好意思，娜红着脸向萌说了她和劲的关系。萌是过来人，能理解娜和劲那种被煎熬的痛苦，萌对娜说："以后劲来就别走了，我给你们腾地方。"娜说："大姐，你是个好大姐！"

接下来，每到周日晚上，不用娜说什么，萌就主动搬到上铺去睡，娜便一次次与劲有了鱼水之欢。娜对萌充满了感激之情，而萌只是淡淡一笑，说谁不是血肉之躯，谁没有七情六欲，看到你们这般恩爱我这做大姐的很开心。

这段甜蜜的日子持续没到两个月，风波又起。这个晚上，劲和娜悄悄钻进蒴的床帘里，两个人正要疯狂缠绵时，突然一个声音在帘外响起："大姐，大姐，和你说个事。"是同宿舍花的声音。劲急忙撤了手，又捂住娜的嘴，示意她别出声。花仍在外面说："大姐，大姐，我这个月的大姨妈没来，是不是怀孕了？"看来花是一定要等到蒴的回答了。娜移开劲的手，将床帘开了一条小小的缝，然后钻了出来。娜装着才睡醒的样子打着呵欠说："啊，花啊，是我。"花吃了一惊，声音不自觉地大了起来。花说："你怎么睡到大姐的床上了？"娜赶紧拽着花的手说："小声点，大姐在我的床上睡呢。"花狐疑地看了看床，疑惑地走近上铺，轻声叫："大姐、大姐。"蒴应了她，花就站在床下和蒴嘀咕了一阵。娜回到床上时，劲已没了激情，睡在那里动也不动。娜也没了兴致，悻悻地将头埋在劲的胸前，心事重重地胡想了一会，迷迷糊糊地睡着了。娜的担心第二天果然发生了，不过这次被处罚的不是娜，而是蒴。娇通知蒴下班后去总务课。蒴到总务课时，舍监正襟危坐地在等她。舍监平时是比较喜欢蒴的。舍监说："你是个老员工，一直都是很优秀的，这次怎么了？"舍监说，"是不是娜向你提出换床的？如果那样我就重罚娜。"蒴说是自己不想睡下铺主动提出换床的。舍监说别人都不愿睡上铺，你为什么想睡上铺？蒴说下铺太吵，还老有人到床上坐着躺着，弄得床上不干净。舍监从电脑里输出一张处罚通告，蒴在处罚通告上签了名。

　　娜是晚上下班时，看到蒴的那张处罚通告的。娜有一种想哭的冲动。蒴说："娜别这样，没什么的，不就是三十块钱嘛！帮助你们，我觉得很值，只是……只是以后帮不上你忙了……"娜搂住蒴说："大姐别说了，都怪我连累你了。"娜从荷包里掏出三十元给蒴，蒴笑着又塞进了娜的口袋里。娜哭得更凶了，蒴也受了感染，陪娜一起掉泪。

劲说:"娜,我们出去租一间小房吧,一百五可以搞掂。"娜说:"加上水电费,二百元也不够,还要买床上用品,开支会少吗?咱俩一个月工资加起来还不到一千五呢,每月去掉二三百,还有平常的生活费,能赚到钱吗?"劲无话可说了。

劲的提议又一次被娜否决了,两人的约会地点再次回到了公园。一条长长的河穿过公园,河边长满了芭蕉树椰子树等热带植物。劲拉着娜进了树林深处,两人躲在阴影里,却没意识到危险正一步步逼近。一阵拥抱后,两人吻在一起。此时在劲的背后,出现了三个贼眉鼠眼的家伙,正悄悄地靠了过来。娜先看到这三个家伙,她惊叫一声挣脱了劲的怀抱。劲没明白怎么事,抓着娜的手转过身来,三个家伙已站在了劲的面前。"挺快活啊?让咱哥们儿也快活一下吧。"一个手拿水果刀的男孩说。劲把娜紧紧拉在身边,劲说:"你们想干什么!"一个剃着平头的家伙说:"不想干什么,你们继续,我们只想借点票子花花。"劲说:"我们是穷打工的,身上没带钱。"另一个光着上身的家伙色迷迷地看了娜一眼,嬉皮笑脸地说:"那我们只有劫色了。"劲从地下操起一块瓦片说:"谁敢,我就和谁拼了。"持刀男孩怪笑一声说:"操!还挺有个性嘛。"舞着刀向劲刺来,劲的左臂立马印出一条红线来。劲愤怒了,瓦片立即出了手,正砸在持刀男孩的肩头上。光着上身的男孩冲着劲的额头就是一拳,劲一个踉跄倒了下去。持刀男孩对着劲就是一顿拳脚,劲抱着头在地上滚来滚去。娜冲过来拉开持刀男孩,挡在劲的前面。娜哭着说:"你们不是要钱吗?我给你们好了。"边说边将身上几十元钱掏出来扔在地上。光着上身的男孩在娜的脸上捏了一下,还想继续在娜的身上占点便宜,被平头拦住了。平头说:"拿到钱就行了,别把事情搞大了。"持刀男孩捡起地上的钱,数了数:"操,才几十块钱,这一笔他妈的赔了。"三人拿了钱一溜烟就不见了。娜把浑身是伤的劲扶了起来,说:"哥,伤得重吗?"劲整了整衣服,说:"皮外伤,没什么。"两人互相搀扶着出了公园。

发生了这件事,娜和劲再不敢去公园了。两人一时也找不到合适的地方约会,有时坐在厂外的草坪上,有时坐在马路边的花坛旁,不痛不痒地依偎着。等到十一点半,娜必须回宿舍了,劲才搭了辆中巴回去。

对于娜和劲来说,这种约会,痛苦多于甜蜜。拥有属于自己的小天地,成了娜和劲梦寐以求的心愿。

这夜,十二点过了,宿舍的灯也熄灭了,大家渐渐不说话了。宿舍里很静,能听到三十多个此起彼伏的呼噜声。突然间,这份寂静和许多女孩憧憬的梦,被一声惨叫划破了。手脚快的赶紧起床,打开电灯一看,原来是娜从上铺摔了下来。蒴赶紧去把娜扶起来,娜又是一声"哎呀",原来娜的膀子摔脱臼了。上床离地面少说也有一米五,摔在坚硬的水泥地面上,娜摔得不轻,膀子明显有点肿。几个女孩七手八脚把娜抬到蒴的床上,娜边哭边喊痛。蒴和另一个同事把娜送到了医院。第二天一上班,蒴去总务课向舍监作了反映,并说娜有眩晕症,请求舍监将娜移到下铺来。舍监虽有些冷血,可她怕这种事情再发生,万一出了大事,她担当不起,于是同意了蒴的请求,将娜移到下铺来。

娜终于如愿以偿,甭提多高兴了。娜睡在属于自己的下铺就像找到了家,她第一时间把这个消息告诉了劲。娜说:"哥,这可是妹的苦肉计呀,你得好好谢谢妹。"劲一听就明白了,在电话那端哽咽。娜说:"傻瓜你应该高兴才是呀,以后我们就有了一个自己的窝了。"劲高兴了,对着话筒吧嗒吧嗒地亲了几口。有了新床,娜想好好装饰一番。娜上街买了一条新床单,买个长枕头,换上新枕巾,看看床帘也有些破旧,索性把它换个粉红色的,挺温馨,还给帘子装上了拉链,挂在床上拉起拉链来更密封了。钻在床帘里,娜觉得有点像蒙古包似的。

劲第一次偷偷钻进这个"家"时，心情也和娜一样地激动，虽然黑灯瞎火的看不清床帘的颜色和图案，但床铺上散发出的清新气息和舒坦的床铺让劲感到无比温馨。劲在娜的耳边轻声把娜夸了一番，便用舌头拨开了娜的嘴唇。这一次整个过程都很和谐，是在紧张而又舒坦的情绪中顺利完成的，两人体会到了前所未有的美妙。

第三个星期天的夜里，劲和娜已甜蜜地进入了梦乡，忽听得有人大喊救火。劲一睁眼就看到外面有火光。劲一骨碌起身，被娜一把拽倒。外面的吵闹声很大，火光也并未见弱。女孩们显然已乱成一团。劲听得外面有人说快点泼水啊，接着便听到丁零当啷的锅碗桶碰撞声。哎呀，怎么还浇不灭呀，快点端水来。接着有女孩被吓得哭喊起来，还有发牢骚的声音。劲低声说："我不能见火不救。"娜说："你这样暴露了自己，会有麻烦。"劲说："这时候我再做缩头乌龟，还像个男人吗？"没等娜说话，劲已从娜的手中抽出手，冲出床帘。一看明白了，是电炉引起了火灾。火灾是由一位女孩误插插头引起的。那女孩睡觉前本想听点音乐，在插录音机的插头时错把电炉的插头给插上了。女孩挺大意，躺在床上听录音机没动静，以为是录音机坏了，就稀里糊涂地睡着了。电炉就那么一直地烤着，烤久了把床帘烤着了，床帘又接着别的床帘，一下就引起了大火。劲就着火光在墙上搜寻了一遍，找到了电闸，立即拉下电闸，再接了几桶水倒在着火的床上，火灭了。女孩们心有余悸地沉浸在刚才那一幕里，并没反应过来这救火的男人从何而来。这时一个女孩拉开电闸，拉亮了宿舍的灯。劲只穿了个小裤衩，在众目睽睽之下曝了光。几个女孩吓得大声尖叫起来，一个年龄稍大的女工倒不在意，问劲："你是谁？"劲很尴尬。或许是刚才劲救火的壮举给了娜勇气，娜走过来，说是我男友，晚上来看我没车回去就在这住一夜。大家面面相觑，相互望了望，也没说什么。场面冷了下来，鸦雀无声。还是蒴打破了僵局，蒴说："谢谢你啊小伙子，多亏有了你。"那个引起火灾的女孩也连忙说谢谢。大家这才跟着说谢谢你啊，幸亏你在这里，否则我们真不知怎么办了。

第二天娜留宿男人就成了全厂的头等新闻。娜抱着侥幸心理，想劲在这次救火中立了一功，应该可以将功补过。可总务课在处理这件事时并未像娜考虑得这么轻描淡写，总务课高度重视，召开了专门会议，讨论娜的问题。舍监说："娜这件事太出格，虽说伤风败俗与工厂没有干系，可这件事传出去很不好，严重损坏了企业的形象。"副课长说："虽说娜的行为出了格。但这些事情在南方也是屡见不鲜，何况她的男友还奋不顾身地救了火，工厂应当综合考虑。"课长认为娜的行为会在员工中产生很坏的影响，如果不杀一儆百，担心有员工效仿，会给工厂带来更大的麻烦。经过一番激烈的讨论，最终以少数服从多数的民主原则，作出了解除娜劳动合同的处理决定。

上午，娜一直坐立不安，她在等待着暴风雨的到来，等待着工厂神圣的判决。娜不时地插错件，被娇骂了几次。直到临下班时，舍监才亲自来找娜。舍监慢条斯理地向娜传达了工厂对娜的处理决定。这一次娜没有掉泪，她知道眼泪改变不了工厂的决定。娜说："这是我享受生活的权利，怎么能算出格呢？如果我这样是出格，那老板的二奶天天进出工厂算不算出格？那些经理主管们住着厂里的夫妻房，他们可曾考虑过员工，考虑过为员工提供夫妻房么？"舍监说："你只是一名小小的普工，你有什么资格和老板经理相提并论？下午立即打包走人！"

娜的思维一下子就停了。娜来不及告诉劲这个坏消息，她必须立即办理出厂手续。娜也来不及和蒴还有其他同事告别，就在舍监的监视下，将行李打成两个包，将衣架、碗筷和梳洗用品一股脑地塞进水桶里。

就要离开了。娜最后看一眼自己睡了三年的大宿舍，还有才睡了三周的下铺，涌起一阵心酸。这个大宿舍收藏了娜三年的青春，收藏了娜的躁动和梦想。娜永远不会忘怀大宿舍,可大宿舍还能记起她这个打工妹么?娜不想在舍监面前掉泪,忍着将泪水憋了回去。娜痛苦地转过身去,不料与娇打了个照面。娇刚吃了午饭回宿舍。娇白了娜一眼,就从娜面前过去了。"老处女!"娜看着娇的背影,忽然来了勇气,挑衅地骂了一句。员工们背地里都这样骂娇。娇28岁了,连个男朋友还没有。娇平时最忌讳别人这样说她。"偷嘴的猫!"娇气愤地回敬了一句。娜说:"我说话关你屁事,你还想管我啊?"娜说着就从肩膀卸下行李,向娇走了过去。娇发现娜的脸色铁青,已不是从前那个懦弱的娜了。娇有些憷。娜蛮横地说:"告诉你,现在本小姐不受你管制,解放了!"娜边说边用手猛推了一把娇,娇跌坐在床沿上。娇站起来,也用手推娜。娜一把薅住娇的头发,两人便厮打了起来。舍监拉不开,急忙叫来保安,才把两人分开。娇伏在床上呜呜地哭了起来。娜掸了掸衣服,不屑地看了娇一眼,提起行李,出了门。

此时娜的心里已充满了豪情,全然没了起初的懊丧。走在路上,娜忽然间有了主意。回家!回家结婚!有钱也要结婚,没钱也要结婚!一定要和劲过正常的夫妻生活,做一回真正的人!

腊 肉

事态变得越来越严重了。

熊四娘睡得迷迷糊糊的,忽听得嗯嗯叽叽的声音,惊得一骨碌坐了起来。望窗外,黑乎乎的,天还没透亮。熊四娘竖起耳朵,再听听,是猪在哼。熊四娘急忙下床,摸了手电筒,就往猪圈跑。这些日子熊四娘睡得本来就不踏实,一有个风吹草动的,特别是听到与猪有关的风声,心马上就提到了嗓子眼。

一个月前,熊四娘听说了猪流感的事。是细伢子天乐说的。细伢子天乐是湾里的兽医。

天乐有个职业习惯,不论路过谁家,摩托车一停,先去猪圈看看,然后再与猪的主人打招呼。这天天乐来了熊四娘家,照例先看猪,然后进了熊四娘的屋。天乐竖起大拇指,说四娘啊,瞧瞧你那大肥猪,一身的白毛,油光发亮,壮如小牛犊子,要说在这湾里么,就数你家的猪最长膘!

在湾里,说起猪事,自然是天乐最具权威性。因而天乐的话,让熊四娘如沐春风,如蜜入胃,比夸自己年轻派子(漂亮)还高兴。天乐啊,这猪可是我老婆子的命根子,和这头猪相依为命三年多了,我一天不见,心慌慌,两天不见,魂掉掉。熊四娘说笑着,眼睛都淹没在芝麻饼里了。天乐也乐呵呵地笑。谁不知道熊四娘拿猪当宝伺候,三天两头上湾镇背酒糟。别人家喂猪都用饲料催肥,只有熊四娘早晚都到后山拔猪草,洗净,剁碎,混着玉米面煮熟,再配上酒糟调拌好才给猪吃。熊四娘说,宝贵说了,喂猪饲料的猪肉不好吃。宝贵是熊四娘的儿子。

天乐笑毕,敛了笑容,认真地说,四娘,听说了吗?前湾在闹猪流感,恐怕会闹到咱湾来呢,可得当心啊。熊四娘没听说过猪流感,问天乐,啥叫猪流感啊?天乐刚要开口,手机响了。接了电话天乐就要走。熊四娘跟在后面问,猪流感是哪样病?天乐跨上摩托,说,流感流感,就是流行感冒嘛,后湾八爷来电话,说猪病啦,我先走了。

猪流感是咋回事,熊四娘没闹明白。没闹明白,就不当回事,心说不就是个感冒嘛,有什么大不了的,谁还没有个头疼脑热伤风感冒的?熊四娘感冒了,喝碗泡姜酸辣汤,睡一觉,出身汗就好了。

大半个月前,湾里出现了第一例猪流感。唐宝花家的一头大肥猪,前天还好好的,第二天忽然不吃食了,还咳嗽,哼哼叽叽的,像个病秧子卧在圈里。唐宝花以为猪厌食,便去湾镇上买了些酒糟回来。以往一闻到酒味,猪立马来了精神,把酒糟吃得吧叽响,食槽也舔了个净光。可这回不顶事了,猪闻了酒糟味,懒洋洋地站起来,打着晃儿,走到食槽前,伸嘴在槽里拱了拱,就缩到墙角睡了。再过两天,那猪缩在墙角,不哼不咳了。唐宝花咧着大嘴,找棍子捅了捅,猪也不吭声。唐宝花一急,跳进圈里,才发现猪早没气了。唐宝花急忙打电话让天乐来。天乐来了一看,说是猪流感。天乐急忙通知卫生所,先来给唐宝花打了一针达菲。天乐说,这两天你不要乱走,就呆在家里,要有什么不良反应,赶快给卫生所打电话。吓得唐宝花天天腋窝里夹个温度计。于是,猪流感风靡全湾。

熊四娘站在猪圈门前,用手电筒在圈里划了划,再将手电筒对准大肥猪的头。光柱像一支竹竿,探着大肥猪耳朵,鼻子,眼。猪感觉到了光射，懒懒地睁了睁眼，哼哼，又合上了。熊四娘随手抓了把地瓜秧，扔进猪圈里，哩哩啫啫地唤了几声。大肥猪才站起来，迈着闲步，走过来吃起地瓜秧，嚼得格嘣脆。熊四娘看大肥猪吃得这么香，放心了。

湾里猪流感闹得凶了，好几家的猪都死了。一时，人惶惶，猪惶惶。这事还闹出不小动静来。闻讯而来的记者们，手戴白手套，口捂白布罩，头戴卫生帽，采访村民，还采访了细伢子天乐。之后便是大纸小报，电视网络，纷纷报道了湾里闹猪流感的事。就连在广州打工的宝贵，都听说了，还打电话回来询问。熊四娘说儿子你放心吧，我们家的猪没染病。宝贵说，猪死了无所谓，人千万别染上，娘您一人在家，又弄猪又弄地，不容易，要有个伤风感冒的，没人照顾您。熊四娘笑了，泪都出来了。儿子长大了，越来越懂事了，千里之外还牵挂着娘呢。熊四娘安慰儿子，没事了，前儿年闹禽流感，咱不也好好的么？

村长二贵召开村民会议，说上面下了指示，要家家户户尽快将猪卖掉，免得病死了，得不偿失。有人听了二贵的话，把猪卖了。湾里是猪流感重灾区，湾里的猪卖不出好价钱来，还有赔本的。湾里人不肯卖了。湾里人就靠养几头猪赚点钱呢，起早贪黑把猪喂大，又搭工，又搭料，最后连本都收不回，搁谁心里也好受不了。熊四娘更不会卖猪。熊四娘不是怕蚀本，是压根舍不得卖。这头猪在她心里有多大分量，只有她自己清楚。

村长二贵又让天乐挨家挨户走访，介绍猪流感知识，给猪做体检。天乐骑着摩托跑，也赶不上猪流感跑得快。猪流感和天乐捉起了迷藏。五天前天乐看老黑家的猪好好的，两天前却死了。老黑媳妇哭得比死了亲娘还伤心。二才家的猪天乐也看过，没问题，可昨天也死了。天乐气得直踢摩托。

湾里人恐慌了，生怕猪流感哪天不请自来，窜到自家的圈里。

天乐挨家挨户嘱告，目前还没有对付猪流感的有效疫苗和特效疗法，只有保持猪圈清洁，干燥，温暖，无冷风袭击，或许不会染上流感。天乐又详细介绍了猪流感的症状：猪在发病初期会精神不振，食欲减退，或不吃不喝，懒懒地横卧在圈里，不活动，呼吸也困难，咳嗽很凶，眼鼻会流出黏液，皮肤上会泛起小红点。熊四娘默默记住了天乐的话，对猪和猪圈的护理，更用心了。熊四娘本来对猪就很体贴。猪养了三年多，熊四娘隔个三五天就打扫猪圈，清理粪便，冲洗地面，洗涮猪槽。天冷了给猪换稻草，天热了给猪洒冷水，弄得熊四娘走到哪儿，都一身的猪屎味。现在猪流感来了，熊四娘每天都给猪圈保洁，收拾得比堂屋还干净。即便如此，熊四娘仍不敢放松，生怕有个闪失，让猪流感钻了空子。每次做完这些活，熊四娘累得腰都直不起来。老了，真是老了，才干这么点活，腰杆就像被卡了似的，半天回不过弯来。放在十年前，宝贵二十刚出头那会，四娘的身子可灵活了，关节那儿像装了弹簧，伸屈自如，张弛有力，一上午能担十几担粪，腰不弯，腿不软，走路夹着风。到底上岁数了，眼看六十了，腿不听使唤，腰那儿的弹簧也锈死了。

老是老了，心里不能服老，也没法服老，里里外外都是熊四娘一把手，连递个凳子的人都没有。死鬼老头子活着的时候，地里的重活他都揽去了。可惜老头子命贱，有次担着西瓜去湾镇赶集，路上让手扶拖拉机给撞了，连人带西瓜滚到了山沟里。那一刻，熊四娘死的念头都有了。可一想自己死了，谁来照顾宝贵呢？这才没寻了短见。从此，家里不管重活轻活脏活累活，都落在熊四娘一人身上了。唐宝花说，四娘你别累坏了，不行就让宝贵回来帮你。熊四娘没听唐宝花的。儿子宝贵在广州一家玩具厂里做拉长，一月能挣两千多块呢。熊四娘不想误了宝贵的前途。

宝贵是熊四娘的希望。宝贵高中毕业后，跟着湾里人去了广州，在一家玩具厂打工。湾里一同去广州的人，就数宝贵有出息，别人都在车间干活,宝贵却当了拉长。宝贵还在广州找了个媳妇,三年前结婚了,前年又给熊四娘添了个孙子。可惜死鬼老头子没福,还没见着儿媳孙子,就撒手归西了。熊四娘有福,有了儿媳有了孙子,可也没见着呢。还是老头子归西的时候,宝贵回来了一趟。之后,宝贵一直没回来。宝贵早就说要领儿媳和孙子回来,可干打雷不下雨,一直没回来。前年想回来,偏偏赶上雪灾。去年底,宝贵答应回来的,临过年时厂里突然要赶一批货,又没回成。一年盼一年,熊四娘把眼都望穿了,还是没盼来儿子一家。今年春节呢,宝贵说到时再说吧,工厂人手奇缺,放不放假还说不准呢。

熊四娘心里萌发了一个想法。这个想法三年了,熊四娘对谁也没说,包括宝贵。这个想法与宝贵有关,还与圈里那头大肥猪有关。熊四娘要给宝贵与大肥猪安排了个生死之约。要不是宝贵的归期一拖再拖,大肥猪早成美味佳肴了。宝贵娶上媳妇那年起,熊四娘就常背个竹背箩,走二十几里地的山路,去湾镇上买酒糟。猪和人一样,也贪杯,一闻到酒味,马上来了精神,吃得香,吃得响,恨不得连猪槽都咬进肚里。到了春节,大肥猪长得又肥又壮,熊四娘准备杀猪了,可宝贵带着媳妇去浙江了。熊四娘的计划落了空。第二年又遇雪灾,第三年宝贵没有假期。熊四娘杀过年猪给儿子过年的计划,屡屡落空。

杀过年猪是湾里的习俗。一进腊月,湾里人家就陆续在河堤上垒起土坯灶,架上大黑锅,烧一锅滚烫滚烫的水,热热闹闹地杀起猪来。湾里人把过年杀的猪,叫过年猪。杀过年猪很热闹,河堤上站满了看热闹的人。手持杀猪刀的屠夫二球站在河堤上,一派威风凛凛所向无敌的雄姿。每每这时,是过年猪最惨烈的时刻。熊四娘一听猪嚎,就要掉泪。过年猪叫得再惨烈,还是要挨那一刀。几个壮汉将猪扳倒在八仙桌上,二球挽起袖子,对着猪脖子,二指宽的杀猪刀眨眼就捅进去了,白刀子进,红刀子出。二球一只手提着滴血的杀猪刀，一手抽下围在脖子上的毛巾，抹着溅上猪血的大板脸，冲人群哈哈大笑，笑声如雷。

等宝贵回来了，熊四娘也要杀过年猪。可宝贵啥时回来呢？熊四娘左顾右盼，就是等不来。一年一年过去了，宝贵没回来，那头大肥猪也就死皮赖脸地活了一年又一年，长得肥头大耳，腰圆腿粗。

熊四娘揣摸，宝贵今年应该回来了。却不料，猪流感先来了，横空而出，席卷湾里。湾里的猪，病的病，死的死，卖的卖，杀的杀，苟活的猪惶惶不可终日，面临着灭顶之灾。

熊四娘也如临大敌。为了宝贵，为了这头大肥猪，为了宝贵和猪的生死之约，熊四娘走了多少山路，吃了多少辛苦，付出了多少心血，说都说不清了。山路是石板路，坡坡坎坎，没个平整，遇上雨天，奇滑无比，好几次熊四娘都差点摔倒在石板路两边的田里。三年多了，熊四娘凭着一双坚实的大脚，披星戴月地丈量山路。装酒糟的竹背篓，背猪草的竹筐子，少说也背坏了七八个。熊四娘只盼着儿子能早点带媳妇孙儿回来，能吃上过年猪，顿顿有荤素，餐餐吃得香，熊四娘就心满意足了。

然而，情况越来越不妙了，猪流感洪水般地袭向湾里。湾里人家的猪圈八成空了。然而，熊四娘抱定了主意，无论如何，都要等到春节，等到宝贵回来，再杀过年猪。

熊四娘坚持天天晚上打扫猪圈。天冷了，地面结了冰，熊四娘就用铲子铲，用水冲，再扫干净。猪食也有讲究，洗，切，和，热，丝毫不怠慢。过个三五天，熊四娘再背上竹背篓，踏上石板路，去湾镇上背酒糟。唐宝花取笑熊四娘，你都快成猪保姆啦，这大肥猪的待遇比咱镇长都好，比咱镇长胖多啦。

眼看就是腊月了，熊四娘太想宝贵一家了。宝贵是个乖儿子，对熊四娘很孝敬，每隔十天半月，都给湾里打电话，和熊四娘说上几句，叮嘱熊四娘要吃好穿好，注意休息。声声亲切，句句暖心，熊四娘心里乐融融的。可是，宝贵始终没有个归期。熊四娘等不了十天半月了，熊四娘想早点抓个准信儿。这天早上，天才擦亮，熊四娘就钻出热哄哄的被窝。熊四娘要给宝贵拨个电话。才六点半，估计宝贵还在睡觉呢。宝贵说过，早晚能打电话，上班时间不能打。熊四娘去了村长二贵家，二贵家才有电话。冷风扑面，熊四娘打了个冷颤，裹紧衣服。熊四娘敲开了二贵家的门，歉意地说，给你宝贵弟打个电话，晚了他就上班了。二贵对着电话机吹了一口灰，然后问熊四娘要号码。熊四娘解开对襟衫，从贴身的小袄里掏出洗得很干净的小手绢，一层一层地剥开，剥出一张平平整整的纸片来，递给二贵，说，宝贵的号码在上面呢。二贵拨了号，那边掐断了。不一会，宝贵打了过来，熊四娘接了。宝贵问哪样事？熊四娘说，过年回来么？宝贵说，正为这事发愁呢，一批欧洲订单刚压过来，估计回不去了。宝贵还没睡醒，声音懒洋洋的，听上去轻飘飘的。熊四娘如挨了一棒，半晌才缓过劲来，说，不能请假么？宝贵说我刚提了主管，要带头呢，哪好意思请假？

　　宝贵轻飘飘的话，从电话那端缓缓淌进熊四娘的耳朵，冰凉冰凉地噙住了熊四娘的心。双手紧握听筒的熊四娘，撒下一只手，捂住胸口，脸色暗淡，眼神恍惚。村长二贵说，宝贵弟又不回么？熊四娘凄然一笑，答非所问，说，当干部了。二贵问，谁当干部了？熊四娘已迈出了门槛。

　　天已经亮了，路边的草蔫了巴叽的，地里的庄稼披着早霜，灰白灰白地摇曳在刺骨的晨风中。熊四娘踉跄着走在路上，走得很慢，冻僵的腿似千斤重。想起宝贵小的时候，常牵着自己的手，走在脚下这条小路上。那些往事，历历在目，一幕一幕在眼前回放。熊四娘感觉双眼模糊，伸手一抹，满脸的冰凉浸染了一双枯手。透过泪眼，看见前面有个人影向她晃来，熊四娘急忙用袖子揩了一把脸。

　　是屠夫二球。二球肩上挎着油光发亮的帆布包，叮当做响，急急慌慌地，差点与熊四娘相撞。四娘啊，这么早？二球侧身田埂边，让熊四娘过路。熊四娘红透的老眼逃不过屠夫二球的眼。二球说，四娘你咋个了？熊四娘咧嘴一笑，说，没，没咋个，我是沙眼，风一吹就流泪。四娘攥着袖子揩了一下眼睛，笑着问二球，大清早的，你急慌慌地去哪？忙当官去啊。二球不好意思地笑了笑，拍了拍肩上的帆布包，说，杀猪的当啥官嘛，去河堤上杀猪。德友叔家的大公猪这两天有点不对劲，德友叔怕有意外，宰了再说。二球边说边侧回身，继续赶路。熊四娘对着二球的背影说，离过年还有些日子呢，德友家早早杀了猪咋办？二球回过头说，德友叔早有安排，说做成腊肉，卖外地去。

做成腊肉，卖外地去。熊四娘走在石板路上，木然地念叨着二球的话。快到家的时候，熊四娘便有了主意。

有了主意的熊四娘辄过身，去了河堤。

河堤上，德友家的大公猪已经被放倒了，流了一大桶的血。土坯垒的灶塘里烈火熊熊，高蹿的火苗，舔着灶塘中间的大黑锅锅底，锅里的水咕咕咚咚地冒着泡儿，欢快地奔腾着。熊四娘看了眼滚烫的大黑锅，对忙得正热乎的德友说，他叔，我想趁热打铁，就着你家的土灶，也把我家那"刀杀"的给宰了。熊四娘说"刀杀"的时候，是咬牙切齿的，她怕不这样说，就狠不下那心。

啊？德友叔与在一边抽烟的二球几乎同时睁大了眼睛。四娘，你那猪不是留着过年的么？为哪样不等过年再杀呢？熊四娘摇摇头，说不等了，不等了，等不了了，杀了省心。二球说，四娘，你想好了？熊四娘说，想好了。二球大手一挥说，哥几个，走。

回了家，到了猪圈前，熊四娘拔木栓子的手突然抖了，心里也翻腾不安。三年多，多少个黑夜白天啊。自从老头子甩甩手去阎王爷那里当了死鬼，这头猪就伴着她这个孤老婆子到现在。累了，闷了，想老头子了，想儿想孙了，熊四娘就立在猪圈旁，和猪对望，唠叨。猪只会哼叫着,回应她。熊四娘不敢想下去了,泪水像两条蚯蚓,在脸上蠕动。以后这日子咋过啊,猪没了,还有谁与自己相依为命呢?

二球把尼龙绳挽了个活扣套,另一端套在碗口粗的胳膊上。二球甩着手腕,活扣套的尼龙绳在猪圈上空飞舞,如一条巨大的菜花蛇,向着大肥猪靠近。大肥猪吓得屁滚尿流,在圈里嚎叫着,忽左忽右地跑动着,躲避着,几次重重滑倒在圈里。

套猪是二球的绝活。可这一次,交战了几个回合,二球有些力不从心了,险些败战。他娘的,这猪成精了。二球哈着热气,抹着脸膛上滴下的汗水,啐了口唾沫在掌心,搓搓,继续飞舞尼龙绳。

猪在嚎叫。锋利,凄惨,声声如刃,割砍在熊四娘的心尖上。

嗷——一声极其惨烈的猪嚎,把猪圈门外的熊四娘惊得一头扑到猪圈前。她看到大肥猪的脖子上套了尼龙绳,在二球他们的拉拽下,越套越紧,大肥猪嘴角流着黏液,脖子处红红的勒痕泛出点点血珠。熊四娘突然尖着嗓子大喊,住手!二球正铆足了劲,被熊四娘一声断喝,吓得手一松,摔了个四脚朝天,粘了一屁股的猪尿猪粪。

四娘,你整哪样嘛?二球从地上爬起来,揉着摔痛的屁股,龇牙咧嘴地冲熊四娘嘟囔。熊四娘脸上堆笑,歉意地说,二球啊,你等等,让四娘再最后喂它一顿。熊四娘提了满桶的酒糟倒进了猪食槽,还把平时舍不得给猪吃的麦面、豆饼等全拌在酒糟里,再撒了小半包食盐。这是一顿上好的猪食。然而大肥猪没有了胃口,只是抬头看了看,又看看围观的人,目光满是惊恐,还有哀怨。

二球说,四娘,别耽搁了,猪不会吃了,抓紧吧。熊四娘说,不急,我再哄哄它,它就吃了。二球摆摆手,猪刚受了惊吓,没有心思吃了。再说,又不是去湾镇上卖猪,多吃点能压秤,自家杀猪,不用喂了。二球一挥手,几个人跳进了圈里,一番围攻,擒拿,累了个人仰马翻,才将尼龙绳套上猪头,牵出了圈外。二球牵着大肥猪走在前面，后面的人拿着桑树条子，抽打着大肥猪，跟着二球，往河堤去了。

熊四娘没去河堤。熊四娘呆怔着，立在猪圈外。时有寒风吹过，卷起熊四娘一头的苍发，飘飘袅袅，扫着熊四娘土墙皮似的皱脸。

看着空空的猪圈，熊四娘心被掏空了。想起朝夕相处了三年多，背酒糟，剁猪菜，煮猪食，喂猪食，担猪粪。想起孤寂无聊的时候，与大肥猪四目相望，自说自话的情形。熊四娘的泪难以抑制，再次簌簌而下。

河堤上传来了凄惨欲绝的猪嚎。那一声声嚎叫，像是在向四娘求救，又像是在质问四娘。熊四娘感觉有一把锋锐的刀，在剐自己身上的肉，禁不住全身哆嗦，一屁股跌坐在圈门槛上，半晌爬不起来……

做腊肉，是熊四娘的绝活。熊四娘的的手艺是家传的，有祖传秘方。湾里人家，家家会做腊肉，但是谁家的腊肉味道也比不了熊四娘的。熊四娘做的腊肉，色泽金黄，皮脆肉嫩，瘦肉酱红，硬度适中，腊香浓而无烟味。一口咬下去，唇齿留香，油而不腻，还有一股淡淡的薰草香味。吃过熊四娘腊肉的人，无不点头称赞。宝贵也喜欢吃。

熊四娘先去了湾镇上，买了料酒，花椒，五香粉等配料，然后将猪肉全都切成了三十厘米长、五厘米宽、一斤重左右的肉条，再用削尖的竹签，在肉上扎小眼。熊四娘这时想起了宝贵。以前熊四娘腌肉时，宝贵早早削好竹签，熊四娘切肉，宝贵扎肉。宝贵扎的肉眼深浅有度，均匀整齐。肉眼扎好了，熊四娘又在锅里倒了盐，炒热，热盐拌上五香粉，花椒，拌匀，倒在桌面铺好的报纸上，晾凉，加上料酒和白糖，再拌匀，然后均匀地擦在肉及肉皮上。熊四娘擦得细心，均匀，一下一下耐心地擦，擦得全身冒汗，气喘吁吁。擦完了，皮朝下，肉朝上，将肉条码放在缸内。在缸里腌了两三天，熊四娘又统统取出来，翻了翻，再重新码回缸里。腌了十来天后，熊四娘再取出肉来，用温水洗净，用麻绳穿上肉条，挂在堂屋的竹竿上。这是控水分。猪肉表面的水分控干了，才能用火熏。熊四娘怕竹竿挂在一梁上碰着头，又怕被猫吃了，便抱个高脚凳踩上去，把竹杆往二梁上挂。挂肉条时，一不小心，熊四娘脚踩滑了，从凳上摔下来，嘴巴磕在了凳角上，牙磕掉了一颗，嘴唇也磕破了。

　　第二天，腌肉的水分控干了，可以熏肉了。熏肉是做腊肉最关键的环节，不光火候要掌握好，熏肉烧的材料也很讲究。别人家熏肉用松柏末、青竹叶之类的，熊四娘不。熊四娘也用松柏末与青竹叶，还准备了甘蔗叶、红桉枝、橘树枝、棕叶、艾蒿。熊四娘的腊肉绝就绝在这些看似不起眼的植物上。这些植物混合在一起燃烧时，会释放出带有浓烈香味的烟雾，这些烟雾能使熏出来的肉不沾一点烟子味。

　　准备好了材料，开始熏肉。熏肉是细活慢活，要耐得住性子。熊四娘不急，要做最好的腊肉。熊四娘先找来铁桶，把腌肉一串一串地用铁钩勾住，挂进铁桶顶端的横杠上。铁桶的下端有个特制的小门，熊四娘用麦草做引，点燃后，再把青竹叶、甘蔗叶、红桉枝、橘树枝、棕叶、艾蒿等依次添加进去，等火苗窜上来了，再撒一层松柏末把火苗压下去。反复几次，肉香就从铁桶里飘出来，飘了老远。熊四娘小火慢火烘烤了一天，累得腰酸背疼，一双老眼被烟雾熏红了，才把腊肉熏好。熏好的腊肉色泽金黄，油光发亮，皮干肉硬。熊四娘把腊肉拿在手里，翻转着看了看，闻了闻，满意地笑了。熊四娘又站到凳上，将腊肉一一挂在竹竿上。刚熏好的腊肉，晾凉了才能存放久些。这次熊四娘很小心，没再从凳上摔下来。

　　腊肉终于做好了。熊四娘找了干净的塑料袋，将腊肉装进去。再将塑料袋装进布袋里，七捆八绑，绑了个严严实实。布袋很沉，放进竹背篓里，塞得满满的。熊四娘背上竹背篓，出了家门。出门前，熊四娘习惯性地在猪圈边上站了站，没有和大肥猪四目相对的情景了，也没有猪哼的声音了。四娘往肩上蹭了蹭竹背篓，鼻子一酸，泪水险些溢出来。

走在石板路上，熊四娘的心情渐渐轻松，甚至有点愉快了。宝贵收到腊肉了，该咋个高兴呢？宝贵小时候就爱吃腊肉，尤其是熊四娘做的腊肉。还有，儿媳和孙子还没见过面呢，这些腊肉，就当是给儿媳孙子的见面礼了。

到了湾镇上，都十一点了。找到邮局，熊四娘将布袋吃力地抱到柜台上。柜台里是个漂亮女孩，要打开布袋检查。熊四娘说是腊肉。女孩说这是规定。女孩找来剪刀，嚓嚓嚓，几剪子，将严实的布袋剪烂了。检查后，又打开一个绿色专用纸箱，将腊肉包好，装进去，用透明胶带将纸箱捆了结实。然后扔在电子秤上，在电脑键盘上得得得敲了一通，说，九十四块五角。这么贵？熊四娘吃了一惊，还是把手伸进口袋，掏出小手绢，拿出一张百元大票，在手心里摩了摩，才付了钱。

一周后，熊四娘的儿子宝贵在广州收到了沉甸甸的纸箱。接到包裹通知单时，宝贵满腹狐疑，想娘从湾里能寄来啥东西呢？那张包裹单一路风尘仆仆，复写的字迹已模糊不清。宝贵和媳妇一起去了邮局，取了纸箱。两人疑惑不解，先将箱子抬回住处，抬得满头大汗。媳妇抱怨说，啥玩意这么重啊？累死我了。到了住处，两人打开纸箱，竟是一箱黄灿灿的腊肉。醇醇的香味从纸箱里飘出来，直往宝贵鼻孔里灌。宝贵吞咽着口水，对媳妇说，快煮上，三四年没吃娘亲手做的腊肉，这回要好好解馋。媳妇并不像宝贵那么开心，白了宝贵一眼，说，急什么急？几辈子没吃过猪肉啊？宝贵媳妇是江浙人，对腊肉没兴趣，甚至烦腻腊肉散发出来的腊味儿。媳妇捏着鼻子，慢吞吞地将纸箱合上，说，我和你结婚好几年，你娘从来没寄过腊肉啊，这回怎会寄腊肉来呢？宝贵说，今年我们不是不回家嘛，娘才寄的呀。媳妇说，去年前年我们也没回呀，你娘咋不寄呢？宝贵想了想，说今年湾里不是闹猪流感嘛，猪肯定卖不出去，娘就把猪杀了，做成腊肉寄来了。

啊？！媳妇的嘴巴张成了 O 型，半天合不起来。媳妇回过神来时，脸色突变，惊叫：扔了！马上把腊肉扔了！快！快！快！一连三个快，催得宝贵脸也变了色：你疯啦？这么好的腊肉哪能扔呢？媳妇说，你这个猪！你们湾里是猪流感重灾区，万一你娘的猪染上了猪流感……快，快，快去扔了。媳妇快步冲进洗手间，用消毒液反复洗手，又冲着宝贵嚷，赶快扔了腊肉，回来洗手！宝贵站着没动，媳妇冲出来，用脚踢了纸箱一脚，又在宝贵的屁股上踢了一脚，喝道：快呀！

宝贵怏怏地抱起纸箱，下了楼，恋恋不舍地扔进了垃圾桶里。一个垃圾妇正在捡垃圾，一见黄灿灿的腊肉，不等宝贵离开，就扑了上去，像捡了金元宝，喜滋滋的。

我所追求的小说语言（代后记）

短篇小说是语言的艺术。我很认同这句话。短篇小说最初吸引我的地方，也正是它的语言魅力。当读起优秀的短篇小说，它的语言就像是泉水叮咚，又像是晚风清凉，总是那么沁人肺腑。短篇小说的语言如同电视剧的背景音乐，能起到强烈的烘托效果。切合电视主题的音乐能使电视充满了悬念或优美，切合小说主题的语言同样能使小说充满和谐和意味。可以说，短篇小说的语言就像是一幅画的神韵，一首诗的韵律，直接影响到读者的阅读效果和审美感受，并在很大程度上也决定着整篇小说的风格。

我对短篇小说的语言也是讲究的。从 2007 年下半年我开始了短篇小说创作，对小说的语言一直孜孜以求。每当构思一个短篇动笔时，首先考虑的是小说开始应使用怎样的语言方式。我觉得每个短篇的开篇语言非常重要，就像是汽车的方向盘，决定了汽车的行向。小说开篇的语言方式，基本决定了整篇小说表达方式的格调，是诙谐或讽刺，温和或凝重。所以我在短篇小说的语言叙述上常会反复琢磨，嘀咕默诵，直到这个开篇语言张嘴即来，吐纳自如。

我的这本短篇小说集共收录了十几个短篇，每个短篇的叙述手法是不尽相同的。比如《通天的路》的开头是这样的："这是九月的天空，湖水一样地湛蓝，纯净，清澈。西天，散布着大朵小朵的火烧云，如同镶嵌在湖岸边被风浪抚平的鹅卵石。夕阳的脸红灿灿的，像一片吹落的枫叶浮在湖面上，一点点地向岸边漂移。"这是散文句式的开头，基本决定了小说的格调是平缓而凝重的，这种语调切合了本篇小说反映留守儿童的惨淡主题。小说《男人无帮》一开始便带着诙谐："故事其实并不搞笑，但有些诙谐，所以你尽可以怀疑它的真实性。然而现实这个舞台，往往是无所不能，它总会变化些事端而在我们的意料之外。"《男人无帮》就是个诙谐的故事，讲述一个女人与三个"老公"之间啼笑皆非的故事。有读者说，这篇小说完全可以改成小品了。再看小说《军刀》的开头："就要这把了。秦小冷在杂草丛生的头上抓了一把，抓下一根枯草似的头发来，在离刀口一厘米的上方，轻吹一口气，头发瞬间截断，轻飘飘地飞了出去。"如此开篇给小说蒙上了一层厚重的色彩，主题亦呼之欲出，昭然若揭。

　　就我个人喜好来说，我更喜欢行云流水般的语言，轻松，幽默，亦庄亦谐，给读者一种轻阅读的愉悦。比如《三棵树》这篇小说，写的是现代人的爱情故事，它的开头便很轻松："我记得是下第一场秋雨的时候，我接到了小彤的电话。"再看《羡慕嫉妒恨》，开头是直截了当式的，无遮无掩："那天上音乐课，我们跟着慕容老师唱《三个和尚》。慕容老师是女的，很漂亮，所以我唱得格外带劲。"一下就把读者带进了故事，舒畅地进入情节。当然，究竟选择哪一种语言表达方式，这是一门非常重要的艺术，我觉得它不仅取决于作者的语言驾驭能力，更取决于短篇小说的主题。不切主题的语言会让小说失去光泽，甚至破坏了小说的价值和美感。

　　小说作者在语言上精雕细琢是必不可少的，是"终生不能偷懒的基本功。"（林斤澜语）。语言艺术是小说家们永无止境的追求,也是永无止境的高峰。通往这座高峰的山路上,或许花香满径,或许遍布荆棘,作为小说作者,我会耐心攀登,向读者奉献更好的艺术作品。

何尤之于连云港供销小区

2014年11月7日